TUEZ
RIGOBERTA MENCHU

DU MÊME AUTEUR
AUX PRESSES DE LA CITÉ

AUX ÉDITIONS DU ROCHER

AUX ÉDITIONS DE VILLIERS

Photo de la couverture : Michael MOORE

Arme fournie par : Armurerie JEANNOT, à Levallois.

La loi du 11 mars 1957 n'autorisant, aux termes des alinéas 2 et 3 de l'article 41, d'une part, que les *copies ou reproductions strictement réservées à l'usage privé du copiste et non destinées à une utilisation collective*, et, d'autre part, que les analyses et les courtes citations dans un but d'exemple et d'illustration, *toute représentation ou reproduction intégrale ou partielle, faite sans le consentement de l'auteur ou de ses ayants droit ou ayants cause, est illicite* (alinéa 1er de l'article 40). Cette représentation ou reproduction, par quelque procédé que ce soit, constituerait donc une contrefaçon sanctionnée par les articles 425 et suivants du Code pénal.

© Éditions Gérard de Villiers, 1993.

ISBN : 2 - 7386 - 0366 - 1

ISSN : 0295 - 7604

GÉRARD DE VILLIERS

TUEZ RIGOBERTA MENCHU

E D I T I O N S
■ GERARD *de* VILLIERS ■

CHAPITRE PREMIER

Noël de Jesus Zacara, les deux pouces glissés dans sa ceinture cloutée, de façon à laisser apercevoir la crosse de son pistolet, se planta en face de Mercedes Pinetta, occupée à limer un ongle rouge sang d'un bon centimètre de longueur.

— *Vamos a cenar ?* (1)

La jeune femme leva les yeux, avec un sourire lointain.

— *Me disculpe, Jesus. Yo va con mi madre.* (2)

Elle se mit à son « travail », observée par le jeune Guatémaltèque qui la trouvait fichtrement bandante, avec son visage triangulaire, ses yeux de biche, sa grosse bouche rouge et ses longs cheveux d'un noir de jais, souvenir d'un métissage indien. Une pulpeuse *ladina* (3) qu'il grillait de mettre dans son lit. Malheureusement, Mercedes Pinetta était sa supérieure hiérarchique et il n'était pas question de la brusquer. Tous les deux appartenaient à la branche secrète de la garde présidentielle guatémaltèque, le « Service des Archives », chargé de lutter par tous les moyens contre les activités subversives, en collaboration avec le Service de Renseignements de l'armée, le G-2.

(1) On va dîner ?
(2) Excuse-moi, Jesus. Je dîne avec ma mère.
(3) Métisse.

Mercedes Pinetta avait le grade d'adjudant et Noël de Jesus n'était qu'un modeste sergent-chef, ce qui ne les empêchait pas d'entretenir des rapports assez libres, étant donné la nature spéciale de leur activité. Avec d'autres membres du « Service des Archives », ils étaient affectés à une mission ultra-secrète, demandée par le chef d'état-major de la garde présidentielle, le général Cesar Guzman. Mission connue sous le nom de code de *El Diablo*. Pour l'instant, elle consistait à surveiller les allées et venues autour du siège de la Conavigua (1), situé au 27-23 de la 8ᵉ Avenue de la *zona* 1, à une centaine de mètres du Palacio Nacional, en plein cœur de Guatemala City. Pour remplir leur mission, l'équipe du « Service des Archives » avait loué, juste en face de la Conavigua, un local, fermé par un rideau de fer comme un garage, prétendant être le siège d'une imprimerie. Mercedes Pinetta trônait au fond, derrière un bureau et une machine à écrire, transmettant par un téléphone directement relié au « Service des Archives » les informations recueillies par Noël de Jesus et les autres hommes affectés à l'opération, dont certains planquaient au volant de camionnettes garées dans la 8ᵉ Avenue.

Agacé par le refus de Mercedes Pinetta, Noël de Jesus se regarda dans un petit miroir accroché au mur, se demandant anxieusement si de nouveaux boutons n'avaient pas poussé sur sa peau grumeleuse. Avec ses yeux enfoncés, il n'avait vraiment rien d'un séducteur, même en gonflant les épaules pour paraître moins fluet. Il rachetait son physique ingrat par une cruauté sans limites qui lui avait permis de quitter l'uniforme de la garde présidentielle et ses 600 quetzales (2) mensuels pour des tâches plus nobles et mieux rémunérées...

Il regarda sa montre : six heures moins cinq. Ils al-

(1) Confédération des veuves du Guatemala.
(2) 1 quetzal : 1 franc.

laient fermer le local, relayés par des équipes volantes en planque dans la 8ᵉ Avenue.

De nouveau, son regard se posa sur la poitrine de Mercedes Pinetta, moulée par un pull vert de deux tailles trop petit. Du bout métallique de sa botte, il heurta l'escarpin de sa collègue qui leva les yeux, agacée.

– *Si ? Que quieres ?* (1)

– Ta mère, tu ne peux pas la décommander ?

Mercedes Pinetta secoua sa longue chevelure noire et laissa tomber d'un ton définitif :

– *No. Me disculpe.*

Furieux, Noël de Jesus se détourna, gagnant l'entrée du garage. Il bouillonnait de fureur devant l'attitude méprisante de Mercedes Pinetta. Il se mit à fantasmer, rêvant qu'il parvenait à l'entraîner dans le petit appartement qu'il occupait dans une impasse donnant dans la 10ᵉ Rue, entre la 6ᵉ et la 7ᵉ Avenue. Cela faisait longtemps qu'il avait un œil sur elle, mais il ne la voyait qu'à l'occasion de ses visites à son chef direct, le colonel Jorge Sanchez, chef des opérations secrètes du « Service des Archives ». Mercedes Pinetta, lorsqu'elle n'était pas en mission, était installée dans le bureau contigu de celui du colonel Sanchez. Cette opération commune qui le rapprochait de la jeune femme l'avait rempli d'un espoir fou, jusque-là inassouvi.

Frustré, Noël de Jesus reporta sa rancœur sur celles qu'il était chargé de surveiller, jetant un coup d'œil venimeux à la porte de la Conavigua, association regroupant onze mille veuves de « sequestrados ». C'est-à-dire d'Indiens enlevés par l'armée ou les « judiciales » (2), exécutés et enterrés dans des charniers secrets. Simplement parce qu'ils réclamaient des salaires décents et quelques droits.

Depuis 1954, date du renversement par un complot de

---

(1) Oui, qu'est-ce que tu veux ?
(2) Forces spéciales en civil de l'armée guatémaltèque.

la CIA de l'unique président communiste de l'histoire du Guatemala, Jacobo Arbenz, le pays avait été dirigé par une succession de dictateurs militaires dont les plus modérés se situaient à la droite d'Attila. Ils avaient pris fait et cause pour les *ladinos* descendants des envahisseurs espagnols, qui depuis cinq cents ans, avec 45 % de la population, accaparaient toute la richesse du pays, grâce à une structure totalement féodale. Les Indiens, représentant pourtant 54 % des Guatémaltèques, analphabètes, ne parlant même pas espagnol, étaient domestiques ou ouvriers agricoles, sans droits et sans terres. Citoyens de troisième zone, taillables et corvéables à merci, ils avaient commencé à se révolter mollement, soutenus par des groupuscules plus ou moins marxistes, appuyés par Cuba.

Depuis près de quarante ans, le Guatemala était déchiré par une guerre civile interminable et féroce, au détriment presque exclusif des Indiens.

Dès le renversement du président Arbenz, la junte militaire qui avait reçu le pouvoir des mains des Américains avait tout de suite annoncé la couleur en retirant officiellement le droit de vote aux illettrés et en interdisant sous peine de mort toute action syndicale.

Aux yeux des *ladinos* – métis d'Espagnols et d'Indiens – les indigènes se situaient entre le chien et le lézard. Main-d'œuvre parfaite pour les innombrables *fincas* (1) de café, de canne à sucre, de cardamome ou d'hévéas, les indigènes continuaient à végéter misérablement dans leurs montagnes et la répression avait causé plus de cent quarante mille morts parmi eux. En sus des morts officiels, les *sequestrados* ne se comptaient plus. Le *Quiché*, région montagneuse où vivaient la majorité des Indiens, était semé de fosses communes clandestines et chaque caserne abritait un cimetière clandestin.

(1) Plantations.

Au fil des ans, la lune de miel avec les Etats-Unis, qui avaient pourtant puissamment aidé au renversement d'Arbenz, avait tourné au vinaigre. Les Américains avaient fini par interrompre toute aide militaire ou civile après quelques atrocités particulièrement gratinées.

Les *subversivos* avaient failli prendre le pouvoir en 1985, puis avaient reflué, en partie à cause de l'effondrement du communisme. Mais l'armée guatémaltèque continuait à réprimer férocement tout soupçon de révolte, à enlever les opposants potentiels, à assassiner les journalistes et les avocats qui osaient défendre des opposants au régime.

Simple soldat dans la garde présidentielle, affecté aux missions de « pacification », Noël de Jesus Zacara s'était fait remarquer de ses chefs par son imagination créative : ayant capturé quelques jeunes subversifs dans un village du Quiché, il avait eu l'idée de les découper vivants à la machette, devant le village assemblé, afin de décourager les vocations.

Du coup, le colonel Sanchez lui avait donné de l'avancement, l'affectant dans la capitale à des tâches plus sophistiquées. Son service militaire terminé, Noël de Jesus avait rempilé. Il n'avait guère le choix : s'il était revenu dans son village, on l'aurait dépecé vivant. Son chef, connaissant son goût pour l'arme blanche, l'utilisait fréquemment pour éliminer des Indiens réputés subversifs infiltrés dans la capitale.

Désormais en civil, toujours armé, il jouissait, grâce à ses primes, d'un standard de vie convenable et avait même pu louer un petit appartement dans la *zona* 1.

La surveillance de la Conavigua, travail facile, était la récompense pour le meurtre particulièrement réussi d'une ethnologue mexicaine qui s'était intéressée de trop près aux déplacements « volontaires » de certaines populations indiennes. En temps ordinaire, la Conavigua, par définition nid de subversifs, était l'objet d'une surveillance de routine par sondages. Un événement inattendu survenu deux mois plus tôt l'avait mise en première ligne.

A des milliers de kilomètres du Guatemala, à Stockholm, en Suède, l'académie Nobel avait choisi comme lauréate du prix Nobel de la paix 1992 une Indienne totalement inconnue du grand public. De nationalité guatémaltèque, bien que vivant en exil au Mexique depuis dix ans : Rigoberta Menchu Tum, trente-trois ans, célibataire, porte-parole infatigable de la cause des Indiens, dénonçant inlassablement la répression féroce dont ils étaient victimes et alliée aux principaux groupes de « subversifs » luttant contre l'armée guatémaltèque.

La nouvelle avait éclaté comme un coup de tonnerre chez les *ladinos*, militaires et *finceros* (1) ; car, pour eux, Rigoberta Menchu n'était pas une inconnue. Son père avait fondé le premier syndicat d'ouvriers agricoles du Guatemala, le CUC (2). L'armée l'avait assassiné en 1979, alors qu'il était réfugié à l'ambassade d'Espagne. Sa famille ayant repris le flambeau, cela avait été au tour de son frère d'être arrêté, torturé et finalement brûlé vif par des soldats, puis de la mère de Rigoberta Menchu, torturée elle aussi abominablement, et dont l'agonie – elle avait été abandonnée dans la montagne – avait duré cinq jours, alors qu'elle était littéralement dévorée vivante par des rats, des vers et des renards. Sa fille l'avait entendue hurler, jusqu'à la fin, des nuits entières, sans pouvoir intervenir. Ils l'auraient tuée, elle aussi.

Après ces abominations, celle-ci avait réussi, aidée par des religieuses, à s'enfuir au Mexique. Là, animée d'une soif de vengeance inextinguible, elle avait appris l'espagnol, rallié à la cause des Indiens des personnalités, des organisations des droits de l'homme et même le président

(1) Propriétaires terriens.
(2) Coordination Unida de los Campesinos. Coordination unie des paysans.

du Mexique. Prenant la tête de la croisade en faveur des Indiens guatémaltèques, opprimés depuis cinq cents ans.

Raidie dans une attitude franchement hostile, la population *ladina* du Guatemala avait ignoré volontairement la distinction dont elle avait fait l'objet. Le président de la République, un civil pourtant, ne lui avait même pas envoyé un télégramme de félicitations. Toute l'oligarchie haïssait cette petite Indienne de un mètre cinquante au visage rond, toujours vêtue de vêtements traditionnels, qui disposait maintenant d'une formidable tribune internationale pour faire entendre la voix de ses frères opprimés. La façon horrible dont sa famille avait été décimée par l'armée guatémaltèque donnait évidemment encore plus de poids à sa position.

Aussi, la nouvelle de son retour au Guatemala était vécue par les *ladinos* comme le retour de l'Antéchrist !

Rigoberta Menchu ayant annoncé qu'elle séjournerait durant son passage au Guatemala à la Conavigua, en hommage aux onze mille veuves des Indiens assassinés, celles-ci étaient devenues les ennemies publiques numéro un. L'objet de toutes les attentions du G-2 et du « Service des Archives ».

Noël de Jesus suivit des yeux une camionnette blanche qui remontait la rue en sens unique. L'engin se gara un peu plus haut. Impossible d'en voir l'intérieur à cause des vitres teintées.

C'était l'heure de la relève, Manuel Mitran allait assurer la surveillance de la nuit. Des talons claquèrent sur le sol en ciment du local.

– *Buenas tardes !*

Mercedes Pinetta s'éloigna dans la 8e Avenue, faisant voler sa jupe ample. Noël de Jesus la suivit des yeux, réalisant soudain qu'il ignorait où elle demeurait. Au croisement de la 3e Rue, elle tourna à droite. Pris d'une inspiration subite, Noël de Jesus tira brutalement le rideau de fer et partit à grandes enjambées.

Il avait eu l'intention d'aller flâner dans la 6ᵉ Avenue, l'artère commerçante du centre, bordée de centaines de boutiques et envahie d'une nuée de marchands ambulants que l'approche de Noël faisait surgir comme des champignons. Maintenant, il avait mieux à faire...

Il retrouva Mercedes à l'arrêt de bus descendant la 6ᵉ Avenue vers le sud, en face du Palacio Nacional. Elle ne le vit pas, il restait mêlé à la foule, loin derrière elle. Quand le bus arriva, il monta par l'arrière, tandis qu'elle s'installait à l'avant. Le bus comme toujours était bondé, et il y avait peu de chances qu'elle le repère. Serrés comme des sardines, ils descendirent la 6ᵉ Avenue, au milieu des néons et des éventaires débordant sur la chaussée. On se demandait comment les *vrais* commerçants arrivaient à travailler, avec cette nuée de sauterelles qui déballaient chaque matin jeans, chaussures, jouets, et poursuivaient les passants pour gagner quelques quetzales.

Ballotté contre ses compagnons de trajet, Noël de Jesus guettait la porte avant. Une dizaine d'arrêts passèrent et Mercedes Pinetta était toujours là. Ils avaient dépassé la zone des marchands de voitures et des entrepôts et se trouvaient maintenant dans la *zona viva*, le quartier des hôtels pour étrangers, des élégants condominiums et des boutiques de luxe dont le Guatémaltèque moyen pouvait tout juste lécher les vitrines.

Un Boeing apparut à la droite du bus, montant dans un fracas de tonnerre, à quelques mètres des toits. La ville avait tellement grandi vers le sud que l'aéroport se trouvait quasiment en pleine zone résidentielle. Les appareils atterrissaient et décollaient, survolant la ville des dizaines de fois par jour.

Le bus stoppa au coin de la 14ᵉ Rue de la *zona* 9 et cette fois Mercedes Pinetta en descendit. Noël de Jesus dut donner un vicieux coup de coude pour arriver à temps à la porte. La jeune femme s'éloignait déjà d'un pas vif dans la 14ᵉ Rue, vers la 7ᵉ Avenue. Guatemala

City était construite comme une cité américaine. Les avenues la quadrillaient du nord au sud, les rues à angle droit d'est en ouest. La ville était divisée en quinze zones possédant chacune sa numérotation propre. Sans le numéro de la zone, impossible de trouver une adresse.

Mercedes Pinetta traversa la 7ᵉ Avenue, parallèle à la 6ᵉ, et continua vers l'avenida La Reforma, les Champs-Elysées de Guatemala City. Elle traversa et s'engouffra par une porte vitrée gardée par un vigile en uniforme dans l'entrée de derrière de l'hôtel *Camino Real*, le plus chic de la ville.

Noël de Jesus siffla entre ses dents. Il se rua à la suite de la jeune femme et aussitôt le vigile armé d'un riot-gun lui barra le chemin.

— *Señor ! Por favor*...

— G-Dos ! lança Noël de Jesus.

Le « Service des Archives » était tellement clandestin que les membres utilisaient des cartes du G-2, comme couverture. Il exhiba sa carte militaire et l'autre s'écarta respectueusement. Guatemala City fourmillait de ces gardes en uniforme de fantaisie, armés de vieux riot-guns ou de pistolets, qui gardaient les boutiques, les banques, tous les lieux où il y avait quelque chose à voler. La police, corrompue et débordée, ne se penchait pas sur ces broutilles. La plupart des vigiles étaient d'anciens militaires ou des policiers révoqués, analphabètes, qui ne savaient faire qu'une chose : tuer.

Pour 1 200 quetzales par mois, ils faisaient le pied de grue, dix heures par jour, attendant de pouvoir abattre un voleur, ce qui leur vaudrait une prime, certes modeste, mais qui améliorait l'ordinaire.

Noël de Jesus foula avec volupté la moquette épaisse de la galerie marchande, jetant au passage un coup d'œil au *Café viennois*, le bar le plus élégant de la ville, quartier général de toutes les belles métisses de la *zona viva*. Mercedes Pinetta avait disparu. Il continua jusqu'à la réception, longeant la cafétéria et la piscine vide, sans plus la trouver et avisa un employé qui bayait aux corneilles, exhibant discrètement sa carte.

– Tu n'as pas vu une fille avec un pull vert et une jupe noire ? *Guapa*,... (1)

– *Como no !* (2) fit l'employé. Elle est partie par là.

Il désignait l'entrée principale du *Camino Real*, sur la 14ᵉ Rue.

Noël de Jesus se précipita, sérieusement intrigué. Pourquoi Mercedes était-elle entrée par un côté pour ressortir par l'autre ? Il déboucha dans la 14ᵉ Rue et regarda autour de lui. La nuit était presque tombée, mais il repéra la silhouette de la jeune femme marchant au milieu de la chaussée, à contresens de la rue en sens unique. Elle parcourut une vingtaine de mètres, puis s'approcha d'une voiture où elle monta.

Le véhicule démarra aussitôt, en direction de la Reforma et Noël de Jesus n'eut que le temps de se rejeter en arrière pour ne pas être vu. La voiture était une Nissan conduite par un homme blond, un *gringo* (3). Il releva le numéro et murmura entre ses dents, avec conviction :

– Salope ! *Puta de su madre !*

Elle l'avait bien eu avec le coup de sa mère. Sans cette étrange rupture de filature, il aurait laissé tomber. Mercedes Pinetta n'était pas la seule *ladina* à avoir une liaison avec un étranger. Mais cette bizarrerie méritait d'être signalée.

Noël de Jesus décida de faire du zèle. Même s'il ne causait qu'un petit problème à la pulpeuse adjudante, cela lui apprendrait à lui préférer un étranger, *gringo* de surcroît.

(1) Une belle.
(2) Bien sûr.
(3) Non-latino.

*
**

Le colonel Jorge Sanchez passa machinalement les doigts dans ses cheveux coupés court. Il était très élégant dans sa tunique bien coupée et un superbe saphir brillait à son annulaire. La discipline militaire n'excluait pas un peu de fantaisie. Ce soir-là, il était resté tard à son bureau, derrière le Palacio Nacional. Un dîner l'attendait un peu plus tard. Noël de Jesus Zacara, debout à trois mètres de son bureau, se tenait respectueusement au garde-à-vous. Son supérieur ne tolérait pas la familiarité. Il avait d'abord écouté le récit de Zacara avec amusement.

Puis, la mention de cette rupture de filature l'avait troublé. Depuis quelques minutes, grâce à une enquête rapide, il en savait plus sur l'inconnu à la Nissan. La voiture avait été louée à l'aéroport trois jours plus tôt par un sujet autrichien, un certain Malko Linge, arrivant de Mexico City. Celui-ci avait une chambre au *Camino Real*. Sur sa fiche de police, à l'arrivée, il avait mentionné comme profession « directeur de société ». Deux choses étonnaient le colonel Sanchez. Puisque cet homme habitait le *Camino Real*, pourquoi donner rendez-vous à Mercedes Pinetta dans une voiture, non loin de l'hôtel ? Ensuite, comment la jeune femme le connaissait-elle, alors qu'il était arrivé depuis si peu de temps ? Au « Service des Archives », il était de règle d'établir un rapport pour tout nouveau contact.

Evidemment, il y avait peut-être une explication qu'il découvrirait en interrogeant Mercedes Pinetta. Mais s'il y avait anguille sous roche, c'était à lui de donner l'alerte.

Il pensa à la seule personne qui pouvait lui permettre de faire progresser rapidement son enquête.

– Attends-moi dehors, ordonna-t-il à Noël de Jesus.

CHAPITRE II

Dès que son subordonné fut sorti du bureau, le colonel Sanchez tira de sa tunique un calepin noir qui ne le quittait jamais et composa un numéro avec soin. Une voix d'homme répondit aussitôt :

— *Diga me ?*

— Arik ?

Question inutile, il avait déjà reconnu sa voix. L'autre aussi, d'ailleurs.

— Jorge ! *Que tal ?*

Ariel Halpern était officiellement consul à l'ambassade d'Israël et, en réalité, représentant du Mossad, chargé des relations avec l'armée guatémaltèque. Relations au beau fixe, le Guatemala ayant été un des premiers pays à reconnaître Israël. Les Israéliens fournissaient des armes, des conseils contre les subversifs et fermaient pudiquement les yeux sur les innombrables violations des droits de l'homme. Seuls parmi les pays civilisés, avec Taïwan, à entretenir des relations normales avec le Guatemala, les Israéliens vivaient comme des coqs en pâte.

— Je ne te dérange pas ? demanda poliment le colonel.

— Jamais, *amigo*. Un problème ?

Les deux hommes avaient souvent collaboré dans la lutte antisubversive. Ariel Halpern expliquait à son homologue comment on repérait l'activité clandestine dans

une ville, par l'augmentation de la consommation électri-
que dans certains quartiers... Les soldats guatémaltèques
qui traquaient les Indiens utilisaient la version locale du
Galil, le fusil d'assaut de l'armée israélienne...

— Tu pourrais vérifier l'identité de quelqu'un par ton
ordinateur ? demanda-t-il.

Comme tous les « résidents » du Mossad, Ariel Halpern avait accès grâce à un système de transmission codé
à l'ordinateur central du Mossad à Tel-Aviv, qui avait en
mémoire des milliers de noms d'agents de différents services de renseignements, avec, souvent, les fausses identi-
tés qu'ils utilisaient.

— Si cela peut te rendre service, dit l'Israélien.

Le colonel Sanchez lui donna tous les éléments dont il
disposait et Arik Halpern lui promit avant de raccrocher :

— Je te rappelle au plus tard dans une demi-heure.
Quelquefois les circuits sont brouillés.

Jorge Sanchez alluma une cigarette et frotta machinalement son saphir contre la manche de son uniforme pour
le faire briller encore plus.

*
**

Jorge Sanchez avait eu le temps de fumer cinq cigarettes lorsque sa ligne directe sonna.

— C'est moi, annonça l'Israélien. J'ai ton renseignement.

— Alors ? demanda-t-il nerveusement.

— Tu te souviendras que je t'ai donné un coup de
main ? répliqua Ariel Halpern. Il faut vraiment qu'on soit
copains pour que je te balance ça.

— Pourquoi ?

— Ton type est CIA, annonça placidement l'Israélien.
Un de leurs meilleurs chefs de mission. Il voyage sous sa
vraie identité. En Europe, il est connu comme le loup

blanc. Nous avons eu quelques problèmes avec lui, c'est pourquoi je n'ai pas trop de scrupules. Mais il ne faut *jamais* que l'on sache que c'est moi qui t'ai balancé cette information.

— Tu peux compter sur moi, affirma le colonel Sanchez, l'estomac tordu comme une serpillière.

— *Bueno*, alors si tu n'as plus besoin de moi, je retourne regarder CNN. Ces salauds de Palestiniens ont encore tué deux des nôtres dans les Territoires Occupés. Tu ne sais pas la chance que vous avez de ne pas avoir cette vermine chez vous...

Jorge Sanchez eut envie de lui répondre qu'avec les Indiens cela suffisait.

Après avoir raccroché, il alluma une nouvelle cigarette, perturbé. Par un moyen qu'il ignorait, la CIA avait « tamponné » Mercedes Pinetta et la faisait « traiter » par un « case-officer » venu de l'étranger.

Classique.

Seulement, dans le contexte actuel, c'était très grave, Mercedes Pinetta étant impliquée dans une opération extrêmement sensible ; si les Américains la pénétraient, c'était la catastrophe. Sans la jalousie de Noël de Jesus, la bombe lui aurait pété au nez...

Il se demanda pourquoi une fille considérée comme sûre trahissait. Très probablement l'intérêt. Les gens étaient trop mal payés au Guatemala.

Il se leva et alla chercher Noël de Jesus Zacara.

— Tu as eu un bon réflexe, ce soir, dit-il chaleureusement. Je n'ai pas encore pu avoir les informations que je désire. En attendant, tu ne parles de cet incident à personne et surtout pas à elle. *Claro ?*

— *Claro, señor coronel.*

Un peu déçu, Noël de Jesus. Il se voyait déjà en train d'interroger la pulpeuse Mercedes, s'octroyant au passage quelques petites joies. Le colonel Sanchez lui tendit deux billets de 100 quetzales.

– Va te détendre, *hombre !*

Noël de Jesus sortit du bureau. Le colonel Sanchez, à peine seul, décrocha un téléphone rouge et composa la ligne directe du général Cesar Guzman, son supérieur. Ce dernier décrocha immédiatement. Lui aussi travaillait tard.

– *Señor general*, annonça le colonel Sanchez, il faut que je vous voie.

– *Ahora ?* (1)

– *Ahora.*

*
**

Avec sa mâchoire large et puissante, légèrement prognathe, le général Cesar Guzman évoquait un grand carnassier. Ses cheveux gris en brosse, ses traits rugueux et l'acuité de son regard n'étaient guère plus rassurants. Personne ne pénétrait dans son bureau, au deuxième étage du Palacio Nacional, sans avoir l'estomac noué. Introduit par son aide de camp, Jorge Sanchez eut du mal à affronter le regard de son chef. Ce dernier, bien calé dans son fauteuil Louis XIV, les mains à plat sur son énorme bureau vide de papiers, lui jeta après un bref signe de tête :

– Alors, colonel Sanchez, vous avez fait une connerie ?

Jorge Sanchez déglutit plusieurs fois avant de répondre d'une voix mal assurée :

– Non, *señor general*. Mais j'ai un grave problème dans l'opération « El Diablo ».

L'essentiel étant lâché, le colonel Sanchez se sentit mieux. « El Diablo », c'était l'enfant chéri du général Guzman, une opération visant à l'élimination physique de Rigoberta Menchu, dès son retour au Guatemala. La décision en avait été prise, quinze jours plus tôt, au cours

(1) Maintenant ?

d'un dîner où s'étaient retrouvés, outre le général Guzman et le colonel Sanchez, plusieurs membres de ce qu'on appelait au Guatemala, la « Coupola », c'est-à-dire le noyau dur de l'oligarchie tenant les rênes économiques du pays.

Ce dîner avait eu lieu au domicile d'un de ses membres, Mario Boppel, propriétaire d'une immense *finca* d'hévéas. Comme les autres *finceros*, il avait tremblé entre 1975 et 1985, à l'époque où les subversifs ne cessaient de marquer des points, forçant la plupart des *finceros* à se replier sur la capitale. Plus jamais ils ne voulaient connaître cela. Déjà, à l'annonce du retour éventuel de Rigoberta Menchu, la « Coupola » avait effectué une démarche pressante auprès du président Jorge Serrano, l'adjurant d'interdire le territoire guatémaltèque au prix Nobel de la paix 92.

Le président Serrano avait alors expliqué que c'était politiquement impossible, étant donné la nouvelle importance de Rigoberta Menchu et son amnistie accordée du bout des lèvres en 1986, grâce aux pressions internationales.

Au dîner de Mario Boppel, lui et ses amis n'avaient pas eu beaucoup de mal à convaincre le général Guzman que la seule solution positive pour les *ladinos* était l'élimination rapide de Rigoberta Menchu.

Les conjurés avaient décidé de garder le secret le plus absolu sur le projet, laissant bien entendu le président Serrano à l'écart : il serait mis devant le fait accompli, et, même s'il y avait quelques vagues, cela ne ressusciterait pas Rigoberta Menchu et, ça, c'était le principal.

A son poste de chef d'état-major de la présidence, Cesar Guzman était l'homme fort du Guatemala. D'abord, ses hommes espionnaient jour et nuit le Président et l'entouraient physiquement. Ensuite, il traitait d'égal à égal avec le chef d'état-major de l'armée guatémaltèque, un camarade de promotion. Il avait surtout sous ses ordres directs le G-2, service de renseignements de l'armée dont l'état-major se trouvait à quelques mètres de son bureau, dans l'ancienne école polytechnique, un bâtiment jaune de trois étages, juste derrière le Palacio Nacional. Le pouvoir du G-2 était énorme. Il organisait la surveillance électronique, disposait d'une armée d'*orejas* (1) lui permettant de disposer de renseignements sur toute la population. Dans chaque unité militaire guatémaltèque, il y avait un détachement du G-2, dont les membres avaient le droit d'arrêter n'importe qui, de le détenir sans jugement et bien entendu de l'exécuter.

Ils ne s'en privaient pas...

A la fois Service de Renseignements Extérieurs et police politique, le G-2 étendait ses tentacules sur tout le pays, même dans le lointain Peten. Son chef, le colonel Molina, obéissait au doigt et à l'œil au général Guzman.

Pour les opérations « pointues » et vraiment secrètes, Guzman avait créé le « Service des Archives », qui ne comptait qu'une centaine de personnes, mais disposait de fonds illimités et de matériel moderne. Ses membres étaient recrutés par cooptation au sein de la garde présidentielle. C'est le colonel Jorge Sanchez qui en était responsable.

Seule, la Policia Nacional, chargée des délits de droit commun, était composée de civils. Mais, par mesure de sécurité, le général Guzman avait mis à sa tête un colonel qui lui rendait compte directement des affaires sensibles.

Le système était verrouillé, disposant en sus de la sympathie et du soutien de tous les *ladinos* considérant l'armée comme leur meilleur rempart contre les ambitions modestes des indigènes. Pour les *finceros*, le général Guzman était quasiment un Dieu. Formé à la bonne école, celle d'un autre général, Armando Pineda, dit

(1) Espions.

« Loco » Pineda (1) en raison de sa férocité légendaire. C'est lui qui s'était livré à de minigénocides dans le *Quiché*, gazant les Indiens par centaines en utilisant des produits de fumigation agricole. Ceci, afin de « nettoyer » les zones contaminées par les subversifs.

Aux yeux de Pineda et de Guzman, un bon subversif était un subversif mort. Lorsque la série de dictatures militaires ayant dirigé le Guatemala depuis 1954 avait théoriquement cédé la place à un pouvoir civil, en 1986, l'armée avait exigé que le général Cesar Guzman, garant des méthodes éprouvées, ait un poste clé.

– Racontez-moi ce qui se passe, ordonna ce dernier à Jorge Sanchez, au garde-à-vous devant lui.

Celui-ci relata succinctement les faits. Lorsqu'il eut terminé, le général Guzman demanda simplement :

– Qui est au courant ?

– Vous, *señor general*, et le sergent Zacara.

– Bien. Cette affaire doit rester entre nous et être réglée rapidement. Sans en parler au G-Dos. Je ne veux pas qu'on arrête cette fille. Il faut qu'elle disparaisse, que même les gens du service ne sachent pas ce qui lui est arrivé. Je veux aussi que cet agent de la CIA soit traité comme il le mérite.

Le colonel Jorge Sanchez ouvrit la bouche et la referma. N'osant pas dire à son supérieur qu'on ne liquidait pas un agent de la CIA comme un vulgaire adjudant guatémaltèque. Mais le général Guzman devait lire dans ses pensées car il précisa immédiatement :

– Vous lui faites subir le même traitement qu'à Michael Devin.

– *Muy bien, señor general*, approuva Jorge Sanchez.

Michael Devin était un Américain, agent de la CIA, qui prenait un peu trop de contacts avec les subversifs. Sur l'ordre du colonel Sanchez, il avait été abattu par un

(1) Pineda le fou.

soldat soi-disant « déserteur ». Ce qui avait provoqué la rupture quasi totale des relations entre les Etats-Unis et le Guatemala.

Le général Guzman observait son subordonné, se demandant jusqu'à quel point il pouvait lui faire confiance. Pas sur l'idéologie bien sûr, mais sur son habileté à résoudre un cas difficile. Lui seul savait que le président Serrano n'était pas au courant du plan « El Diablo ». Et qu'il n'était pas question qu'il le soit. Il ne faisait pas confiance aux civils pour résoudre les problèmes *vraiment* délicats.

C'est la raison pour laquelle il devait absolument laver son linge sale en famille.

– Vous allez régler le problème de l'élimination de ces deux personnes en utilisant le personnel que je vous ai affecté pour « El Diablo », continua-t-il.

– *Con mucho gusto, señor general* (1), approuva chaleureusement le colonel Sanchez, soulagé que cela ne se passe pas trop mal.

– Bien entendu, vous interrogerez la fille, ajouta le général. Il faut savoir ce qu'elle a dit aux *gringos*. Et s'il n'y pas une autre taupe au sein de notre service.

– *Claro, señor general*. On peut faire cela à Justo Ruffino Barrios. Et ensuite...

C'était une des casernes du G-2, à Guatemala City.

Le général Guzman l'interrompit brutalement :

– Je vous ai dit que je voulais une élimination secrète, même pour nos camarades. J'ai une idée. Que vous auriez dû avoir, d'ailleurs. Vous voyez souvent doña Orlando, n'est-ce pas ?

– *Claro que si, señor general*, avoua Jorge Sanchez, un peu gêné.

La pulpeuse Maria-Beatriz Orlando, richissime et ravissante, était de notoriété publique sa maîtresse. Une

(1) Avec plaisir.

veuve, elle aussi, son mari ayant été assassiné sauvagement avec son père par des subversifs, quelques années plus tôt dans sa *finca* de café. Depuis, elle passait le plus clair de son temps à Guatemala City dans une somptueuse résidence construite sur les collines boisées, au sud de la ville.

– *Bueno*, continua le général Guzman, je pense que vous pouvez lui demander ce service, non ? Qu'elle fasse emmener le corps dans sa *finca* et qu'on l'enterre là-bas.

– *Como no !* approuva aussitôt le colonel Sanchez.

Maria-Beatriz Orlando haïssait tout ce qui ressemblait de près ou de loin à un subversif. Seul petit hic, elle n'allait pas mener elle-même un interrogatoire et ce qui s'ensuivrait. Le général Guzman alla au-devant de l'objection.

– Vous prenez le sergent Zacara pour l'essentiel, vous lui faites jurer le secret sur les Saints Evangiles et vous lui annoncez qu'il sera promu adjudant avant la fin de l'année.

– Et pour cet agent américain ?

– Même procédure, mais arrangez-vous pour que cela ne soit pas trop voyant. *Bueno ?*

– *Si, señor general*, approuva le colonel Sanchez en se levant.

– Rendez-moi compte lorsque ce sera fait. Le plus tôt sera le mieux.

Le colonel Jorge Sanchez salua la sentinelle à l'entrée du bureau, presque guilleret. C'était bon d'être commandé par un vrai chef, qui ne s'embarrassait pas de détours. Avec des hommes comme César Guzman, le Guatemala des *ladinos* était en bonnes mains.

CHAPITRE III

— Tu te rends compte, le café était ce matin à 70 dollars la tonne !

Les yeux bleus de Maria-Beatriz Orlando brillaient d'une joie sauvage, la rendant encore plus belle. Le colonel Sanchez la dévorait des yeux. Il en était tombé fou amoureux dès leur première rencontre, lors d'une soirée au Palacio Nacional, trois ans plus tôt. Elle était rapidement devenue sa maîtresse, prenant de plus en plus d'ascendant sur lui, de la façon la plus classique. Chaque fois que Jorge Sanchez lui tenait tête, elle se refusait à lui et commençait illico à se faire courtiser par d'autres hommes...

Le contraste entre ses yeux cobalt et ses courts cheveux noirs, sa poitrine aiguë toujours libre sous des chemisiers de soie, sa chute de reins marquée et ses jambes fines en faisaient un somptueux objet sexuel. Vêtue d'un élégant tailleur de lainage rouge, avec une blouse de soie assortie, les jambes gainées de bas d'un noir brillant, les doigts chargés de bagues, maquillée comme la reine de Saba, elle était encore plus désirable que d'habitude.

Les derniers invités venaient de partir, après avoir asséché une dizaine de château La Gaffelière 78, et la grande maison au plancher d'acajou était totalement silencieuse. Six ans plus tôt, à la grande époque des *subver-*

sivos, le père et le mari de Maria-Beatriz avaient été égorgés dans sa *finca* de café de la sierra Los Cachumatones, au nord d'El Quiché, une des régions les plus sauvages du Guatemala. Depuis, elle était installée dans une somptueuse résidence dominant la route du Salvador, à Montebello II. Une maison de pierre, entourée d'un parc clos d'un haut mur gris prolongé de tôle noire surmontée de barbelés. Le tout surveillé par des caméras électroniques. Elle ne mettait les pieds dans sa *finca* que quelques jours par an.

Jorge Sanchez posa son verre de Gaston de Lagrange XO et sourit à Maria-Beatriz. Chez elle, on trouvait toujours les meilleurs alcools. Il se moquait éperdument du cours du café – il possédait une *finca* de cardamome –, mais il avait une furieuse envie de sa maîtresse, là, tout de suite. C'était un sanguin qui n'aimait pas attendre. Une chaîne hi-fi Samsung diffusait en sourdine de la musique des Andes – harpe et flûte indienne – mélancolique et pleine de romantisme. Il avança la main, effleurant la pointe d'un sein sous la soie rouge.

– *Querida*, commença-t-il, tu...

Les yeux cobalt semblèrent se solidifier et Maria-Beatriz recula imperceptiblement, posant son verre de Cointreau où nageaient plusieurs glaçons et un zeste de citron vert.

– Tu m'as dit au téléphone que tu avais un petit service à me demander. De quoi s'agit-il ?

Jorge Sanchez l'avait appelée pour s'excuser de son retard, mentionnant vaguement un problème à résoudre. Connaissant le caractère violent et vindicatif de sa maîtresse, il avait espéré lui en parler après. Sinon, au lieu de faire l'amour, il aurait droit à une interminable diatribe sur les subversifs et les *gringos*.

– Ce n'est pas important, dit-il d'un ton léger, en la prenant dans ses bras, nous en parlerons tout à l'heure.

Maria-Beatriz demeura raide comme un bout de bois, cherchant le regard de son amant.

– Dis-moi de quoi il s'agit, insista-t-elle.

Jorge Sanchez, si retors, si pervers, si dépourvu de scrupules, perdait tous ses moyens devant son regard bleu, perçant comme un laser. Acculé, il raconta rapidement l'épisode Mercedes Pinetta. Elle ne le laissa pas finir, sifflant d'une voix mauvaise :

– Il faut la tuer, cette salope, lui arracher les seins ! Elle, une *ladina* comme nous, pactiser avec les *gringos* !

– Il faut d'abord l'interroger, plaida le colonel Sanchez. Savoir ce qu'elle leur a dit.

Maria-Beatriz lui jeta un regard noir.

– Tu devrais ne penser qu'à la tuer ! Elle ne te dégoûte pas ?

– Si, si, approuva mollement Jorge Sanchez, dépassé par la haine de sa maîtresse. D'ailleurs, c'est ce qui est prévu. C'est pour cela que je voulais t'en parler.

Quelque part, il regrettait la trahison de Mercedes Pinetta et les conséquences qui allaient en découler. C'était dommage de tuer une aussi jolie fille...

– Le général Guzman m'a demandé si tu accepterais que Mercedes Pinetta soit amenée ici pour être interrogée et qu'ensuite tu fasses évacuer son corps vers ta *finca*.

Maria-Beatriz retrouva d'un coup son sourire.

– *Como no !* Qui va l'interroger ?

– Un sergent de mon équipe. Il est sûr. Ensuite, tu peux faire le nécessaire. L'enterrer dans ta *finca*.

Maria-Beatriz, de nouveau furieuse, écrasa avec rage sa cigarette dans le cendrier.

– Pourquoi ne pas montrer aux *gringos* que nous ne les craignons pas ? En l'exécutant officiellement. Tu as peur de « Pollo triste » (1) ?

C'était le surnom de Malcolm Brown, le chef de sta-

_____

(1) Poulet triste.

tion de la CIA au Guatemala, bête noire de l'oligarchie. Charmant garçon affligé d'un tic qui lui faisait pencher la tête de côté comme un oiseau, en regardant ses interlocuteurs de son œil rond...

— Non, dit fermement Jorge Sanchez après avoir achevé son verre de cognac Gaston de Lagrange pour se donner du courage, le général Guzman tient à ce que cette affaire reste secrète, du moins pour le moment. Il faut simplement maintenir les *gringos* à l'écart de l'opération « El Diablo ». Même s'ils se doutent de ce que nous préparons, du moment qu'ils ne connaissent pas les modalités opérationnelles, ce n'est pas grave.

Un bruit en provenance de la cuisine empêcha Maria-Beatriz de répondre. Elle se leva vivement et se précipita.

A peine était-elle entrée dans la cuisine qu'elle poussa un cri perçant. Jorge Sanchez se leva d'un bond, arracha de sa gaine le petit automatique qui ne le quittait jamais et se rua hors de la pièce.

— Maria-Beatriz ! *Que pasa ?*

Il surgit, pistolet au poing, et s'arrêta net. Maria-Beatriz était seule, à ce qu'il lui sembla. Elle se retourna vers lui, le regard flamboyant de colère, le bras tendu vers le sol, désignant de l'autre côté du grand meuble occupant tout le centre de la cuisine un objet invisible pour le colonel.

— Regarde ça !

Il crut d'abord qu'il s'agissait d'un serpent et contourna précautionneusement le meuble, arme braquée vers le sol. Pour se trouver nez à nez avec un enfant de deux ans, drapé dans un tissu indien bariolé, qui jouait avec une assiette.

— C'est le dernier de ma *muchacha* (1), lança-t-elle

(1) Femme de ménage.

avec indignation. J'interdis que ses enfants mettent les pieds à l'intérieur. Sinon, où va-t-on ?

Du bout de son escarpin, à petits coups, elle repoussa l'enfant vers la porte donnant sur le patio. Il geignit un peu, mais se laissa faire. Dès qu'il fut dehors, Maria-Beatriz referma avec un soupir de soulagement.

– Je vais lui retenir 10 quetzales pour la punir ! dit-elle. Sinon, cela va devenir une porcherie, ici. Tu n'es pas d'accord ?

– *Si ! Como no !* approuva Jorge Sanchez, ravi de cette diversion.

Il s'approcha et coinça Maria-Beatriz entre le meuble et son corps robuste, cherchant à glisser une main sous sa jupe. L'écartant, elle lui jeta un regard glacial.

– Laisse-moi.

– Ecoute, plaida-t-il, je ne peux pas faire n'importe quoi. Tu sais que le général Guzman ne plaisante pas avec les ordres. Tu le connais.

Elle ne répondit pas, boudeuse. Bien que femme, elle était un membre influent du Cacif, l'organisme qui regroupait tous les *finceros*. Elle avait toujours applaudi aux mesures qui maintenaient les indigènes dans leur condition d'esclaves.

Par son père allemand et sa mère espagnole, elle était une *sangre azul* (1) qui méprisait viscéralement les Indiens.

Jorge Sanchez avait passé un bras autour de sa taille et la serrait contre lui, espérant l'amollir. Mais c'est lui qui s'enflammait au contact de ce corps souple et tiède.

– Laisse-moi, répéta-t-elle. Tu me fais honte. Tu devrais vouloir étrangler cette Mercedes de tes mains. Je vais chercher un autre homme. J'ai envie d'écarter les cuisses pour un qui a des couilles.

Une vision horrible passa devant les yeux de Jorge

(1) Sang-bleu.

Sanchez : Maria-Beatriz écartelée sous un autre. Bizarrement, cela lui procura instantanément une formidable érection, dont Maria-Beatriz s'aperçut aussitôt.

— Tu veux que j'aille chercher la *muchacha* pour te soulager ? proposa-t-elle ironiquement.

— Salope ! gronda Jorge Sanchez.

Il avait en même temps envie de la tuer et de la violer.

— Ecoute, plaida-t-il, il ne faut pas que cette affaire s'ébruite... Je vais m'arranger autrement. Je ne veux pas te contrarier.

Maria-Beatriz sentit qu'il ne bluffait pas et parut se calmer d'un coup.

— *Bueno*, dit-elle d'une voix nettement plus douce. Je ferai ce que le général Guzman désire. Je ne veux pas te créer de problèmes.

Jorge Sanchez ne dissimula pas son soulagement. Pour ajouter à sa détente, il lui sembla que le bassin de sa maîtresse se mettait à onduler imperceptiblement contre lui. Il ne vivait plus que par le membre tendu douloureusement qui palpitait contre le drap de son uniforme. Une petite voix avait beau lui murmurer que Maria-Beatriz était aussi perverse que lui, il s'entendit promettre :

— *Bueno*, dans ce cas, je te l'amènerai demain soir.

Instantanément, Maria-Beatriz fondit comme un bonbon dans la bouche. Ses cuisses s'ouvrirent autant que le permettait la jupe étroite, signe visible d'abandon. Jorge Sanchez se mit à malaxer les deux seins à travers la soie.

— *Mi amor !* fit Maria-Beatriz d'une voix mourante.

Son amant était comme un pur-sang qu'on aurait longtemps bridé. Il tressautait contre elle, fou de désir. Délicatement, elle glissa une main entre leurs deux corps et libéra le sexe raidi. Jorge Sanchez faillit exploser sur-le-champ. Avec un gémissement presque douloureux, il abandonna la poitrine pour les cuisses de sa maîtresse, remontant la jupe, glissant une main dessous pour enfin saisir la culotte de satin par le haut. Sa langue avait envahi la bouche de Maria-Beatriz. Celle-ci aida son amant par de petits coups de hanches à faire glisser le triangle de satin jusqu'à ses chevilles et à remonter sa jupe sur sa taille.

Il l'envahit aussitôt de ses doigts épais et elle gémit. Il la souleva alors, sa main en crochet, et la hissa sur le meuble. Rageusement, il arracha la culotte qui le gênait, et Maria-Beatriz ouvrit largement les jambes, le talon de ses escarpins accroché à la ceinture du colonel. La hauteur était parfaite. Jorge Sanchez n'eut qu'à pousser en avant, d'un élan, pour embrocher sa partenaire jusqu'à la garde.

Elle râla de plaisir, ses ongles griffèrent sa tunique et elle lança d'une voix changée :

– *Mi amor*, c'est pour toi que j'aime écarter les cuisses.

Le miel qui coulait de son sexe envahi renforçait ses paroles. Apaisé, Jorge Sanchez commença à la prendre lentement, jouissant de chaque seconde. Chaque fois, Maria-Beatriz poussait un feulement d'agonie. Au fond, elle adorait se faire prendre sur la table de la cuisine, comme une *muchacha*, par un homme bien membré. L'idée de le dominer psychologiquement doublait son plaisir.

– Plus fort, supplia-t-elle.

Jorge lui saisit les jambes, les souleva à la verticale, puis les replia, faisant saillir le sexe de sa maîtresse. Il se mit alors à la pilonner de tout son poids, la faisant glisser en arrière puis la ramenant à lui, comme une poupée. Il se retirait chaque fois presque entièrement et revenait défoncer le sexe offert avec une sorte de rage.

Chaque fois, Maria-Beatriz poussait un râle d'agonie. Jorge, par sa carrure, lui rappelait son père et cela teintait leur étreinte d'une aura trouble. En une ultime poussée, il se vida en elle, la tête rejetée en arrière, avec un grondement animal. Maria-Beatriz frémit de tous ses nerfs, en sentant la sève se répandre en elle, puis demeura immobile comme une morte.

Lorsqu'il lui lâcha les jambes, elles retombèrent, inertes. Elle se redressa quelques instants plus tard et sauta à terre, tirant sur sa jupe.

*
**

— Tu auras droit à la reconnaissance de tout le pays si vous réussissez « El Diablo ».

Maria-Beatriz avait repris place dans le salon, une jambe repliée sous elle. Seuls des cernes mauves rappelaient que l'intermède de la cuisine ne l'avait pas laissée indifférente. Elle terminait à petites gorgées son Cointreau où les glaçons avaient fondu. Jorge Sanchez se resservit une généreuse rasade de Gaston de Lagrange XO. Il avait toujours adoré les alcools français, surtout le cognac.

Elle bâilla et se leva en s'étirant.

— *Mi amor*, tu m'as tuée...

Elle le raccompagna jusqu'au perron, après qu'il eut récupéré la lourde serviette noire qui ne le quittait jamais. En plus de documents confidentiels, elle contenait une mini Uzi et trois chargeurs, au cas où des malfaisants croiseraient sa route.

Maria-Beatriz le regarda monter dans sa Honda Accord et démarrer. Heureusement qu'il y avait encore au Guatemala des hommes comme le général Guzman et Jorge Sanchez.

*
**

Mercedes Pinetta venait de tourner dans la 3e Rue, remontant vers le Palacio Nacional, lorsqu'un coup de klaxon la fit se retourner. La camionnette blanche qui servait aux planques parvint à sa hauteur, Noël de Jesus au volant. Par la glace ouverte, il lui adressa de grands signes.

— *A donde va, Mercedes ?* cria-t-il.

— Je rentre.

Elle habitait assez loin, *colonia* Lomas de Pamplona, près du jardin zoologique.

— Je te dépose. J'ai le temps.

Il s'arrêta au bord du trottoir et ouvrit la portière. Mercedes n'hésita qu'une seconde. La répulsion qu'elle éprouvait pour Noël de Jesus fut balayée par la perspective de s'épargner une heure dans un bus bondé. Noël de Jesus commença à bavarder tandis qu'ils descendaient la 6ᵉ Avenue, animée comme toujours.

Vingt minutes plus tard, ils étaient en vue de l'obélisque marquant son extrémité. Pour aller chez Mercedes, il fallait tourner à droite. Noël de Jesus ralentit au feu avant le rond-point et demanda :

— J'ai une lettre à porter, Carretera del Salvador. C'est urgent. Ça t'ennuie que j'y aille d'abord ?

— Tant pis, dit Mercedes, je vais terminer à pied. *Muchas gracias.*

Elle avait déjà la main sur la poignée. Brusquement, il y eut un claquement sec et la portière se verrouilla. Mercedes Pinetta tourna la tête vers Noël de Jesus, pensant à une fausse manœuvre. Le regard du sergent la détrompa vite. Un mélange d'amusement et de sadisme flottait dans ses prunelles noires et cela la mit instantanément en rage.

— Ouvre cette portière immédiatement ! ordonna-t-elle d'une voix sèche.

Au lieu de répondre, il redémarra, tourna autour du rond-point et prit la 18ᵉ Rue, dans la zone 15.

— Sergent Zacara, lança Mercedes, je vous donne l'ordre de vous arrêter et de déverrouiller cette portière.

Noël de Jesus accéléra, dépassant plusieurs véhicules. Mercedes sentit la rage l'envahir. Elle avait, bien sûr, remarqué l'assiduité du sergent à son égard, mais n'aurait jamais pensé qu'il aille jusqu'à l'enlever pour assouvir ses fantasmes. Elle lui envoya un coup de poing dans la main droite et lança :

– Arrêtez ! Sinon, je vais faire un rapport au *señor* colonel.

Soudain, elle aperçut le pistolet dans la main gauche de Noël de Jesus, braqué sur elle.

– Tais-toi, *hija de puta* ! grommela-t-il. C'est le *señor coronel* qui m'a donné l'ordre de t'emmener.

– Tu mens, cria-t-elle. Je sais très bien ce que tu veux... Tu es un sale obsédé.

Noël de Jesus ne put plus y tenir. L'air mauvais, il répliqua :

– Tu n'es pas plus gentille avec ton *gringo* ? Celui que tu rencontres quand tu vas soi-disant voir ta mère.

Brutalement, la terreur tomba sur les épaules de Mercedes comme un châle de glace. Noël de Jesus était trop servile pour prendre le risque de la kidnapper pour la sauter. Il obéissait bien aux ordres. Son cerveau se vida, et elle se rencogna contre la portière, pétrifiée. A cause des glaces teintées, on ne voyait rien de l'extérieur. Elle venait de basculer dans le monde horrible des *sequestrados*. Elle qui appartenait au « Service des Archives » connaissait bien la procédure. On partait de son travail et on n'arrivait jamais chez soi.

La camionnette avait quitté la 18ᵉ Rue pour s'engager dans la Carretera Panamericana, la route du Salvador qui escaladait les collines boisées entourant la ville. Mercedes, le cerveau vidé par la peur, essayait de bâtir un système de défense. Elle n'avait de secours à espérer de personne. Un quart d'heure plus tard, le véhicule sortit de la route principale, empruntant un chemin zigzaguant dans un lotissement luxueux pour stopper devant un portail noir rompant l'uniformité d'un haut mur surmonté par une paroi métallique. Noël de Jesus donna deux coups de klaxon et le portail s'ouvrit lentement. Mercedes Pinetta aperçut une pelouse, des arbres, une piscine et une immense maison. La camionnette continua au fond et stoppa en face d'un garage.

– Descends !

Noël de Jesus était déjà à terre. Elle obéit, ses jambes la portaient à peine. Il poussa Mercedes dans une pièce aux murs en ciment grisâtre, meublée d'une table, d'une chaise et d'un matelas. Des bidons et des cartons s'entassaient dans un coin. L'ampoule nue jetait une lumière glacée. Paisiblement, Noël de Jesus ôta son blouson et le posa sur le dossier de la chaise. Le manche de corne de son poignard dépassait de sa botte.

– Bien, *guapa* ! lança-t-il. Tu sais pourquoi tu es ici ?

Mercedes Pinetta secoua négativement la tête. La première gifle la prit à contre-pied et elle crut avoir les vertèbres cervicales brisées. Noël de Jesus lui envoya encore quelques gifles avant de lancer :

– Tu vas me parler de ton *gringo*, Malko Linge. Celui que tu retrouves en cachette.

Elle sentit sa gorge se nouer. Noël de Jesus l'observait, un sale rictus aux lèvres. Avec une lenteur calculée, il prit son poignard, en appuya la pointe au creux de l'estomac de Mercedes.

– Je vais te saigner comme une truie ! menaça-t-il.

– *Tu es loco !* (1) protesta Mercedes Pinetta. J'ai le droit de baiser avec qui je veux.

– Ah bon, ricana-t-il, même avec un de ces *gringos* qui travaillent pour « Pollo triste » ?

Il la saisit par le cou de la main gauche et, de la droite, avec son poignard, commença à lacérer ses vêtements, commençant par le pull vert. Mercedes Pinetta se débattit furieusement, le bourrant de coups de pied et suppliant :

– Laisse-moi ! Je veux le *señor coronel* !

Ses cris semblèrent exciter encore plus Noël de Jesus

(1) Tu es fou !

qui parvint à la dénuder complètement. Morte de honte
et ivre de fureur, elle essaya encore de lutter, jusqu'à ce
que Noël de Jesus lui pique le sein gauche jusqu'au sang,
de la pointe de son poignard.

— Le *señor coronel* n'a pas de temps à perdre avec toi,
puta, lança-t-il. Si tu ne fais pas tout ce que je te dis, je te
coupe un sein. *Entiendes ?*

De nouveau, Mercedes Pinetta fut certaine qu'il ne
bluffait pas. Il n'aurait jamais pris le risque de la traiter
ainsi sans des ordres de son chef. Son calvaire commençait. Résister ne servirait à rien. Il fallait gagner du temps
et croire au miracle. Et surtout, ne pas avouer.

Son tourmenteur attrapa ses longs cheveux noirs et les
noua en torsade, lui tirant la tête vers le bas, la forçant à
s'agenouiller sur le ciment nu. Lorsque son visage fut à la
hauteur de sa ceinture, il demanda d'un ton détaché :

— Tu ne veux pas qu'on fasse connaissance ?

Comme Mercedes ne répondait pas, il lui piqua de
nouveau le sein gauche avec son poignard.

— *Chupa !* (1)

Les mains tremblantes, elle défit la ceinture du jean,
puis le fit descendre, découvrant un caleçon douteux décoré de petits jaguars. Surmontant son dégoût, elle commença à s'exécuter. Appuyé à la table, Noël de Jesus eut
un rictus satisfait. Il joignait l'agréable à l'utile, assouvis-
sant un vieux fantasme. Quand il se jugea prêt, il remit
sur pied Mercedes en la tirant par les cheveux, la fit se
retourner, courbée sur la table et, d'un seul coup, la
viola. En quelques minutes, il atteignit son plaisir, donnant encore quelques coups de reins par pure méchanceté. Ensuite, il prit le temps de se rajuster, puis retourna
la jeune femme. Elle pleurait, muette, brisée, ses longs
cheveux collés à son visage par les larmes et la transpira-

(1) Suce.

tion. Noël de Jesus lui serra légèrement la gorge et dit de sa voix éraillée :

– Ça, *guapita*, c'était juste pour faire connaissance. Je vais te poser des questions. Si tu ne réponds pas, je te coupe un sein, ensuite l'autre. *Entiendes ?*

Mercedes hocha affirmativement la tête. Son ventre la brûlait et la peur lui tordait l'estomac. Le viol était au G-2 le prélude à tout interrogatoire sérieux.

Noël de Jesus Zacara se balançait d'un pied sur l'autre au milieu du salon luxueux de Maria-Beatriz Orlando. La décoration raffinée de l'architecte d'intérieur Claude Dalle l'intimidait. Il n'arrivait pas à détacher les yeux d'un grand panneau de verre sculpté de Lalique représentant une scène de jeu à Monte-Carlo. Une voix rauque et sensuelle éclata derrière lui :

– Tu as fini ?

Il se retourna. Maria-Beatriz Orlando portait une veste blanche à col officier, boutonnée jusqu'au cou, et une jupe noire très serrée et très courte. Le nylon qui gainait ses jambes bien galbées scintillait sous la lumière. En dépit de la tenue stricte, Noël de Jesus sentit son ventre s'embraser. Les yeux bleu cobalt de la jeune femme le fascinaient.

– *Si, doña Orlando*, répondit-il timidement.

– Viens t'asseoir ici et raconte-moi ce qu'elle t'a dit, proposa-t-elle. Tu veux du champagne ?

Une bouteille de Moet millésimé attendait dans un seau de cristal.

– Si, *muchas gracias*, fit Noël de Jesus, de plus en plus intimidé.

Son chef, le colonel Sanchez, l'avait autorisé à communiquer le résultat de l'interrogatoire de Mercedes à doña Orlando. Donc, il n'y avait pas de problème.

Elle tapota la soie rouge du divan et s'assit de côté, croisant les jambes avec une lenteur calculée de façon à ce qu'il ait le temps d'apercevoir un peu de peau blanche au-dessus du bas. Noël de Jesus s'assit au bord du divan, les yeux baissés.

Maria-Beatriz lui tendit la bouteille de Moet à déboucher, ce dont il s'acquitta maladroitement. Elle emplit deux flûtes et leva la sienne en portant un toast : « A notre beau pays. »

— Maintenant, raconte-moi.

— Elle travaille pour les *gringos*. Ils l'ont recrutée, il n'y a pas longtemps. Un homme qui travaille avec « Pollo triste », lâcha-t-il d'un trait.

— Celui avec qui tu l'as vue dans la voiture ?

— Non, celui-là, c'est un autre qui est venu du Mexique pour parler avec elle régulièrement.

— Pourquoi a-t-elle fait cela ? demanda Maria-Beatriz, la voix frémissante de fureur.

— *El dinero...* (1)

— Qu'est-ce qu'elle a dit aux *gringos* ?

— Elle leur a parlé de l'opération « El Diablo », ils savent ce que nous avons l'intention de faire avec l'indigène Menchu.

Le sang se retira du visage de Maria-Beatriz Orlando.

— C'est très grave ! fulmina-t-elle. Très, très grave.

Noël de Jesus hocha la tête.

— *Si, claro.* Mais ils ne savent pas *comment* nous allons le faire. Et je suis sûr qu'elle ne ment pas : personne ne le sait encore, à part le *señor coronel.* Moi-même, je l'ignore. Et maintenant, je vais faire en sorte qu'elle ne dise plus rien.

La rage étouffait Maria-Beatriz. Donc, les *gringos* protégeaient cette truie de Rigoberta Menchu. Et ils se don-

(1) L'argent.

naient beaucoup de mal. Plus que jamais, il fallait leur infliger une sévère leçon.

– Personne ne l'a vue monter avec toi dans « *el panel de la muerte* » ?

– Non, personne, affirma le sergent.

– Tu sais ce que tu as à faire maintenant ? Le *señor coronel* t'a donné ses ordres.

– *Si.*

– Bien. Attends-moi ici.

Elle se leva et sortit de la pièce. Noël de Jesus se mit à fantasmer. Et si elle revenait en déshabillé transparent, comme dans les films ? Hélas, Maria-Beatriz réapparut dans la même tenue, une liasse de billets dans la main gauche. Elle les lui tendit avec un sourire féroce.

– Noël de Jesus, fit-elle avec une familiarité inattendue, tu as bien travaillé. *Muchas gracias.*

Il prit l'argent en bredouillant des remerciements. Il y avait au moins 1 000 quetzales. Maria-Beatriz Orlando attendit qu'il les ait empochés pour annoncer :

– Viens...

Il la suivit dans la cuisine. Une bouteille de *concha* (1) était posée sur la table, à côté d'une machette dans une gaine de cuir. Leurs regards se croisèrent et il baissa les yeux, effrayé par ce qu'il voyait dans celui de la jeune *fincera*. Une cruauté qui l'étonnait, même lui.

– Tu as le droit de t'amuser un peu maintenant, dit-elle d'un ton léger. Cette *concha* est excellente et tu fais ce que tu veux de la fille, avant de...

Elle laissa sa phrase en suspens, lui mit la machette dans la main, presque corps contre corps, avec un sourire gourmand.

– Quand tu auras terminé, tu t'en vas, je m'occuperai du reste.

_____

(1) Alcool clandestin très fort.

*
**

Mercedes Pinetta était nue, recroquevillée sur le mate-las, lorsque Noël de Jesus revint. Il posa la machette sur la table et déboucha la bouteille d'alcool. Un tord-boyaux qui rendait fou. Il en but une grande lampée à la régalade et sentit aussitôt la chaleur irradier tout son corps. Son regard se posa sur Mercedes, mais il pensait à Maria-Beatriz Orlando. Il but encore, puis claqua des doigts.

– Viens ici !

Comme à un chien.

Mercedes Pinetta ne bougea pas. Il fit un pas en avant et, la tirant par les cheveux, la força à se lever. Elle était molle comme une poupée. Il se mit à la palper, à enfoncer ses doigts dans la chair tendre des seins, mais le cœur n'y était pas. Brutalement, il la repoussa et elle tomba à terre. Cela avait été trop atroce et elle avait tout avoué lorsque Noël de Jesus lui avait enfoncé son poignard dans le vagin, menaçant de lui transpercer l'utérus.

– *Chupa !*

Il avait l'intention de la prendre à nouveau de toutes les façons, mais encore fallait-il en être capable. Il dut répéter son ordre trois fois avant que Mercedes, avec des gestes de noyée, commence à défaire sa ceinture. Le contact de sa bouche sur son sexe mou lui parut délicieux et il reprit une rasade de *concha*. La bouteille était déjà bien entamée et il avait l'impression d'avoir une chau-dière dans l'estomac. Cependant, Mercedes avait beau se donner du mal, elle n'obtenait aucun résultat.

Il arracha la machette du fourreau et piqua la jeune femme au flanc.

– Mieux que cela !

Il ne vit pas le regard de haine qu'elle lui jeta. La bouche de Mercedes se fit plus active. Il poussa un soupir de bien-être qui se termina en hurlement sauvage.

De toutes ses forces, Mercedes venait d'enfoncer ses dents dans sa chair. La douleur fut si violente qu'il en eut une nausée. Elle aurait pu le mettre hors d'état de nuire, mais quelque chose la retint de mordre à fond. D'un violent coup de pied, Noël de Jesus la repoussa. Du sang coulait de son sexe. Il souffrait atrocement.

Mercedes s'était relevée et ouvrait déjà la porte. Il la rattrapa et la fit pivoter. La lame de la machette s'abattit, de haut en bas, coupant net les trois quarts de son sein gauche. Inondée de sang, la jeune femme poussa un hurlement inhumain.

Noël de Jesus, ivre de fureur et de douleur, leva à nouveau la lame coupante comme un rasoir et l'abattit, cette fois sur le sein droit. Il avait mieux visé et le trancha jusqu'aux côtes. Mercedes s'abattit d'un bloc. Fou furieux, son bourreau continua à frapper, de toutes ses forces, sans réaliser qu'elle ne criait plus. Il ne pouvait plus s'arrêter. On n'entendait que le bruit mat de la lame s'enfonçant dans les chairs. Il s'acharna sur la nuque, tranchant la tête, puis sur un bras, le tronçonnant en plusieurs morceaux. L'odeur dans la pièce était abominable et il se remit à boire.

Frustré, ivre de douleur, il continua, alternant les rasades de *concha* avec son sinistre travail de découpage. Une sorte d'automatisme venu du fond des âges, ce qu'on appelle la « culture du sang », l'animait. Enfin, la bouteille presque vide, il s'arrêta. De Mercedes Pinetta, il ne restait que des morceaux impossibles à identifier, un magma de débris sanglants, comme à l'étal d'un boucher. Noël de Jesus sortit du garage et l'air frais de la nuit lui fit du bien. Zigzaguant, titubant, il se dirigea vers la camionnette et aperçut soudain quelque chose dans un coin. Il leva sa machette et l'abattit au jugé.

Un vagissement lui répondit : c'était un enfant très

jeune dont il venait de trancher trois doigts ! Tout à coup effrayé, Noël de Jesus courut jusqu'à sa camionnette, prit le volant, attendit que le portail s'ouvre automatiquement, et démarra en trombe, poursuivi par les glapissements de l'enfant.

*
**

Maria-Beatriz entendit les premiers hurlements de Mercedes Pinetta en fumant une cigarette. Cela dura moins longtemps que prévu. Elle avait fumé quatre cigarettes de plus et terminé la bouteille de Moet quand des cris aigus s'élevèrent du jardin. Intriguée, elle alla voir et découvrit l'enfant, le fils de la *muchacha* qu'elle avait jeté hors de sa cuisine la veille ; sa main droite était amputée de trois doigts.

Noël de Jesus et son véhicule avaient disparu.

Elle fonça au garage, soudain inquiète. Ce qu'elle vit la rassura. Les narines palpitantes de satisfaction, elle compta vingt-trois morceaux différents. Noël de Jesus avait fait du bon travail, abandonnant la machette sur place. Maria-Beatriz Orlando la remit dans son fourreau puis se dirigea vers les communs. Son *caporal* (1), réveillé par les cris, surgit immédiatement.

— Gonzalo, dit-elle, viens avec moi.

Elle l'emmena dans la pièce du massacre et ordonna :

— Tu vas mettre tout ça dans un sac et tu viendras me voir. Avant, occupe-toi de cet enfant. Tu sais que j'ai horreur du bruit.

— *Si*, doña Orlando, dit l'homme.

C'était un garçon sûr qui dirigeait d'une main de fer les travailleurs agricoles de la *finca*. Maria-Beatriz lui avait donné la concession de la *cantina* de sa *finca* et il n'avait rien à lui refuser.

(1) Contremaître.

CHAPITRE IV

La Honda Accord grise pila devant le portail de la résidence de Maria-Beatriz Orlando et le colonel Jorge Sanchez se mit à klaxonner comme un fou. Il était tellement pressé qu'il raya son aile arrière en entrant alors que les battants s'ouvraient. Une *muchacha* se précipita, affolée.

– *Donde esta doña Orlando ?* demanda l'officier.

– *En su cama.* (1)

Il montait déjà l'escalier à grandes enjambées. Il entra sans frapper dans la chambre de Maria-Beatriz. Elle était en train de regarder la télévision, bien calée sur des oreillers de dentelle, drapée dans un voluptueux peignoir de soie mauve. Elle adressa un sourire enjôleur à Jorge Sanchez planté devant son lit.

– *Que tal, mi amor ?*

– Tu es folle ! explosa-t-il.

– Folle, pourquoi ?

– Pourquoi ! (Il s'étranglait de fureur.) Tu as fait déposer le corps de Mercedes Pinetta coupé en morceaux devant l'ambassade américaine !

– Vingt-trois morceaux, commenta sobrement la jeune femme.

– Tu te rends compte des conséquences ?

(1) Dans son lit.

Un éclair de rage passa dans les yeux cobalt.

— Les conséquences ! siffla-t-elle. Les *gringos* ne vont plus se mêler de nos affaires.

Le colonel Sanchez secoua la tête, découragé.

— Ils sont déchaînés ! La Présidence et l'Etat-Major sont assaillis de coups de téléphone. Les médias ne parlent que de cela. Une fois de plus, les Américains nous traitent de sauvages. Pourquoi n'as-tu pas fait ce qui était prévu ?

— Parce que vous aviez tort, répliqua-t-elle avec assurance. Il faut montrer aux *gringos* que, s'ils se mêlent de nos affaires, ils le paieront très cher.

— Le général Guzman est furieux !

Elle haussa les épaules.

— Il en a fait d'autres. Dis-lui que je l'invite à dîner. Je lui expliquerai pourquoi j'ai agi ainsi. A propos, tu ne t'es pas encore occupé de celui à qui elle se confiait ? C'est ce que tu devrais faire au lieu de venir m'ennuyer.

Jorge Sanchez n'eut pas le courage de répondre. Après le savon que venait de lui passer le général Guzman, il était vidé, n'arrivant même pas à analyser correctement les retombées du geste insensé de Maria-Beatriz.

— Cela va se calmer très vite, annonça cette dernière. Il n'y a qu'à accuser les *subversivos*, et lui faire un bel enterrement. On peut même la décorer à titre posthume, cette salope.

Elle avait réponse à tout... un vrai démon. « El Diablo », c'était elle. Sans un mot, il sortit de sa chambre, poursuivi par la voix ironique de Maria-Beatriz :

— La prochaine fois, on coupera le cou de « Pollo triste ».

*
**

— Vous vous rendez compte ? commenta d'une voix blanche Malcolm Brown, le chef de station de la Central

Intelligence Agency à Guatemala City. Ils l'ont découpée
en vingt-trois morceaux ! Le médecin légiste n'avait jamais vu cela.

Malko reposa sur le bureau de l'Américain les abominables photos. Heureusement qu'elles étaient en noir et
blanc. Le visage souriant de Mercedes Pinetta passa devant ses yeux. Dire qu'il n'en restait plus que ce magma
sanguinolent. Trois jours plus tôt, elle bavardait gaiement
avec lui. Sa mission au Guatemala commençait bien ! Ce
n'était pas la peine d'avoir échappé à la folie meurtrière
de Sarajevo pour se retrouver plongé dans ce nouveau
bain d'horreur.

Il était paisiblement à Acapulco avec Alexandra, sa
fiancée de toujours, lorsque le coup de téléphone de la
CIA l'avait atteint et dérangé. Grâce au système « Fre-
quent Flyer », des billets gratuits offerts par Air France à
ses meilleurs clients, il s'était offert quinze jours de détente au soleil. Seulement, le chef de station de Mexico
City s'était montré très pressant. Ils avaient absolument
besoin d'un « case-officer » expérimenté pour traiter une
« source » à Guatemala City, au sujet d'une affaire de la
plus grande importance.

En dépit des protestations furieuses d'Alexandra, il
avait sauté dans le premier vol d'AeroMexico, d'abord
pour Mexico City puis, pour la capitale guatémaltèque.

Là, Malcolm Brown lui avait expliqué le problème.
Son adjoint, Larry Owens, avait « tamponné » une
« source » précieuse, une jeune femme, membre des services de sécurité guatémaltèques, par le plus grand des ha-
sards, alors qu'elle faisait du stop, un jour de grève des
transports. En quinze jours, il l'avait complètement re-
tournée, en lui faisant miroiter beaucoup de dollars et,
éventuellement, un permis de séjour aux Etats-Unis. Seulement, c'était trop dangereux de la « traiter » lui-même,
car les Guatémaltèques connaissaient son appartenance à
la CIA. Donc, il avait utilisé la procédure habituelle dans

ce cas de figure. Soit on faisait voyager la « source » à l'étranger, ce qui dans le cas de Mercedes Pinetta était impossible, soit on faisait venir un agent non repéré qui la traitait.

Les deux premiers rendez-vous de Malko s'étaient très bien passés. Chaque fois, il remettait 200 dollars à la jeune femme. Ses informations étaient précieuses, étant donné son rôle au « Service des Archives ». Maintenant, la « source » de la CIA était muette, définitivement.

Malcolm Brown l'apostropha :

– Vous êtes sûr de ne pas avoir été suivi aujourd'hui ?

Utilisant une phrase code innocente, il avait convoqué Malko à l'ambassade américaine, énorme blockhaus gris qui occupait un bloc entier sur la Reforma. Malko, après avoir procédé à plusieurs ruptures de filature, avait retrouvé une voiture de l'ambassade aux glaces teintées qui l'avait amené directement dans le sous-sol du blockhaus.

– Pas jusqu'au moment où j'ai retrouvé votre homme, affirma Malko.

Malcolm Brown avait l'air horriblement malheureux. Avec son mètre quatre-vingt-dix, son allure dégingandée, son long cou maigre, son crâne déplumé et son œil rond, il ressemblait vraiment à un oiseau.

Depuis six heures du matin, il était sur le pont, se gorgeant de café pour tenir le coup. Malko avait trouvé une agitation fébrile à l'étage de la CIA. Il tombait des nues. Sa mission semblait pour une fois de tout repos. Entre ses rendez-vous avec Mercedes Pinetta, il n'avait strictement rien à faire que se dorer à la piscine et faire du tourisme, afin d'épaissir sa couverture.

Malcolm Brown bâilla à se décrocher la mâchoire et dit à Malko :

– Faisons le point. Au cours des différents rendez-vous qu'elle a eus, d'abord avec Larry Owens, ensuite avec vous, Mercedes Pinetta nous a révélé d'abord qu'elle faisait partie de la garde présidentielle avec le grade d'adjudant, ensuite qu'elle avait été détachée au « Service des Archives » pour des missions spéciales. Enfin, qu'elle participait en ce moment même à une mission dont le nom de code était « El Diablo », ayant pour objectif l'élimination physique de Rigoberta Menchu, prix Nobel de la paix 1992, lors de son retour au Guatemala, dans une quinzaine de jours.

– Elle a également affirmé, ajouta Malko, que cette opération spéciale était demandée par le général Cesar Guzman en personne, chef d'état-major de la garde présidentielle. Et que ce dernier avait chargé le colonel Jorge Sanchez, patron du « Service des Archives » de la mener à bien. Lors de notre dernier rendez-vous, elle m'avait précisé qu'une demi-douzaine d'hommes du « Service des Archives » participaient à l'exécution de cette mission. Elle m'avait promis de me livrer leurs noms.

– Pourquoi ne l'a-t-elle pas fait ?

– J'ai l'impression qu'elle ne voulait pas livrer toutes ses informations d'un seul coup. Elle semblait avoir peur que nous ne la pressions comme un citron pour cesser ensuite de la payer.

Un ange passa et disparut dans un nuage de billets. Pour une fois que la CIA n'avait pas de mauvaises intentions... Malcolm Brown relisait ses notes. Il releva la tête et demanda à Malko :

– Vous êtes sûr qu'elle ne vous a rien dit de plus sur le *modus operandi* ?

– Rien, affirma Malko, légèrement agacé, je ne l'aurais pas gardé pour moi. Pour l'instant, l'opération consistait simplement en une surveillance intensive des locaux de la Conavigua. Mais cela vous le savez.

– Elle ne paraissait pas nerveuse, lors de votre dernière rencontre ?

– Non.

L'Américain soupira :

– *Well*, ce matin vers cinq heures et demie, un

« pick-up » sans plaque, de marque International, a ralenti en passant devant l'ambassade et quelqu'un a jeté un sac sur le trottoir de la Reforma, devant les merlons de protection. Les gardes extérieurs ont aussitôt alerté les « Marines », croyant à un attentat. La police a été prévenue. On a trouvé dans le sac un corps humain découpé en vingt-trois morceaux à coups de machette, avec une férocité incroyable. D'après le médecin légiste, Mercedes Pinetta avait été assassinée quelques heures plus tôt. Son identification a été facile car les assassins avaient pris soin de mettre dans le sac sa *cedula* (1).

Malko hocha la tête :

– Admettons que ses chefs aient découvert par un moyen que nous ignorons que Mercedes travaillait pour la *Company*, c'était facile de la liquider sans que vous en sachiez rien. Pourquoi cette volonté de vous défier ?

– J'avoue que je ne comprends pas, répliqua Malcolm Brown. Je connais de réputation Guzman et Sanchez. Ce sont d'horribles salauds, mais pas des fous furieux. C'est illogique de m'alerter ainsi. Mais ce sont des gens qui ne raisonnent pas comme nous. Ils doivent se dire que cela n'aura aucune conséquence fâcheuse pour eux. Et, malheureusement, ils risquent d'avoir raison.

– Pourquoi ?

– Le plaisir de nous narguer a pu prendre le pas sur la prudence. Et puis, soyons lucides. Il y a eu plus de cent mille assassinats politiques en trente ans et pas une seule arrestation. C'est plutôt rassurant pour les assassins de Mercedes Pinetta.

– Personne ne va faire d'enquête sur ce meurtre ? interrogea Malko.

– Si, répliqua Malcolm Brown. La police. Une instruction a été ouverte par le procureur général Juan-Carlos Verdes. Un des rares types honnêtes de ce pays. Il a

_____
(1) Carte d'identité.

aidé la DEA à faire extrader trois hommes politiques guatémaltèques qui travaillaient avec les Narcos. Seulement ici, les instructions concernant des meurtres politiques n'aboutissent jamais. Les *ladinos*, descendants abâtardis des conquistadores espagnols, considèrent toute action menée contre les Indiens comme une sorte de légitime défense. A leurs yeux, les indigènes doivent rester dans leur montagne et surtout ne pas évoluer. La pire insulte ici, c'est de traiter quelqu'un d'*indio*... Un jour, je parlais avec un businessman, considéré comme libéral, de la façon abominable dont le frère de Rigoberta Menchu a été torturé et assassiné par l'armée. Ils l'ont brûlé avec des cigarettes, lui ont coupé la langue, découpé la plante des pieds, battu jusqu'à le faire doubler de volume, arraché tous les ongles. Finalement, devant tout le village assemblé, on l'a arrosé d'essence et ils l'ont brûlé vif.

« Il avait seize ans.

« Eh bien quand j'ai raconté cette abomination à ce *ladino*, il a seulement hoché la tête en me disant :

« "Oui, évidemment, c'est un peu fort, mais c'était un *subversivo*." Au Guatemala, tout individu avec une goutte de sang espagnol se considère de race supérieure. Depuis 1954, les généraux sans scrupules et assoiffés de sang qui se sont succédé à la tête du pays n'avaient qu'un seul objectif : maintenir les cinq millions d'Indiens qui représentent plus de la moitié de la population dans une dépendance totale, avec un statut de race inférieure.

« Autant dire que le couronnement de Rigoberta Menchu, indienne, syndicaliste, complice des *subversivos* et apôtre de l'émancipation des indigènes a été accueilli comme l'annonce d'une épidémie de choléra par les *ladinos*.

Malko avait écouté cette tirade désabusée avec étonnement. Il répliqua :

– Vous avez un dossier avec des noms, grâce aux informations de Mercedes Pinetta. Que se passerait-il si

vous le communiquiez au Président de la République ? Et
à la presse, par-dessus le marché.

— Rien, laissa tomber Malcolm Brown. Sinon une
pluie de dénégations.

Penchant la tête du côté gauche, il fixa Malko de son
œil rond. Celui-ci, pourtant accoutumé à la violence, était
quand même estomaqué. Il voulut se faire l'avocat du
diable, se demandant soudain si Malcolm Brown ne cé-
dait pas au pessimisme. Certes, le meurtre sauvage de
leur informatrice n'incitait pas à l'optimisme, mais enfin
le Guatemala ne se trouvait pas dans une autre galaxie,
mais intégrée à l'Amérique latine.

— Ces militaires, le général Guzman, le colonel Sanchez ne sont pas fous, objecta-t-il. Ils savent bien que le
meurtre de Rigoberta Menchu déclencherait un scandale
international.

Malcolm Brown le regarda tranquillement.

— Ils *sont* fous. Et le scandale international, ils s'en
moquent comme de leur premier massacre. Cela fait des
années que le Guatemala est au ban des Nations. Les
membres de la commission des droits de l'homme ont été
régulièrement assassinés. Trente-quatre journalistes également, et la moitié des avocats de la ville, parce qu'ils
avaient osé défendre les *subversivos*. Un jour, ils ont pris
d'assaut l'ambassade d'Espagne où s'étaient réfugiés des
Indiens et y ont mis le feu, carbonisant tous ses occupants. L'ambassadeur a échappé à la mort de justesse.
Alors, un prix Nobel, ça ne leur pose pas de problème
particulier. D'ailleurs, le seul fait qu'elle ait été distin-
guée, même si cela n'avait aucune conséquence pratique,
la rend haïssable aux yeux des *ladinos*. Les Indiens doivent rester à leur place, au ras du sol... En plus, cela peut
déstabiliser complètement le Guatemala. Imaginez cette
femme qui veut sortir les Indiens de leur léthargie, qui y
consacre sa vie, qui est demeurée célibataire pour ne pas
se laisser distraire de son but, qui s'identifie à leur lutte

comme Nelson Mandela à celle des Noirs d'Afrique du Sud ou Arafat à celle des Palestiniens. Imaginez que sous la pression d'une femme comme Rigoberta Menchu, le gouvernement guatémaltèque donne le droit de vote aux Indiens, comme les Blancs d'Afrique du Sud vont être obligés de le faire avec les Noirs. Dans deux ans et demi, il y a des élections présidentielles ici. S'ils le peuvent, les Indiens voteront pour Rigoberta Menchu comme un seul homme. En plus, celle-ci n'est pas seule. Elle a autour d'elle tout un brain-trust de gens très performants : des religieux, des tiers-mondistes possédant de nombreux relais dans le monde entier, des organisations caritatives avec beaucoup d'argent et d'influence. Le président Salinas du Mexique ne jure que par elle. Danièle Mitterrand la soutient à fond, le président Clinton lui a envoyé un chaleureux message d'encouragement. La Ligue Internationale des Droits de l'Homme a poussé les Nations unies pour que l'année 1993 soit déclarée « l'année des Indiens ».

« Ça ne vous suffit pas ?

« Rigoberta Menchu, présidente du Guatemala, ce serait l'horreur absolue, totale, pour les *ladinos*.

« D'ailleurs, avant les informations de Mercedes Pinetta, j'ai reçu un avertissement confidentiel de Juan-Carlos Vardes, ce procureur général en qui j'ai toute confiance. Lui aussi a entendu parler d'un projet d'assassinat.

Epuisé par sa tirade, Malcolm Brown alluma une cigarette. Malko commençait à regretter sérieusement de ne pas être retourné dans son château de Liezen. D'autant que la *Company* avait été extrêmement généreuse avec lui à la suite de l'affaire des « Stingers » de Sarajevo. Pour une fois, il voyait venir l'hiver sans angoisse, certain de pouvoir faire face aux multiples réparations exigées par les vieilles pierres de Liezen. Il avait même prévu plusieurs escapades avec Alexandra à prix hyperréduits,

grâce au programme « Coup de Cœur » d'Air France.
Sans parler des « soldes » : Antilles à trois mille francs ou
Papeete à six mille cinq cents francs !

Une question lui brûlait les lèvres.

— Je ne mets pas en doute votre analyse, dit-il, mais
Rigoberta Menchu n'est pas américaine, vous n'êtes pas
chargé de la protéger.

Malcolm Brown eut un pâle sourire.

— Théoriquement non. Mais d'abord vous oubliez que
notre nouveau président est un ardeur défenseur des
droits de l'homme. Alors, avant même que je possède ces
informations récentes, j'ai reçu des instructions précises
de Langley.

« Faire en sorte que le retour de Rigoberta Menchu
sur sa terre natale se passe bien. S'il lui arrive quoi que ce
soit, je me retrouve jusqu'à ma retraite aux archives du
troisième sous-sol de Langley.

L'Américain pencha la tête du côté droit, comme pour
faire partager ses angoisses à Malko.

Au moins, il avait une bonne motivation. La CIA méritait plus que jamais son surnom de CYA « Cover Your
Ass » (1).

— Ensuite le Guatemala est la bête noire de nos diplomates, continua Malcolm Brown, avec sa réputation
de sauvagerie. En ce moment on essaie de mettre de l'ordre un peu partout dans le monde... Souvenez-vous de la
façon dont nous avons poussé Mandela en Afrique du
Sud afin de rendre le pays plus « présentable ». Nos stra-
tèges de Washington se disent que Rigoberta Menchu
pourrait ramener le Guatemala dans le giron des nations
civilisées. Comme, en plus, elle est soutenue par les libé-
raux, Bill Clinton va sûrement tomber amoureux d'elle.

Malko commençait à comprendre pourquoi rien ne

_____
(1) Protégez votre cul !

devait arriver à Rigoberta Menchu tant que Malcolm Brown était en poste au Guatemala.

Une secrétaire frappa à la porte, entra et déposa un télex sur le bureau du chef de station. Malcolm Brown le parcourut rapidement et éclata d'un rire grinçant :

– L'adjudant de la garde présidentielle Mercedes Pinetta va avoir des obsèques nationales, lut-il. Victime d'un crime atroce des *subversivos*, elle sera décorée de l'Ordre de Simon Bolivar et élevée à titre posthume au rang de lieutenant. C'est un communiqué de l'état-major de la garde présidentielle.

– Bien sûr, c'est complètement impossible ? demanda Malko.

– Il n'y a pas la queue d'un subversif en ville depuis quatre ans, répliqua l'Américain. Ils se foutent de nous.

– Parfait, dit Malko, votre analyse est excellente et je pense que ma mission ici est terminée.

Malcolm Brown lui jeta un regard faussement ingénu.

– Terminée ? Vous plaisantez, elle commence.

– C'est vous qui plaisantez, répliqua vertement Malko. Vous *savez* qu'un groupe de militaires intouchables préparent un attentat contre Rigoberta Menchu. Vous avez même leurs noms. Mais comme il s'agit de terrorisme d'Etat, vous êtes impuissant. Mon travail ici consistait à traiter une informatrice. Celle-ci a été liquidée. Que me reste-t-il à faire ? Si vous voulez être efficace, envoyez des Marines ou des Casques bleus.

Avant de lui répondre, l'Américain termina son café froid avec une grimace.

– Il faut arriver à découvrir comment ces salauds vont s'y prendre. Trouver d'autres sources d'informations et neutraliser leur action.

– A part cette Mercedes Pinetta, je ne connais personne à Guatemala City, objecta Malko. Vous avez ici des gens comme Larry Owens qui doivent posséder un réseau d'informateurs. En plus, je dois être grillé. Cela

m'étonnerait que nos amis aient découpé cette malheureuse sans la faire parler avant.

– Possible, mais pas certain, soupira Malcolm Brown.
Et contrairement à ce que vous pensez, je n'ai personne
d'expérimenté ici à mettre sur cette affaire. Larry part à
Washington dans deux jours. Muté. Et je ne possède pas
de réseau. Nous sommes tout nus. Si quelqu'un peut leur
mettre des bâtons dans les roues, c'est bien un type
comme vous.

Le flatteur vit aux dépens du flatté... Malko comprit
que tous ses arguments se briseraient contre la mauvaise
foi de son interlocuteur. Quand on commençait à découper en morceaux ses informateurs, la CIA devenait très
nerveuse et préférait envoyer en première ligne un « mer-
cenaire », plutôt qu'un Américain pur sucre.

La pension à la veuve coûtait moins cher.

CHAPITRE V

Le face-à-face muet entre Malcolm Brown et Malko se prolongea d'interminables secondes. Enfin, l'Américain dit calmement :

– Il faut tenter d'identifier les assassins de Mercedes Pinetta. Ce sont probablement les mêmes que ceux qui se préparent à agir.

– Comment ? Par où commencer ?

– Nous n'avons aucun contact avec nos homologues, mais la DEA (1) en a pas mal avec les agents de la « Treasury Police » qui s'occupe des narcotrafiquants. Comme ils ne disposent d'aucuns moyens, la DEA leur en fournit. Hélicoptères, voitures, radios, et même l'essence. Depuis quelque temps, les Narcos colombiens se servent du Guatemala comme escale pour leurs avions transportant la drogue. Il y a des centaines de pistes souvent abandonnées dans les *fincas*. Les Narcos les utilisent en donnant 20 000 ou 40 000 dollars pour chaque passage avec ravitaillement en essence. En plus, dans le Peten, il y a des plantations d'*amapola* (2) et les policiers des « Operaciones Antinarcoticas » disposent d'une seule voiture pour cinquante mille kilomètres carrés.

(1) Drug Enforcement Administration.
(2) De pavot.

« James Colton, le patron de la DEA, est là-bas en ce moment. Dès son retour, je le branche sur vous. En attendant, vous allez rendre visite à notre ami, le procureur général Juan-Carlos Verdes. C'est lui qui m'a appris le premier qu'un complot était en préparation pour tuer Rigoberta Menchu. Il est en charge de l'enquête sur le meurtre de Mercedes Pinetta. Peut-être pourra-t-il vous mettre sur une piste, officieusement. Je sais qu'il fera tout pour nous aider. Il a déjà fait extrader vers les USA trois politiciens locaux mêlés à des trafics de drogue. C'est un homme courageux.

– Etant donné l'ambiance ici, remarqua Malko, il risque de ne pas vivre vieux.

– Nous lui avons offert une vieille Blazer blindée, et il a ses gardes du corps. Voici son adresse. Je lui ai fait porter un mot pour le prévenir. Une voiture va vous ramener à votre hôtel. Ce soir, retrouvons-nous dans le parking du « Mercado de Artisianas », sur la route de l'aéroport. Procédez à une rupture de filature avant. A propos, je suppose que vous n'êtes pas armé.

– Vous avez gagné, reconnut Malko.

Une fois de plus, il n'avait pas pu emmener son pistolet extra-plat à cause des contrôles dans les aéroports. Il avait bien pensé à le dissimuler dans la valise de soute, mais Air France les passait aussi aux rayons X. Malcolm Brown ouvrit son tiroir et lui tendit par la crosse un Beretta 92.

– Prenez-en soin, il est tout neuf... Ici, tout le monde a des armes, mais soyez discret quand même. Ce soir, on fera le point.

Malko regagna le hall gardé par un Marine dans une cage de verre pour attendre un chauffeur. Une Indienne en costume traditionnel campait sur le parvis au milieu de ses couvertures multicolores, afin d'éviter au personnel de l'ambassade de se risquer dans des lieux malfamés.

Devant l'ambassade US, un bunker de trois étages

planté au milieu d'une pelouse, le trottoir était semé de merlons énormes, pour empêcher tout véhicule de stationner. Tout le long de la haute grille noire, des vigiles armés et équipés de moyens radio faisaient les cent pas sous l'œil des caméras de surveillance. Les « subversifs » n'avaient qu'à bien se tenir.

*
**

Malko stoppa devant un mur coupé d'une petite porte de fer au numéro 1-29 de la 8ᵉ Rue. Il sonna et elle s'entrouvrit sur la tête patibulaire d'un homme mal rasé portant un pistolet à la ceinture.

— *Señor ?*

— *El licenciado Verdes ?* demanda Malko, utilisant la terminologie guatémaltèque.

Son apparence étrangère dut rassurer le *pistolero*, car il le fit entrer dans un jardin en friche au milieu duquel se dressait une vieille bâtisse de style colonial espagnol, en piteux état. Une douzaine d'hommes traînaient sur la pelouse avec un armement hétéroclite, entourant une Chevrolet Blazer jaunâtre qui avait dû beaucoup servir. Aux reflets verdâtres de ses glaces, on devinait qu'elle était blindée. Le cadeau de l'Amérique au procureur général...

Malko se retrouva dans un petit salon encombré de bibelots, éclairé bizarrement par des vitraux, avec des boiseries sombres et de lourds meubles hispaniques. Partout des statuettes pieuses. On se serait cru dans une sacristie. Le silence était total.

Juan-Carlos Verdes surgit sans bruit : un homme fluet, à l'allure stricte, petit, les cheveux gris rejetés en arrière, avec d'épaisses lunettes de myope. Très affable, il serra la main de Malko et prit place en face de lui.

— Je sais qui vous êtes, dit-il d'emblée, et je suis heureux de faire votre connaissance.

Bien que teinté d'accent, son anglais était parfaitement compréhensible.

– Moi aussi, affirma Malko, séduit par ce personnage qui ne ressemblait en rien aux matamores tropicaux qu'on croisait d'habitude en Amérique latine. On aurait dit un notaire de province, avec son allure effacée et son air humble.

– Je venais, à la demande de Malcolm Brown, faire le point avec vous sur l'affaire Mercedes Pinetta.

Un sourire triste éclaira le visage ascétique du procureur et il ôta ses lunettes, clignant des yeux comme un hibou.

– J'ai déjà lancé l'enquête, annonça-t-il. Je l'ai confiée au commissaire Adolfo Pucaro de la Policia Nacional. C'est un civil, un homme en qui j'ai confiance. Il a déjà collaboré pour des affaires de drogue où c'était très dangereux. Comme moi, il considère que le Guatemala doit devenir un Etat de droit.

– Les militaires vont le laisser faire ?

– Dans un premier temps, oui, affirma le procureur, ils sont trop sûrs d'eux. Ils savent que, de toute façon, ils pourront bloquer les poursuites, si cela devient gênant pour eux.

– Alors, à quoi cela sert-il ?

Juan-Carlos Verdes remit ses lunettes.

– D'abord, à les agacer, expliqua-t-il, à leur faire sentir qu'ils ne sont pas totalement intouchables. Et puis, j'espère qu'un jour, je parviendrai à emmener un coupable jusqu'au box des accusés. Mais il y a encore beaucoup à faire...

– Vous avez une idée des assassins de cette jeune femme ?

Le procureur leva les yeux au ciel.

– Toujours les mêmes ! Des hommes de main de la garde présidentielle. Mais deux choses me troublent. D'abord, le fait que la victime appartenait elle aussi à la garde présidentielle. C'est donc un règlement de compte interne. Le *señor* Brown m'a appris qu'elle travaillait pour lui. C'est le motif probable de son exécution.

« Ensuite, la façon dont on s'est débarrassé du corps est étrange. Les chefs de la garde présidentielle sont féroces, mais ils ne cherchent pas à défier les Américains. Le fait que cette fille ait été découpée à la machette aussi... C'est le traitement que les *subversivos* réservent à leurs ennemis. Tout cela est étrange.

— Donc vous ne possédez encore aucun indice ?

— Pour le moment non, dit le procureur général. Revenez me voir dans deux jours, et surtout, ne me téléphonez pas... Mes lignes sont écoutées.

Malko se leva, plutôt déçu. En dépit de sa bonne volonté apparente, Juan-Carlos Verdes ne lui était pas d'un grand secours. Ce dernier semblait avoir encore quelque chose à dire. Timidement, il demanda à Malko :

— Pourriez-vous me rendre un grand service ?

— Bien sûr, fit Malko, plutôt surpris. C'était le monde à l'envers. De quoi s'agit-il ?

— Voilà. J'ai beaucoup de contacts avec une des responsables de la Conavigua, Maria Chacar.

« Elle est venue de son village dans le *Quiché* afin d'aider à organiser l'arrivée et le séjour de Rigoberta Menchu à Ciudad Guatemala. Elles sont du même village, Uspantan.

— Quel est le lien entre la Conavigua et Rigoberta Menchu ?

— Elle va habiter là durant son séjour dans la capitale. Aussi Maria Chacar est terriblement inquiète. Elle ne dort plus, s'attend au pire. Si vous pouviez passer la rassurer, lui dire que les Américains font tout ce qu'ils peuvent pour qu'il n'y ait pas de problème. Elle a très confiance dans l'Amérique.

— Si vous voulez, accepta Malko, un peu étonné.

Ce n'était pas une des veuves qui allait beaucoup l'aider dans son enquête, mais c'était difficile de dire non au seul homme disposé à lui venir en aide, contre des adversaires féroces et tout-puissants.

— *Bueno* ! fit le procureur général, visiblement soulagé. C'est dans la 8ᵉ Avenue, entre la 2ᵉ et la 3ᵉ Rue, au numéro 2-29. Pourrez-vous lui remettre ceci ?

Il lui tendit une enveloppe, en expliquant :

— C'est une lettre de Rigoberta Menchu qui m'a été apportée du Mexique. Le G-Dos intercepte tout le courrier de la Conavigua. Remettez-la à Maria Chacar. Ne vous formalisez pas si elle n'est pas très chaleureuse. C'est très difficile de communiquer avec les Indiens. Ils se méfient de tout le monde, même de leurs amis. Si on n'a pas partagé leur vie ou, au moins, leur nourriture, ils ne se confient pas. Moi-même, parfois, qui suis leur ami, j'ai du mal à les comprendre. Maria parle bien espagnol et un peu anglais, cela facilitera les choses.

Malko empocha la lettre et son hôte le raccompagna à travers le jardin plein de *pistoleros*.

— *Adios, hasta luego* ! lança Juan-Carlos Verdes en lui serrant la main.

La porte de bois se referma sur le procureur général. La mission d'encouragement de Malko n'était qu'un prétexte : le Guatémaltèque se servait de lui comme messager...

Au moment où Malko démarrait, sur la Reforma, une camionnette en fit autant derrière lui. Cinq minutes plus tard, il fut certain d'être suivi. Du coup, le Beretta 92 glissé dans son dos ne lui parut plus ridicule. Il remonta vers le centre et, très vite, les buildings modernes firent place à des bâtiments plus modestes. Les rues se coupaient à angle droit, étroites, encombrées, animées. Seule la grande place, en face du Palacio Nacional, offrait un espace dégagé avec, sur la droite, la cathédrale aux grilles encombrées de marchands ambulants. Il descendit la 7ᵉ Avenue jusqu'à la 1ʳᵉ Rue, tourna à droite et remonta la 8ᵉ. Le 2-29 était un immeuble jaunâtre avec une porte grillagée et une sonnette si haute que les Indiens devaient avoir du mal à l'atteindre... Lorsqu'il s'arrêta, la camionnette avait disparu.

Une Indienne minuscule, drapée dans un châle multicolore, l'accueillit d'un air craintif et il demanda Maria Chacar. On le fit pénétrer dans une pièce aux murs nus ornés d'un immense crucifix, de photos d'atrocités, et de portraits de Rigoberta Menchu.

– *Señor ?* Qui êtes-vous ?

Malko se retourna. Une femme au très beau visage indien, pas maquillée, vêtue d'un châle et d'une longue jupe multicolore, les pieds chaussés de sandales, le regardait d'un air méfiant. Sa poitrine gonflait son châle et elle était plus qu'agréable à regarder, malgré sa petite taille.

Une tête ronde, avec un regard acéré, un sourire faussement bonhomme, une mâchoire énergique.

– Je viens de la part de Juan-Carlos Verdes, annonça Malko. Il m'a chargé de vous remettre ceci.

Il tira la lettre de sa poche et la tendit à Maria Chacar.

– Qu'est-ce que c'est ?

Il y avait de la méfiance et de la crainte dans sa voix.

– Une lettre de Rigoberta Menchu à votre intention, précisa Malko. Un ami la lui a apportée du Mexique.

Maria Chacar regarda la lettre comme si c'était le saint sacrement et murmura :

– *Gracias, muchas gracias.*

Elle mourait visiblement d'envie de l'ouvrir et Malko se dit qu'il n'allait pas prolonger outre mesure une visite qui ne lui apporterait pas grand-chose.

Maria Chacar s'était assise en face de lui, de l'autre côté d'une table massive au bois sombre. Dans une pièce voisine, le téléphone sonnait sans arrêt, mais aucun bruit ne parvenait de l'extérieur.

– Je suis aussi venu vous dire que le gouvernement américain déploie de grands efforts pour que la visite de

Rigoberta Menchu se déroule dans de bonnes conditions, dit-il. Moi-même, je travaille avec le State Department américain. Il ne faut pas que vous vous inquiétiez trop.

Maria Chacar lui jeta un regard plein de résignation.

– Nous les Indiens, nous nous inquiétons toujours. Je remercie les Américains d'aider Rigoberta Menchu Tum, mais ils n'ont pas pu empêcher les assassinats de dizaines de milliers des nôtres, qui n'avaient pas le prix Nobel de la Paix.

Un ange passa, les yeux pleins de reproche... Malko s'efforça d'adoucir l'amertume de Maria Chacar et d'en profiter pour tenter de glaner une information.

– Mieux vaut tard que jamais. A propos, avez-vous entendu parler du meurtre de cette jeune femme dont le corps coupé en morceaux a été jeté devant l'ambassade américaine ?

– J'ai écouté cela à la radio, dit l'Indienne d'une voix pleine d'indifférence. C'était une *ladina*.

Visiblement, cela ne la concernait pas. Il changea de sujet.

– Vous vous sentez vraiment menacée ?

– Bien sûr ! répliqua-t-elle sans hésiter, nous vivons avec la peur, nous avons tous des ulcères à l'estomac.

– Qu'allez-vous faire pour protéger Rigoberta Menchu ?

Maria Chacar toucha machinalement la croix qui pendait sur sa poitrine et dit d'une voix pleine de passivité :

– Seul Dieu peut vraiment la protéger. Il l'a fait jusqu'ici. Nous n'avons rien pour nous défendre. Les gens du G-Dos nous surveillent sans arrêt. Ils sont en face, dans la rue, partout. Pourtant nous ne faisons rien de mal.

Elle se leva, avec l'intention affichée d'aller lire sa lettre et Malko en fit autant.

– Quand arrive Rigoberta Menchu ? demanda-t-il.

– Dans dix jours. C'est un grand jour pour le peuple

indigène, ajouta-t-elle, extasiée. Certains sont venus à pied du Quiché pour l'accueillir.

– Quel est son programme ?

– Nous ne savons pas encore. Elle va rester ici quelques jours, puis partir dans la montagne, chez elle.

– Dans son village ?

– Son village a été brûlé par les militaires, il n'en reste rien. Toute sa famille a été assassinée.

Insensiblement, elle le reconduisait vers la porte. Curieux, Malko demanda à brûle-pourpoint :

– Vous êtes veuve aussi ?

– Oui.

– Depuis combien de temps ?

– Deux ans.

– Que s'est-il passé ?

Son regard s'éteignit.

– Mon *mozzo* (1) a voulu demander de l'augmentation à son *fincero*. Pour lui et ses camarades. Le lendemain, les soldats sont venus le chercher. Ils l'ont tellement torturé qu'il s'est fracassé le crâne contre un mur pour ne plus souffrir. Pour ne pas devenir folle, j'ai rejoint la Conivagua afin de faire connaître au monde entier ce qui se passe ici.

Tandis qu'elle parlait, la porte donnant sur la rue s'ouvrit sur une minuscule Indienne empêtrée dans un long *corte* de lainage multicolore, visiblement effrayée. Elle dit quelques mots à Maria Chacar en dialecte indien qui lui répondit dans la même langue avant de se tourner vers Malko :

– Pourriez-vous nous rendre un service. Doña Petrona est très effrayée. Elle doit rentrer chez elle, mais des hommes veulent la suivre, des voyous du G-Dos, sûrement. Vous avez une voiture ?

– Oui.

(1) Homme.

– Vous pourriez la déposer, au coin de la 6ᵉ Avenue et de la *Calle 8*. Ensuite, elle prendra un bus.

– Bien sûr, dit Malko.

– Elle ne parle pas bien espagnol, ne soyez pas étonné si elle ne vous parle pas beaucoup. *Adios, señor*...

– Malko Linge, dit Malko en lui tendant une carte. Si vous avez besoin de moi...

Il écrivit le numéro de sa chambre et le téléphone du *Camino Real* sur une carte et la lui tendit. La porte se referma derrière lui et il gagna sa voiture, doña Petrona trottinant à côté de lui.

Malko regarda autour de lui. En face du 2-29, une sorte de garage avec un bureau au fond. Un pick-up bariolé stationnait plus loin, un homme au volant. Il fit monter l'Indienne à côté de lui et remonta vers le Palacio Nacional, contournant la place pour gagner la 6ᵉ Avenue, animée comme un souk. On pouvait à peine avancer et les piétons marchaient sur la chaussée, les trottoirs étant occupés par des éventaires volants.

A l'endroit indiqué, il déposa la petite Indienne qui se fondit dans la foule. Après une dizaine de blocs, la circulation devint plus fluide. Dans dix minutes, il serait à son hôtel. Guère plus avancé.

*
**

Les petites maisons serrées les unes contre les autres avaient fait place à une zone industrielle parsemée de restaurants bon marché. On se serait cru dans les faubourgs pauvres de Miami. Malko était encore à une vingtaine de blocs de l'hôtel, à la hauteur de la zone 4. Il doubla un bus bourré comme une boîte à sardines, et soudain vit grossir dans son rétroviseur un motard équipé d'un casque intégral. L'adrénaline se rua dans ses artères. Cela lui rappelait de très mauvais souvenirs... Fébrilement, il se déhancha pour saisir le Beretta glissé dans sa ceinture, à

la hauteur de sa colonne vertébrale. Le motard appro-
chait, sur sa gauche. Impossible de distinguer son visage.
Malko lâcha le volant une seconde, pour armer des deux
mains. La culasse du pistolet claqua avec un bruit rassurant, tandis qu'une cartouche montait dans le canon.

Il était temps, le motard arrivait à sa hauteur. Les
deux mains sur son guidon. Une grosse machine japo-
naise peinte en noir. Pendant quelques secondes, il roula
parallèlement à la Nissan.

La main droite de Malko était crispée sur la crosse du
Beretta 92. Pourtant son angoisse se dissipait. Dans les
attentats, il y a *deux* motards, un qui conduit, l'autre sur
le tan-sad, qui tire. Celui-là était seul. Il se maintenait
cependant à la hauteur de la Nissan. Son instinct disait à
Malko que ce n'était pas par hasard... Il ne pouvait
quand même pas tirer sur cet homme au nom d'un simple
soupçon.

La situation se prolongea quelques secondes, puis le
motard accéléra brutalement. Malko poussa intérieurement un soupir de soulagement. Et n'eut que le temps
d'écraser le frein. Le motard, quelques mètres devant lui,
venait de freiner et de s'arrêter en travers de la chaussée !
Juste assez loin pour que Malko ait le temps de stopper
avant de l'emboutir. Il resta en travers, moteur en route,
surveillant la voiture. Malko jura entre ses dents.

Qu'est-ce que cela signifiait ?

Un fracas sur sa gauche lui fit tourner la tête. De nouveau l'adrénaline se rua dans ses artères. Une rue transversale s'ouvrait juste à la hauteur de l'endroit où il
s'était arrêté. Un gros camion venait d'en surgir, pulvéri-
sant un chariot des quatre-saisons qui ne l'avait pas vu. Il
aperçut le visage du chauffeur, seul à bord ; un visage en
longueur avec une moustache fine et des cheveux rejetés
en arrière, comme un danseur de tango. L'énorme mufle
du camion fonçait sur lui.

Impossible de reculer, d'autres voitures s'étaient arrêtées derrière lui, le bloquant involontairement.

Son regard se figea sur l'énorme pare-chocs, juste à la hauteur de la portière, qui se ruait vers lui comme une presse hydraulique. Il allait être réduit en bouillie.

CHAPITRE VI

Le grondement du camion emplit les oreilles de Malko. Le sigle MACK de son capot grandissait comme dans un cauchemar. D'une détente désespérée, il plongea sur le côté droit de la Nissan, saisit la poignée de la portière pour sauter à l'extérieur. Il n'en eut pas le temps. Le pare-chocs du camion venait de s'enfoncer dans la portière gauche comme dans du beurre. Le choc projeta la voiture sur le terre-plein central à la façon d'une boule de billard. Elle effectua un tonneau complet et retomba sur ses roues, fit une culbute de plus et s'immobilisa sur le toit, arrêtée par un arbre.

Malko mit plusieurs secondes à réaliser qu'il se trouvait allongé sur le pavillon, devenu le plancher ! Groggy, il essaya d'ouvrir une portière. Impossible : elle était bloquée par la carrosserie déformée. Une forte odeur d'essence indiquait que le réservoir était crevé et que la voiture risquait de prendre feu ! Il distinguait une foule de gens qui s'agglutinaient autour du véhicule. D'un violent coup de pied, il parvint à entrouvrir une portière. Des badauds achevèrent de l'ouvrir et il put se glisser dehors à quatre pattes. On l'aida à se remettre debout. A part une coupure à la main et une douleur lancinante dans les vertèbres cervicales, il n'avait rien. Son regard se porta automatiquement sur la chaussée :

le camion et la moto avaient disparu. Il entendit des cris autour de lui.

– *Cuidado ! Cuidado !* (1)

On le tira en arrière. Quelques secondes plus tard, la Nissan s'embrasa avec un gros « plouf ».

Une foule de plus en plus nombreuse contemplait l'incendie. Malko se dégagea, fit quelques pas et trouva un taxi vide. Cinq minutes plus tard, il était au *Camino Real*. Le Beretta avait disparu dans l'opération. Avant même de se changer, il saisit le téléphone et appela Malcolm Brown.

– Je viens d'avoir un étrange accident, annonça-t-il. Je viens vous voir.

Ce n'était plus la peine de prendre des précautions inouïes pour rencontrer le chef de station de la CIA. L'attentat dont il venait d'être victime prouvait que ceux qui avaient liquidé Mercedes Pinetta savaient très bien qui il était. La partie clandestine de sa mission était terminée... En plus, le Beretta 92 avait disparu dans l'opération.

Une heure plus tard, il entrait à l'ambassade des Etats-Unis.

*
**

– Vous avez raison, reconnut Malcolm Brown. Mercedes Pinetta a parlé et vous a balancé. Il va falloir faire très, très attention. Ce sont des dangereux. Et apparemment vous les gênez.

– Ou bien, ils font simplement le ménage, remarqua Malko. Ils semblent très susceptibles. A tort, puisque pour le moment, je ne sais rien. En tout cas, ils me suivaient et ils risquent de recommencer.

– Dans cette affaire, nous ne pouvons compter que

(1) Attention ! Attention !

sur nous-mêmes, soupira l'Américain. En face de nous, il y a l'appareil d'Etat. Il faut absolument arriver à identifier les exécutants. A partir de là, on verra ce qu'on peut faire. Malheureusement, nous n'avons pas beaucoup de temps.

– Dix jours, fit Malko. Et tant que votre ami Verdes ne se manifeste pas, je n'ai plus qu'à me tourner les pouces.

C'était frustrant, mais en l'absence de piste, il ne voyait de quel côté se tourner. Les veuves de la Conavigua en savaient encore moins que lui et James Colton, le patron de la DEA, ne rentrerait que le lendemain du Peten. Il décida de rentrer au *Camino Real*. Ses muscles commençaient à le faire souffrir un peu partout, suite au choc.

En ce moment, Alexandra devait se trouver au-dessus de l'Atlantique dans un A.340 d'Air France, effectuant la liaison Mexico-Paris sans escale, en train d'arroser son caviar d'un château La Gaffelière.

Le général Cesar Guzman chaussa ses lunettes et commença à lire le rapport du colonel Sanchez sur les « contre-mesures » prises à l'égard de Mercedes Pinetta et de l'agent de la CIA Malko Linge. Le chef d'état-major de la garde présidentielle avait failli avoir un infarctus en apprenant l'initiative de Maria-Beatriz Orlando. Il se serait déchaîné contre n'importe qui d'autre, mais il avait un faible pour cette superbe *pasionara* de la cause *ladina*...

Réflexion faite, son geste en apparence insensé n'avait pas trop de conséquences fâcheuses. Certes, les Américains étaient furieux, mais impuissants.

Il avait dû affronter le Président de la République une heure plus tôt. Son explication avait été d'une simplicité biblique : il ne s'expliquait pas le meurtre sauvage de Mercedes Pinetta et souhaitait que l'enquête confiée à la Policia Nacional débouche. Vaguement, il avait évoqué la possibilité d'une action subversive, justifiant les honneurs posthumes rendus à l'adjudante de la garde présidentielle. Le Président n'en avait pas cru un mot, mais ne pouvait trouver la véritable explication. L'essentiel avait été préservé. Mercedes Pinetta n'avait rien appris aux Américains qui puisse mettre en péril « El Diablo ». L'échec de l'attentat contre l'agent de la CIA n'aurait pas de graves conséquences non plus. Sinon d'exaspérer un peu plus les *gringos*.

Il souligna une phrase dans le rapport du colonel Sanchez, griffonna quelques mots en marge et sonna sa secrétaire.

– Faites porter ceci immédiatement au *coronel* Sanchez, demanda-t-il.

*
**

Des collines surplombant Guatemala City, on pouvait suivre le nuage de fumée qui se répandait sur le sud-ouest de la ville comme un gaz asphyxiant, faisant croire à un incendie mal maîtrisé. L'odeur pestilentielle prenait à la gorge. Une senteur à la fois âcre et écœurante, qui pénétrait dans le vieux bus bondé par les glaces ouvertes. Petrona Chona réprima une nausée en se frayant péniblement un passage au milieu des passagers debout, serrés comme des sardines, et arriva à descendre en face de l'hôpital Roosevelt, tout juste avant que le véhicule ne redémarre.

Sur la *calzada* (1) Roosevelt, l'odeur était encore plus abominable, recouvrant la grande avenue comme une chape nauséabonde. Elle se dégageait jour et nuit du *ba-*

(1) L'avenue.

surero, l'énorme dépôt d'ordures qui occupait une partie de la *zona* 7, au nord de la *calzada* Roosevelt. Les détritus des millions d'habitants de Guatemala City, déchargés dans l'ancien lit du rio La Barranca, brûlaient jour et nuit, dégageant en plus de l'odeur un nuage sans cesse renouvelé de fumée nauséabonde et noirâtre, qui se rabattait partout, au gré des vents.

Petrona Chona traversa en courant, assourdie par les klaxons, terrifiée par les conducteurs qui fonçaient dans tous les sens. C'était l'endroit le plus bruyant de la capitale, à cause du *trebol* (1), le nœud routier le plus important de la ville, situé quelques centaines de mètres avant l'hôpital. Des centaines de gens attendaient patiemment de pouvoir monter dans des bus antédiluviens desservant toutes les *colonias* autour de Guatemala City.

Du côté du nord de l'avenue, l'odeur était encore plus forte. Pourtant, Petrona Chona s'enfonça dans un sentier coincé entre un centre commercial et une station-service pour rejoindre la maison où elle habitait provisoirement, juste en bordure du *basurero*. Toute une population misérable – surtout des Indiens – vivait pratiquement sur le gigantesque tas d'ordures, dans des cabanes de planches et de cartons étagées sur les flancs de la faille naturelle, ou, alentour, dans de vieilles maisons, sortes de corons sans mineurs, bordées de rues en terre battue. L'environnement était tellement insalubre que même les *zopilotes* (2) ne s'y attardaient pas.

Tous les dictateurs qui s'étaient succédé à la tête du pays avaient juré de faire disparaître cette plaie béante, mais s'étaient contentés d'en recouvrir une partie pour en faire un terrain de football dont le gazon suintait d'effluves méphitiques. Le maire de Ciudad Guatemala cherchait un emplacement pour un nouveau *basurero* sans le

(1) Le trèfle.
(2) Vautours.

trouver. En attendant, une cohorte misérable, grouillante et affairée, fouillait inlassablement le cratère d'immondices, en arrachant sa subsistance.

Arrivée au début de la 2ᵉ Avenue – un cloaque rectiligne bordé de masures tenant à peine debout –, Petrona Chona se retourna.

La peur lui fit oublier l'abominable odeur. L'homme qui la suivait depuis qu'elle était sortie de la Conavigua était toujours derrière elle. Elle l'avait déjà repéré quand elle avait remonté la 8ᵉ Avenue, dans la *zona* 1, pour aller prendre son bus en face du Palacio Nacional. Elle n'avait pas eu, comme la veille, un *gringo* pour la faire échapper au harcèlement des hommes du G-2. Celui-ci était monté en même temps qu'elle, effectuant le même parcours, de la bruyante 6ᵉ Avenue à l'avenue Simon Bolivar. Elle avait espéré qu'il était resté dans le bus, mais il se trouvait vingt mètres derrière elle.

Un *ladino* efflanqué comme un chien errant, avec des cheveux huilés rejetés en arrière, un visage ingrat bourré d'acné coupé par une fine moustache, un vieux blouson de cuir dans lequel il flottait, un jean trop serré et des bottes de ranchero au bout pointu renforcé de métal. Immense à ses yeux, elle qui mesurait à peine un mètre cinquante.

Elle hâta le pas. Encore cent mètres et elle atteindrait la 14ᵉ Rue, la maison où elle était hébergée chez des cousins de son village émigrés à Ciudad Guatemala, survivant sur le *basurero*. Petrona Chona était arrivée dans la capitale une semaine plus tôt, venant du village d'Uspantan, minuscule agglomération au nord de Huehuetenango, dans la région montagneuse du *Quiché*, à près de trois cents kilomètres de Ciudad Guatemala. Une journée entière de bus. Pour Petrona Chona qui n'avait jamais quitté le *Quiché*, c'était un grand voyage. Mais elle avait une raison précise de l'effectuer. Toute petite, elle avait joué avec Rigoberta Menchu, originaire de la même bourgade, et un souvenir très fort les unissait.

Quand les militaires avaient capturé, puis torturé la mère de Rigoberta, l'abandonnant ensuite attachée à un arbre, agonisante, en sang, elle se trouvait avec Rigoberta, déchirée, accablée. C'est elle qui l'avait entraînée dans l'église d'Uspantan et l'avait forcée à prier, pour qu'elle ne soit pas tentée d'aller secourir sa mère, ce que les militaires attendaient.

Ensuite, Rigoberta avait fui, s'était cachée dans d'autres villages et Petrona ne l'avait jamais revue. Elle aussi avait souffert de la répression : son mari avait été assassiné par le « caporal » d'une *finca*, parce qu'il refusait que ce dernier couche avec Petrona.

Celle-ci avait trouvé refuge à la Conavigua mais la grande ville lui faisait peur. Elle avait hâte de voir Rigoberta Menchu, de lui rappeler leur souvenir commun, de lui dire sa dévotion, et de rentrer dans son village. Elle vomissait presque tous les jours à cause de l'odeur effroyable du *basurero* et ne parvenait pas à s'y accoutumer.

Elle tourna à droite dans la 12ᵉ Rue et pressa le pas, ses sandales glissant sur le sol inégal. Elle se retourna. Son suiveur avait accéléré lui aussi. Il était à un mètre d'elle lorsqu'elle arriva au bout de la rue. Elle devait encore tourner à gauche, longer sur une trentaine de mètres la faille du rio La Barranca qui, à cet endroit, n'était pas encore remplie. Les ordures y étaient déversées tous les matins par d'énormes camions jaunes et une nuée de gamins y grouillaient comme des rats, armés d'énormes crochets, fouillant les immondices. Ensuite, ils portaient leurs trouvailles à des chiffonniers professionnels qui leur en donnaient quelques quetzales.

Petrona Chona n'avait parcouru que quelques mètres au bord du ravin quand l'homme la rattrapa, la doubla et se planta en face d'elle, lui barrant le chemin. Les deux pouces enfoncés dans sa ceinture cloutée, il la toisa, narquois. Le pouls de la jeune Indienne s'affola. Empêtrée dans sa longue *corte* (1) d'épais lainage multicolore, elle pouvait difficilement courir. Et la terreur la paralysait.

— Où vas-tu si vite ? *Guapa !*

Petrona Chona ne répondit pas et voulut continuer son chemin. Aussitôt, l'autre se déplaça, la bloquant.

— Où vas-tu ? répéta-t-il.

Il la narguait. Soudain, elle aperçut la crosse d'un pistolet glissé dans un holster. Son angoisse se transforma en panique. Le moustachu était bien un militaire en civil, un de ceux qui persécutaient et assassinaient les indigènes. Paradoxalement, cela lui donna la force de répondre.

— Je rentre chez moi, *señor*.

Le moustachu ne s'écarta pas. Il laissa tomber :

— Chez toi ! Alors, tu as encore un long chemin à faire et ce n'est pas la bonne route.

— Comment ? répliqua Petrona Chona, surprise, j'habite dans la calle 14, 24-03. Juste à côté.

— Mais non, tu habites le village d'Uspantan, dans le *Quiché*. Qu'est-ce que tu fais ici à Ciudad Guatemala ? Tu es venue faire la pute ?

Petrona Chona s'empourpra. L'humiliation lui donna une seconde fois le courage de répondre.

— *Yo soy una viuda* (2), mon mari a été assassiné par un « caporal ». Et pas un homme ne m'a touchée depuis sa mort, il y a deux ans.

— Hé hé ! ricana le moustachu. Ça commence à te peser ! Viens avec moi.

Il l'attrapa par le bras. Petrona voulut se débattre, mais il était beaucoup plus fort qu'elle... Personne dans les parages. Il l'entraîna vers la faille, juste au début d'un sentier qui descendait en zigzag jusqu'aux ordures entassées au fond. Le moustachu poussa Petrona sur une pe-

(1) Longue jupe indienne.
(2) Je suis veuve.

tite plate-forme herbeuse, en contrebas des maisons, où ils étaient hors de vue. La jeune Indienne sentit ses jambes se dérober sous elle. Son tourmenteur la fixa, l'air sardonique.

– Maintenant, tu vas me dire ce que tu faisais dans la voiture d'un *gringo*, hier. Il t'a payée pour que tu le suces ?

Petrona Chona crut que son cœur s'arrêtait. Comme toutes les Indiennes, elle avait beaucoup de pudeur. Le langage grossier de son interlocuteur la bouleversait. Indignée, elle répliqua :

– Ce n'est pas vrai ! Il m'a seulement emmenée jusqu'à mon bus direct.

– Et pourquoi ça ?

Elle baissa la tête.

– Je lui ai demandé. J'avais peur. Il y avait des gens comme vous qui me suivaient.

Le *ladino* ricana.

– Parce que tu es jolie. Et qu'est-ce qu'il faisait à la Conavigua, ce *gringo* ?

– Je ne sais pas, jura-t-elle, c'est Maria Chacar qui lui a demandé de m'emmener, je ne l'avais jamais vu.

– Il ne t'a rien dit ?

– Non, rien. Nous n'avons pas parlé.

Noël de Jesus Zacara la fixa longuement. Elle était trop terrorisée pour mentir. Son histoire sonnait juste. C'était l'autre, cette Maria Chacar qu'il fallait interroger. Mais il n'avait pas envie d'être venu pour rien.

– Alors qu'est-ce que tu fais dans notre belle capitale ? insista-t-il.

Petrona ne répondit pas. Parler de Rigoberta Menchu, c'était agiter le chiffon rouge devant un taureau. Son cerveau, paralysé par la terreur, n'arrivait pas à lui dicter une réponse neutre.

– Je crois que tu as envie de t'amuser un peu, continua le moustachu. Après tous ces mois sans baiser, c'est normal...

Brusquement, il se mit à lui palper les seins à travers l'épais lainage de son *huilpil* (1). Horrifiée, Petrona cherca à se dégager, mais elle ne pouvait pas reculer, le dos à la falaise. Le moustachu continua de plus belle son manège avec des commentaires flatteurs.

— Hé hé ! Ils sont gros, tes seins ! Tu aimes bien qu'on te les touche, hein ?

— Non ! Laissez-moi, laissez-moi, supplia-t-elle d'une voix étranglée.

Elle avait croisé les bras devant la poitrine. Il se baissa et prit dans sa botte droite un long poignard effilé. La lame brilla devant le visage de l'Indienne.

— Tu vas être gentille, menaça-t-il, sinon...

De sa main gauche il saisit la longue natte de Petrona Chona et lui tira la tête en arrière. De la droite, il promena lentement le tranchant de la lame sur son cou, pas assez pour la blesser, mais suffisamment pour faire perler quelques gouttes de sang sur la peau mate.

Petrona Chona se raidit, folle de terreur. Les cris des gosses triant les ordures, cinquante mètres plus bas, semblaient venir d'une autre planète. Comme son agresseur commençait à lui arracher son *huilpil*, elle s'y accrocha de toutes ses forces. Elle avait l'impression de revivre une scène déjà connue. Pour les Indiennes de l'Altiplano, le viol était une sorte de fatalité. Les *finceros* exerçaient un droit de cuissage sur les ouvrières agricoles les plus appétissantes et les servantes. Couramment, ils les livraient à leurs fils pour qu'ils se déniaisent sans bourse délier. Pour les indigènes aux traditions prudes, c'était un véritable calvaire. Mais c'était cela ou le chômage, et parfois la mort.

(1) Châle.

– Idiote, gronda le moustachu, tu vas y passer quand même.

Avec son poignard coupant comme un rasoir, il commença à découper le *huilpil*, faisant apparaître le caraco blanc serré moulant la poitrine de la jeune Indienne. Petrona Chona hurla. Son agresseur glissa la lame entre les deux bonnets du caraco qui s'ouvrit comme un fruit mûr, libérant deux seins lourds et cuivrés. De la main gauche, il les palpa comme on palpe un fruit à l'étal, tordant les pointes par pure méchanceté.

– Arrêtez, *señor*, protesta faiblement Petrona.

Elle n'avait plus que sa longue jupe de lainage multicolore et une large ceinture fuschia. Le poignard coupa la ceinture. Petrona tenta de retenir sa jupe, mais d'un seul coup de poignard, son agresseur la fendit en deux. Petrona Chona se retrouva en culotte, tremblante de honte et de peur. Le moustachu fixa les cuisses épaisses et grasses avec concupiscence.

De nouveau, le poignard entra en action, coupant la culotte en deux, découvrant un triangle de fourrure noire et lisse. Comme un animal, elle voulut fuir, remontant le long du sentier. Son agresseur plongea, l'attrapa par la cheville et la fit tomber à plat ventre sur l'herbe rase. Ses petits yeux noirs brillaient de méchanceté et d'excitation. Il sentait son sexe durci presser douloureusement son jean. D'un geste il fit descendre le zip, se libéra et se vautra sur Petrona, lui écartant les cuisses d'un coup de genou. Petrona sentit le sexe s'enfoncer brutalement dans son ventre, et hurla. Le moustachu n'en avait cure. Malgré la résistance de sa victime, il continua à la violer avec de furieux coups de reins, lui relevant les cuisses pour plus de commodité. A chaque choc, Petrona criait, essayant maladroitement de se dégager. En dépit de sa maigreur, son agresseur avait un sexe très long qui remontait haut dans son ventre, comme une bielle brûlante. Il prit très vite son plaisir, avec un grognement ravi, puis, à peine vidé, il se releva, se rajusta et contempla sa victime prostrée, recroquevillée dans la position du fœtus. Il eut un sourire de satisfaction, ramassa les vêtements en lambeaux de la jeune Indienne et lui lança :

— Il va falloir que tu rentres chez toi à poil. Tu auras du mal à ne pas dire que tu t'es fait sauter... Si j'étais toi, je prendrais le premier bus pour Ustanpan. Parce que j'ai plein de copains qui vont avoir envie de goûter à ton cul, quand je leur dirai à quel point tu es bandante. On sait où te trouver... *Hasta luego, compañera.*

Le paquet de vêtements sous le bras, Noël de Jesus remonta jusqu'à la rue et s'éloigna sans se presser, allumant un cigarillo pour lutter contre l'horrible odeur.

Le viol de Petrona Chona n'entrait pas dans le cadre de sa mission, mais intimider une indigène de la Conavigua ne pouvait lui valoir que les félicitations de ses chefs. Surtout après son action ratée contre le *gringo*.

Arrivé sur la calzada Roosevelt, il fut poursuivi par un *lustrador* et s'arrêta : ses belles bottes étaient souillées de terre. Le gamin se mit à frotter et à lustrer comme un fou. Son client suivait son travail avec attention. Il avait horreur des chaussures sales. Il se sentait bien. Une Indienne, c'était aussi bien que les putes de la *zona* 4, et en plus, gratuit. Ces Indiennes étaient si prudes que la honte de regagner son domicile entièrement nue serait pour Petrona Chona pire encore que le viol qu'elle venait de subir.

Le *lustrador* tapa légèrement sur la semelle. Il avait fini. Au lieu de lui donner le quetzal habituel, Noël de Jesus Zacara lui jeta les lambeaux de vêtements de Petrona Chona.

— Tiens, fit-il, vends ça, tu en tireras bien 5 quetzales.

Il n'y avait pas de petits profits.

*
**

Petrona Chona était toujours sur place, morte de honte, la tête dans ses bras. Son tourmenteur parti, elle avait vainement cherché un morceau de ses vêtements. Réalisant qu'elle n'avait plus que ses sandales, l'idée de remonter chez elle dans cette tenue lui était insupportable. Elle ne voyait pas de solution. Des bruits de voix la firent sursauter et elle tourna la tête. Une bande d'adolescents remontait de la fosse en bavardant gaiement. L'un d'eux l'aperçut et poussa un cri, la désignant à ses copains.

Trente secondes après, ils étaient tous autour d'elle, hilares et excités.

— Elle a un beau cul, dit celui qui l'avait aperçue. Elle a dû se faire taper par un mec qui lui a piqué ses fringues.

Son copain se pencha et farfouilla entre les cuisses, l'œil allumé.

— Elle est pleine de foutre, cette salope ! jubila-t-il. *Vamos à tirarla* (1).

Déjà, il défaisait la ceinture de son pantalon et se laissait tomber entre les jambes ouvertes de Petrona Chona. Celle-ci voulut se retourner, mais une pointe aiguisée lui piqua le cou. Le chef de la bande l'immobilisait avec le croc à la pointe acérée qui lui servait à piocher dans les ordures. Terrorisée, elle dut à nouveau se laisser faire.

Avec le premier, cela ne dura pas longtemps. A seize ans, on va vite. Il se redressa et lança à la cantonade :

— C'est bon, mais elle bouge pas beaucoup.

Le second était déjà en place. Dès qu'il fut enfoui au fond du ventre de l'Indienne, il ramassa son crochet et lui piqua les hanches, ce qui déclencha chez Petrona Chona

(1) On va se la faire.

une houle délicieuse pour lui. Les autres éclatèrent de rire et se mirent à lui piquer les cuisses, lui arrachant des cris de douleur. Le garçon fiché dans son ventre prit son plaisir avec un cri de triomphe. Ensuite, ils se succédèrent tous, certains la violant deux fois. Enfin vint le moment où ils furent rassasiés. Petrona ne bougeait plus, comme morte. Ils se concertèrent à voix basse.

— Il y a qu'à l'emmener et l'enfermer dans une cave, suggéra le chef, comme ça on pourra s'en servir un bon moment. Il suffit de la nourrir un peu.

— Non, il vaut mieux la tuer, coupa le plus âgé. On ne sait pas d'où elle vient, elle a peut-être des copains, qui voudront se venger.

Déjà il ramassait une pierre de près de dix kilos. Ses copains l'empêchèrent d'écraser la tête de Petrona avec. Une belle femelle, cela valait de l'argent. Le plus jeune proposa :

— On va se faire du blé en faisant payer les copains.

Cette solution emporta l'adhésion. L'un d'eux remonta chercher une couverture dans la maison de la 12e Rue qu'ils squattaient, et ils enroulèrent Petrona dedans, la ficelant comme un chorizo.

Un quart d'heure plus tard, Petrona Chona était allongée sur un matelas posé à même le sol, dans une cave humide condamnée par un énorme cadenas. C'était là que la bande entreposait ses rapines. Deux garçons dormaient toujours sur place.

La jeune Indienne était dans un état second. Dégoulinante de sperme et morte de honte, elle ne souhaitait qu'une chose : mourir !

CHAPITRE VII

La voix féminine bredouillait tellement que Malko eut beaucoup de mal à comprendre ce qu'elle disait. Il finit par saisir le nom de Maria Chacar et celui d'un certain Oscar Morales, de l'archevêché.

– *A la cinque de la tarde* (1), compléta la voix.

Il ne restait plus qu'à tuer le temps jusque-là. Juan-Carlos Verdes n'avait pas donné signe de vie depuis la veille, les journaux ne parlaient plus du meurtre de Mercedes Pinetta et Malko avait des bleus partout, s'ennuyant à mourir dans le grand hôtel bondé de touristes. Après sa froideur, il était surpris que Maria Chacar lui donne signe de vie. Peut-être voulait-elle l'utiliser, elle aussi, comme messager.

La perte du Beretta 92 était préoccupante, Malcolm Brown ne lui ayant pas donné une autre arme. Il ne restait plus qu'à être vigilant.

*
**

Malko ralentit en arrivant à la hauteur de la cathédrale. Il avait une nouvelle Nissan, bleue cette fois, mais il avait eu du mal à l'obtenir. Les loueurs de voitures

_____

(1) A cinq heures, cet après-midi.

n'aiment pas qu'on leur rapporte une carcasse carbonisée... Il se gara en épi devant le bâtiment plat de l'archevêché et sonna. Un homme de petite taille à l'allure de
souris effrayée lui ouvrit.

— Je cherche Oscar Morales, dit Malko.

— C'est moi.

— On m'a dit que Maria Chacar se trouvait ici, et
qu'elle voulait me voir. Je m'appelle Malko Linge.

— Attendez-moi ici, dit Oscar Morales.

Il fit entrer Malko dans une grande pièce absolument
nue, à l'exception d'un énorme crucifix au mur. Maria
Chacar apparut quelques instants plus tard et lui sourit
timidement.

— Merci d'être venu.

— Que se passe-t-il ?

Elle s'assit sur le bord d'une chaise et dit d'une voix
timide :

— La jeune femme que vous avez conduite chez elle, il
y a deux jours, a disparu. Elle est partie hier de la
Conavigua et elle n'est jamais arrivée chez elle.

Il eut l'impression qu'elle le rendait un peu responsable. Et décida de se découvrir un peu.

— Moi, j'ai été victime d'un attentat, juste après l'avoir
déposée, dit-il. Un camion s'est jeté sur ma voiture. J'ai
sauvé ma vie par miracle. Et ce n'était pas un accident.

Maria Chacar hocha la tête et dit avec tristesse :

— C'est le Guatemala, *señor*. Oscar Morales que vous
avez vu est le président de la Ligue des Droits de
l'Homme de l'archevêché. Ses deux prédécesseurs ont été
assassinés. Si on a essayé de vous tuer, c'est que vous êtes
de notre côté.

— Pourquoi avez-vous tenu à me voir ?

Elle se troubla.

— Je ne sais pas vraiment. Vous m'avez dit que les
Américains nous voulaient du bien. Il faudrait leur dire
pour doña Petrona. Peut-être pourraient-ils intervenir.

Elle était bien optimiste.

Mais il se dit que faute de mieux, il pourrait peut-être recueillir des informations, en attendant.

– Il faudrait en parler. Voulez-vous dîner avec moi ?

L'Indienne baissa les yeux.

– Oh non, ce n'est pas possible. Il faut que je rentre à la Conavigua. Et puis, si on me voit avec vous, c'est probablement dangereux...

– Nous pouvons nous retrouver quelque part, suggéra Malko. Je m'arrangerai pour être sûr de ne pas être suivi.

– Mais je ne peux pas aller dans un restaurant habillée comme ça, protesta-t-elle, montrant son châle et sa longue robe.

– Allez vous changer.

Maria Chacar hésita, visiblement partagée, puis finit par dire très vite :

– Dans ce cas, retrouvez-moi dans une heure, plazuela España, au coin de la 7ᵉ Avenue et de la 12ᵉ Rue, dans la *zona* 9, en face du journal *Seculo 2000*. Il y a un bus qui me dépose devant.

Malko attendait depuis vingt minutes lorsqu'il vit Maria Chacar descendre d'un gros bus vert. Méconnaissable ! Elle avait troqué ses lainages multicolores pour un chemisier assez moulant et une jupe courte. Ses cheveux tombaient presque jusqu'à ses reins. Ce n'était plus la même femme. Lorsqu'elle monta dans la voiture, son regard brillait comme celui d'une petite fille.

– Je ne vous ai pas fait trop attendre ?

– Non, assura Malko.

Il avait procédé à une rupture de filature en empruntant plusieurs sens uniques à la file et savait qu'il ne pouvait avoir été suivi. Personne n'était descendu du bus en même temps que la jeune femme.

– Où voulez-vous aller ? demanda-t-il.

Maria Chacar eut un rire nerveux.

– Mais je ne sais pas ! Je ne sors jamais.

Il prit au hasard la 12ᵉ Rue, traversa la Reforma et tomba sur une enseigne *Hacienda de Los Sanchez*. Une sorte de grand steak-house, style western. Il y avait peu de monde, c'était parfait. Ils choisirent une table à l'écart et Maria Chacar consulta le menu, intimidée.

– J'ai l'habitude de me nourrir de tortillas, de maïs et de *fejoles* (1) avec de l'huile pimentée.

Finalement elle choisit une soupe de poulet et de la viande grillée avec de la citronnade locale. Malko commanda une « parillorda » arrosée d'un Tertre-Daugay, un Saint-Emilion, découvert par miracle sur la carte au milieu des ersatz chiliens et californiens.

– Qu'avez-vous fait après la mort de votre mari ? demanda Malko.

– J'ai travaillé pour la Conavigua de Huehuetenango. A rechercher les cimetières clandestins...

– Ça doit être très difficile.

– Pas tellement, il faut bien regarder les *milpas* (2). Là où le maïs est très vert, il y a des cadavres enfouis. C'est bon pour les plantes. Alors, il suffit de creuser.

Visiblement émue, elle se tut et but une longue gorgée de la sangria de Malko.

– Pensez-vous vraiment qu'on veut tuer Rigoberta Menchu ? demanda-t-il à brûle-pourpoint.

– Bien sûr ! répliqua-t-elle, comme si c'était une évidence.

– Mais pourquoi cette haine pour elle ?

– Elle a étudié l'espagnol, elle a appris à se battre, à défendre ses frères indiens. Maintenant, elle a des amis puissants à l'étranger. Le Président du Mexique a télé-

(1) Haricots noirs.
(2) Champs de maïs.

phoné spécialement à notre Président pour le prévenir qu'elle était sous sa protection.

— Et malgré cela, vous n'êtes pas tranquille ?

— Ce n'est pas le Président qui va la tuer. Il la hait parce que c'est un *ladino*, mais il ne fera rien. Ce sont les militaires, ceux du G-Dos, et ils ne lui demanderont pas son avis. Eux se moquent du Mexique et du reste du monde. Tant qu'ils auront des fusils... Or, des armes, les Israéliens leur en vendent beaucoup.

— Il n'y a rien à faire ?

Elle le regarda avec un pauvre sourire.

— Si. Prier. Nous sommes allés à la Policia Nacional, pour doña Petrona, ils n'ont même pas voulu nous écouter, ils ont prétendu qu'elle était repartie dans son village. Pour eux, les Indiens, c'est comme des chiens.

— Que pensez-vous qu'il lui soit arrivé ?

— Elle a sûrement été enlevée. Elle est peut-être déjà enterrée dans une caserne.

Malko écoutait ce récit, atterré. La CIA lui avait confié une mission impossible. Ici, ses seuls alliés étaient des gens terrorisés, impuissants, désarmés. Maria Chacar repoussa son assiette.

— Il faut que je rentre, je n'ai pas l'habitude de me coucher tard.

Elle n'avait presque rien mangé et avait laissé Malko se régaler du Tertre-Daugay. Dehors, l'air frais leur rappela qu'ils étaient à quinze cents mètres d'altitude. Maria Chacar, dans la voiture, soupira.

— Cela fait du bien de sortir de la Conavigua !

Elle le regardait enfin comme une femme regarde un homme. Habillée « normalement », Maria Chacar dégageait une sensualité primitive qui ne laissait pas Malko indifférent. Il ne voulut pas l'effaroucher et s'abstint de toute avance. Avant d'arriver à la Conavigua, elle l'avertit :

— Passons d'abord une fois devant sans nous arrêter.

Il obéit et elle poussa une exclamation. Juste en face du 2-29, il y avait un marchand de fruits ambulant avec une lampe à acétylène. Maria Chacar poussa une exclamation furieuse.

– C'est un des leurs ! Arrêtez-moi devant le marché.

Les militaires ne faisaient pas beaucoup d'efforts. Ce marchand dans cette rue déserte, à cette heure tardive, se voyait comme le nez au milieu de la figure.

– Je vais voir ce que je peux faire pour votre amie doña Petrona, promit Malko. Si j'obtiens une information, je passerai vous voir.

Il fit très attention en regagnant la *zona viva*, mais personne ne le suivait. Un vacarme abominable faisait trembler les murs du *Camino Real*. Trois orchestres jouaient à tue-tête dans différentes parties de l'hôtel, dont l'un juste sous les fenêtres de sa chambre.

*
**

On glissa une enveloppe sous sa porte avant le petit déjeuner. Il l'ouvrit et découvrit quelques mots manuscrits : « Venez chez moi à onze heures, j'ai du nouveau. » Signé J-C V, Juan-Carlos Verdes, le procureur, son seul soutien à Guatemala City. Il rongea son frein jusqu'à l'heure du rendez-vous. Les mêmes *pistoleros* patibulaires lui ouvrirent. Le procureur l'attendait dans le salon vieillot, en face d'un café. Il s'enquit poliment de la santé de Malko.

– J'ai su ce qui vous est arrivé avant-hier, expliqua-t-il. Cela ne m'étonne pas. J'ai procédé à ma petite enquête. Le motocycliste et le camion ont disparu, mais quelqu'un a relevé le numéro de la moto...

– Et alors ?

– C'est un numéro attribué à la garde présidentielle. Mais, bien entendu, on ne pourra rien prouver. Quant au

camion, il n'avait même pas de plaque. On a bien voulu
vous tuer.

– Pourquoi ?

– Vous les ennuyez. Ils recommenceront... Mais ce
n'est pas la raison de votre visite. Je crois que l'enquête a
avancé. Nous allons pouvoir identifier un des coupables
du meurtre de Mercedes Pinetta.

– Comment ?

– Le sac qui contenait ses restes était du type de ceux
utilisés dans les *fincas* pour transporter le café. Il porte
une marque distinctive qui permet de dire de quelle *finca*
il vient. Le commissaire Pucaro le saura aujourd'hui.
Moi, hélas, je suis obligé de me rendre à San Marco pour
une affaire de drogue. J'ai donc pris rendez-vous pour
vous, ce soir à six heures, à la sortie de son bureau dans
la 6e Avenue.

CHAPITRE VIII

La satisfaction de Malko fut fortement mêlée d'étonnement.

– Pourquoi pas à son bureau ?

Juan-Carlos Verdes eut un geste onctueux.

– Le G-2 vous a repéré. Ils vous considèrent comme
un ennemi. Si Alfredo Pucaro vous reçoit, c'est un *casus
belli*. A la tête de la police, il y a un colonel qui obéit au
général Guzman, sans discuter. C'est un militaire : il agit
sur ordre, sans fioritures. L'histoire de la fille coupée en
morceaux, ça ne lui ressemble pas. Je veux dire qu'il est
parfaitement capable de la torturer et de la tuer mais pas
de la déposer devant l'ambassade, sachant ce que cela va
déclencher. Or, je sais que le Président de la République
est furieux de cette histoire qui donne du Guatemala une
image déplorable, alors qu'il fait des efforts pour l'amé-
liorer. Peut-être que Pucaro vous éclairera là-dessus.

– Comment vais-je le retrouver ? Nous ne nous connaissons pas.

– En face de l'immeuble de la police, sur la 6ᵉ Avenue,
il y a un grand jardin public ; entre les rues 14 et 15, du
côté de la 6ᵉ Avenue, il y a une rangée de cabines téléphoniques. Pucaro vous attendra à côté de la première.
Voilà à quoi il ressemble.

Il tendit à Malko la photo d'un homme chauve, avec une moustache à la Saddam Hussein et un nez important.

– De toute façon, continua le procureur, prenez à la main un numéro de *Time Magazine*. Et faites très très attention : cette affaire touche quelque chose de vital pour les Guatemaltèques. J'ai écouté des conversations au ministère. Le gouvernement craint que les Etats-Unis ne refassent ici, avec Rigoberta Menchu, ce qu'ils ont fait en Afrique du Sud avec Nelson Mandela. Mettre la pression économique pour forcer à une évolution. Les résolutions de l'ONU, ils s'en moquent comme de leur premier massacre, mais s'ils ne peuvent plus exporter leur café, leur cardamome ou leur sucre, ça ira mal. Ils sont prêts à tout pour éviter cela. Et quand je dis *tout*, c'est vraiment tout.

Le procureur le raccompagna à travers le jardin. Une équipe était en train de nettoyer la Blazer blindée. Juan-Carlos Verdes la désigna à Malko.

– Je vais la prêter à Rigoberta, cela évitera quelques risques. Personne ne le sait encore. J'irai la chercher à l'aéroport.

– Vous ne craignez pas...

Le procureur général haussa très légèrement le ton.

– Je veux que le Guatemala redevienne un Etat de droit. Je pense qu'ils n'oseront pas me tuer, je ne suis pas un Indien. Allez, et que Dieu vous protège.

Malko reprit sa voiture neuve. Comme il était à deux pas de l'ambassade, c'était le moment d'y aller reconstituer son armement.

*
**

Le colonel Jorge Sanchez rectifia le nœud de sa cravate noire et glissa dans sa poche son énorme saphir avant d'être introduit dans le bureau du Président de la République, au premier étage du Palacio Nacional, par un soldat armé d'un fusil d'assaut Galil et coiffé d'un curieux shako en carton bouilli. Le Président, de derrière son bureau, lui fit signe de s'asseoir. Il semblait contrarié. D'habitude, il était beaucoup plus chaleureux avec Sanchez.

— *Señor coronel*, lança-t-il sans préambule, une affaire me préoccupe beaucoup.

Sanchez demeura impavide, comme s'il n'entendait pas. Le Président, après quelques secondes, continua :

— Il s'agit du meurtre de cette jeune femme — il jeta un coup d'œil sur ses notes —, Mercedes Pinetta... J'ai reçu une protestation très énergique de l'ambassadeur des Etats-Unis. La presse étrangère a repris les faits et de nouveau, notre pays est attaqué.

— Nous devons être plus stricts avec les journalistes, répliqua le colonel Sanchez. Ils ne cessent de colporter des rumeurs défavorables.

Le Président ignora la remarque.

— *Coronel* Sanchez, dit-il, avez-vous une piste ? Cette personne travaillait pour vos services, n'est-ce pas ?

Le colonel Sanchez changea de pied, mal à l'aise.

— On dirait une vengeance d'indigènes, avança-t-il. Ou de subversifs.

— Il y a encore des subversifs à Ciudad Guatemala ?

— *Claro que no !* répliqua le colonel, et il se tut immédiatement, voyant qu'il s'était fait piéger !

— Donc, vous ne savez rien.

— Pas encore, *señor* Président.

Un lourd silence s'ensuivit. Le Président savait parfaitement qu'un meurtre semblable ne pouvait avoir été commis qu'avec la complicité du G-2 ou du « Service des Archives ». Mais ce n'était pas dans les manières du colonel Sanchez. Or, son supérieur, le général Guzman, ne s'amuserait pas à une pareille provocation. Quelque chose lui échappait. Sanchez, raide comme un piquet, ne l'aiderait pas.

– Que faisait cette Mercedes Pinetta au moment de sa mort ?

– Elle était affectée à la surveillance de la Conavigua. Travail de routine.

Le Président jouait avec son crayon. Cela, il le savait. Et il ne voyait pas la raison de ce meurtre sauvage.

– Avez-vous lancé une enquête ? demanda-t-il.

– La Policia Nacional s'en occupe, affirma le colonel Sanchez, nous lui donnerons tous les éléments à notre disposition et je suis sûr qu'elle parviendra à identifier les coupables.

Bel optimiste. En quarante ans, on n'avait jamais arrêté personne... Le Président comprit qu'il n'en tirerait rien de plus. Il savait que certains milieux complotaient contre Rigoberta Menchu, mais il était impuissant. Il y avait des limites qu'il ne pouvait pas franchir, même là où il était.

– Veillez à ce que je sois tenu au courant de cette enquête, demanda-t-il. A propos, je vous rappelle que Rigoberta Menchu sera sous ma protection et celle de mon ami, le président Salinas du Mexique, lors de son séjour.

– Si, *señor* Président, répliqua le colonel Sanchez.

Après un demi-tour réglementaire, il sortit du bureau et la sentinelle le salua. A peine fut-il dehors que le Président décrocha son téléphone et fit appeler le colonel commandant la police. Il pensait que Sanchez ne lui avait pas dit toute la vérité, mais il ignorait sur quel point. Il ne pouvait pas laisser passer une affaire pareille. Mais il n'avait pas non plus les moyens de prendre les militaires de front. Six ans plus tôt, les « subversifs » étaient aux portes de Guatemala City, le pays ne fonctionnait plus, s'enfonçait dans l'anarchie. C'est à des hommes comme le colonel Sanchez que le Guatemala devait d'avoir échappé au sort du Nicaragua.

*
**

Malcolm Brown était passionné par la nouvelle du rendez-vous avec le commissaire Pucaro. Mais sa joie retomba vite et il reprit son attitude de volatile cafardeux, la tête penchée sur le côté.

– Nous allons peut-être savoir ce qui est arrivé, conclut-il, mais le plus difficile reste à faire. Sur le plan légal, la police passera l'affaire à un juge qui s'endormira sur le dossier pour ne pas se retrouver avec une balle dans la tête.

– Quelle est la solution, dans ce cas ?

Le chef de la station de la CIA pencha un peu plus la tête et dit d'une voix douce :

– Dès que nous aurons des informations vérifiées, causer un extrême préjudice à ceux qui menacent directement la vie de Rigoberta Menchu.

En langage clair, liquider les assassins avant qu'ils ne frappent... Devant l'air sceptique de Malko, l'Américain précisa aussitôt :

– Je ne parle pas à la légère. Au cas où vous n'y auriez pas prêté attention, nous avons eu une élection présidentielle, le mois dernier. Notre nouveau Président est très à cheval sur la question des droits de l'homme. Celui qui a remplacé Bob Gates (1) est tenu au courant de cette affaire. Il est d'accord pour des solutions brutales, à condition qu'elles restent discrètes.

La CIA reprenant du poil de la bête sous une administration démocrate, on aura tout vu !

– Pour l'instant, nous sommes encore loin du compte. Mais j'ai un souci plus immédiat. Votre Beretta est resté dans les débris de ma voiture...

– Je n'en ai pas d'autre, avoua Malcolm Brown, mais

_____
(1) Directeur de la CIA.

je vais faire mieux. J'ai décidé de vous donner des
« baby-sitters ».

— Vous en avez ici ?

— Non, je vais faire venir Mrs Milton Brabeck et Chris
Jones, je crois que vous les connaissez bien...

C'était une litote. Depuis plus de vingt ans, les deux
gorilles de la CIA avaient fidèlement suivi Malko dans
des missions délicates, où leur savoir-faire avait fait merveille... Anciens du Secret Service, ils étaient intervenus
lors de sa première mission à Istanbul (1). Cela semblait
bien loin. Et ils avaient pris goût à ces coups tordus, bien
différents de leur travail originel, la protection des personnalités.

Sans états d'âme, Américains à 150 %, ils liquidaient
les ennemis de l'Oncle Sam avec une sorte de saine jubilation. Seuls les microbes leur faisaient vraiment peur. Côté
cuisine, le hamburger était leur tasse de thé, arrosé d'un
bon « diet Coca ». Trimballant généralement l'armement
d'un petit porte-avions, ils représentaient une puissance
de feu exceptionnelle, mettant Malko à l'abri de bien des
malfaisants.

— Je serai ravi de les voir ici, affirma Malko. Ils seront
très efficaces pour dialoguer avec les gens qu'on rencontre à Guatemala City.

— OK, je lance cela immédiatement, affirma le chef de
station. En attendant, soyez prudent.

Malko aurait préféré un gilet pare-balles à ce genre de
conseil qui n'engageait que celui qui le donnait.

Le parc en face de la 6ᵉ Avenue grouillait d'animation.
Des éventaires étaient installés partout, des baraques fo-

(1) SAS nᵒ 1.

raines attiraient les badauds et des groupes compacts étaient agglutinés autour des cabines téléphoniques.

En face, légèrement décalé, l'immeuble de la police ressemblait à un brouillon de château fort, avec ses mâchicoulis gothiques. Malko s'installa près de la première cabine, en face d'un marchand de jeans, et attendit. Cinq minutes plus tard, il repéra un homme en train de traverser le croisement ; corpulent, chauve, avec une grosse moustache et un costume sombre. Il le suivit des yeux. L'inconnu contourna la file de taxis et vint dans sa direction. De près, on remarquait son regard sans cesse en mouvement. Il s'arrêta, alluma une cigarette et regarda autour de lui. Ses yeux se posèrent sur le magazine tenu par Malko et il s'approcha.

– *Señor Malko ?*
– *Si.*
– Venez.

Malko suivit le policier qui traversa la place en biais. Il avait volontairement garé sa voiture sur la 7ᵉ Avenue. L'autre attendait au bord du trottoir.

– Vous avez une voiture ?
– Oui, ici.

Adolfo Pucaro ne se détendit qu'une fois dans la voiture, mais il se retourna plusieurs fois, vérifiant qu'ils n'étaient pas suivis. Avec un sourire d'excuse.

– Vous avez le temps de dîner ? proposa Malko.
– *Como no !* répliqua le policier, je suis célibataire et je connais tous les restaurants de Guatemala. Allons dans la *zona viva*. Je vous emmène dans un bon steak-house.

Un quart d'heure plus tard, ils étaient installés dans un restaurant glauque aux trois quarts vide, *El Palos Verdes*. Le policier, après deux verres de château La Gaffelière, commença à s'animer. Il avait tenu à s'asseoir face à la porte et la crosse de son pistolet dépassait de sa ceinture. Tandis qu'ils dégustaient leur *ceviche*, il commença à parler :

– Je ne pensais pas aboutir si vite, avoua-t-il, mais ces gens se moquent de tout. Ils ne prennent même pas les précautions les plus élémentaires. Demain, j'ai rendez-vous au Cacif, l'organisme qui regroupe tous les *finceros*. Là-bas, ils possèdent le répertoire de toutes les marques des *fincas*. Il suffit que je compare celle que je possède pour découvrir l'origine de ce sac. Bien sûr, l'enquête ne sera pas terminée, mais, au moins, j'aurai une bonne piste qu'il suffira d'explorer.

On leur apporta d'énormes morceaux de viande. Le restaurant était vraiment sinistre, avec son gros arbre au milieu de la salle et ses murs verdâtres. Le policier entama sa viande de bon appétit, l'arrosant de château La Gaffelière. Apparemment, le Saint-Emilion lui plaisait.

– Pourquoi avoir été déposer le corps de Mercedes Pinetta devant l'ambassade américaine ? demanda Malko.

– Je n'en sais rien, avoua le policier guatémaltèque. Peut-être pour brouiller les pistes.

Soudain, Malko devina que le policier ignorait une donnée essentielle.

– Commissaire, dit-il, savez-vous que Mercedes Pinetta travaillait pour la CIA ?

Le commissaire Pucaro en resta bouche bée.

– Non ?

– Si.

– Cela explique le meurtre, dit-il après un moment de réflexion, mais pas la provocation. Je connais les gens du G-Dos, ce n'est pas leur genre. Ils sont froids comme des serpents.

– Vous croyez que vous allez aboutir ?

– Je le pense, répondit le commissaire Pucaro avec un sourire plein de modestie. Parce que le Président de la République lui-même a téléphoné à mon supérieur pour demander que l'enquête soit menée à fond. C'est lui qui m'a obtenu le rendez-vous avec le Cacif. Ils ne voulaient pas me recevoir.

— Vous, un commissaire de police ?

Adolfo Pucaro sourit. Tristement.

— Ces gens-là vivent au-dessus des lois. Vous ne connaissez pas le Guatemala.

— Je peux vous rencontrer après votre visite au Cacif ?

— *Como no !* A six heures comme aujourd'hui.

Avant de partir, il se fit servir un Johnnie Walker qu'il dégusta avec componction. Sa solde de mille deux cents quetzales ne lui permettait que les alcools locaux.

CHAPITRE IX

Un panneau type « stationnement interdit » avec le dessin d'un revolver était collé près de la porte de la Torre del Reformador, abritant le Cacif, l'association des *finceros*. Deux vigiles en uniforme armés de riot-guns fouillaient tous les visiteurs. Le commissaire Pucaro exhiba son badge officiel et put garder son pistolet. Il était quand même intimidé de se trouver dans ce saint des saints de la fortune guatémaltèque. Le grand building de verre et d'acier faisait face à la vieille église Nuestra Señora de los Remedios devant laquelle s'étaient installés des Indiens offrant des sapins de Noël. Il monta dans l'ascenseur et appuya sur le bouton du huitième.

Une secrétaire très maquillée qui, visiblement, partageait très inégalement son temps entre la réfection de ses ongles et une console d'ordinateur l'accueillit d'un sourire commercial.

– J'ai rendez-vous avec la *señora* Carmen Flores, annonça-t-il. Je suis le commissaire Pucaro.

– Bien sûr ! fit-elle avec un sourire à arracher un mort à son cercueil. Suivez-moi.

Il admira le balancement de sa croupe tandis qu'elle l'amenait dans un bureau meublé d'une longue table de conférence et d'un tableau noir. Elle l'y laissa seul avec une tasse de café. Cinq minutes plus tard, une femme pénétra dans le bureau comme une tornade, arborant un sourire ravageur. Adolfo Pucaro se leva vivement et prit la main qu'on lui tendait. Le petit tas de diamants qui donnait l'heure entourant son poignet gauche devait valoir deux siècles de son salaire. Il n'avait jamais respiré un parfum aussi exquis que le nuage qui auréolait la jeune femme.

Il se dit qu'elle était superbe. Des yeux d'un bleu lumineux contrastant avec ses cheveux noirs, une bouche rouge sang. La veste très sage de son tailleur était ouverte sur un pull noir collant et sa jupe courte dévoilait la plus grande partie de ses jambes gainées de nylon noir.

– Vous êtes la *señora* Carmen Flores ? demanda-t-il, intimidée.

– Non ! annonça la jeune femme avec un sourire désolé. Je suis doña Maria-Beatriz Orlando. Carmen Flores est malade, elle sera là demain, je pense. Asseyez-vous. Que puis-je faire pour vous ? Je n'ai pas beaucoup de temps, hélas, les cours du café montent et il faut surveiller leurs fluctuations.

Elle s'assit du même côté de la table que lui et croisa les jambes assez haut pour découvrir un bon morceau de cuisse. Le commissaire Pucaro connaissait doña Orlando de réputation, mais n'aurait jamais pensé se trouver en face d'elle. Les membres de l'oligarchie ne fréquentaient pas les gens comme lui. Aussi lui fallut-il quelques secondes pour reprendre ses esprits.

– J'enquête sur la mort de la *señorita* Mercedes Pinetta, commença-t-il.

Doña Orlando le coupa :

– Je sais ! C'est une horrible histoire. Nous vivons dans un pays trop violent. Nous avons besoin d'hommes comme vous pour faire respecter la loi. Au fait, pourquoi désiriez-vous rencontrer Carmen Flores ?

Le policier expliqua l'histoire du sac tandis que Maria-Beatriz Orlando suivait son récit avec attention, une main posée à plat sur la table. Lorsqu'il eut terminé, elle arbora une mine désolée.

— Il va falloir que vous reveniez demain, dit-elle, parce que Carmen Flores a la clé de son armoire. Cela ne vous ennuie pas trop ?

— Il n'y a pas une autre clé ?

— Hélas non ! Mais ce n'est pas à vingt-quatre heures près, n'est-ce pas ? Demain, Carmen Flores vous montrera toutes les marques des *fincas* et j'espère que vous trouverez ce que vous cherchez.

Elle se leva, avec un sourire d'excuse.

— Je dois retourner à mes ordinateurs. J'ai voulu vous recevoir moi-même par égard pour votre rang. *Adios, se-ñor.*

Adolfo Pucaro se trouva sur le palier, perplexe. Bien sûr, c'était bizarre cette absence de Carmen Flores, mais il ne pouvait pas forcer une personne comme doña Orlando à lui ouvrir une armoire. Il attendrait le lendemain.

Chris Jones, les yeux protégés par des lunettes noires, descendit le premier du Boeing 727 d'AeroMexico, suivi de Milton Brabeck. Tous les deux en costume clair, chemise à col boutonné et cravate à fleurs ; les cheveux à deux centimètres et les avant-bras comme des jambons de Virginie... D'où il était, Malko les voyait humer avec méfiance l'air plutôt frais de Guatemala City.

Cinq minutes plus tard, Chris lui écrasait les phalanges.

— Tout le monde parle espagnol ici, remarqua-t-il d'un air dégoûté.

— Les Espagnols sont arrivés avant vous, ils ont cinq cents ans d'avance, remarqua Malko, mais c'est une langue très facile. A moins que vous ne vouliez parler indien.

– Quoi, il y a des Indiens ici ? coupa Milton Brabeck, arrivé à son tour.

– Et ça, c'est quoi ? rétorqua Chris Jones en désignant un groupe d'indigènes en vêtements multicolores traditionnels.

– Mais ils font un mètre quarante ! s'exclama le gorille, c'est des nains ! Les nôtres ont quand même plus de gueule.

Ils s'entassèrent dans la voiture, et prirent le chemin du *Camino Real*.

La circulation leur parut totalement folle. Les gens klaxonnaient, changeaient de file, faisaient des queues de poisson. Quant aux bus, c'étaient de vieux modèles américains bourrés comme des boîtes de sardines ; ils n'en croyaient pas leurs yeux.

– Même à Harlem, ils sont moins serrés, remarqua Milton Brabeck.

Les deux gorilles ne se rassérénèrent qu'en découvrant le hall du *Camino Real* plein de touristes américains. Le visage de Chris Jones s'éclaira.

– Je suis sûr qu'ils ont des hamburgers, ici !

– C'est plutôt le *ceviche*, corrigea Malko.

– C'est quoi ?

– Du poisson cru.

– Quelle horreur ! *Cru ?*

– Cru...

Il n'était pas encore remis en arrivant dans la suite de Malko. Ce dernier demanda aussitôt :

– Vous avez votre artillerie ?

– Vous savez bien que non ! avoua piteusement Milton Brabeck. Avec ces putains de réglementations, on peut plus rien transporter. Cela arrive par *diplomatic pouch*, demain. Mais on peut quand même être utiles.

– Bien, fit Malko résigné. En attendant, vous allez visiter la ville.

– C'est une ville, ce qu'on a vu avant d'atterrir ? interrogea Milton. En tout cas, il y a un sacré incendie, au sud-ouest.

— Ce n'est pas un incendie, rectifia Malko, c'est un dépôt d'ordures qui brûle en permanence.

— *For Christ' sake !* s'exclama Chris Jones, vous nous avez emmenés où ? A Washington, les copains m'ont dit que c'étaient des sauvages ici. On pourrait pas un jour aller dans un coin normal comme Kansas City, ou Saint Louis ? Avec des gens qui mangent normalement, s'habillent normalement et croient en Dieu...

— Ils croient en Dieu ici, corrigea Malko, mais cela ne les empêche pas de massacrer joyeusement leur prochain.

— A propos, on est là pourquoi ? demanda Chris.

— Assurer ma protection, expliqua Malko, et éventuellement celle d'une dame qui s'appelle Rigoberta Menchu.

L'œil gris de Milton Brabeck brilla : il salivait déjà.

— Elle doit pas être triste, votre... truc, enfin la cousine de Fu-Menchu. Elle fait combien de tour de poitrine ?

— Un mètre vingt, fit Malko ; seulement, là-dedans, il n'y a pas que de la poitrine, ajouta-t-il en leur tendant une photo de la lauréate du prix Nobel de la Paix.

Les deux gorilles en restèrent d'abord muets. Puis Chris Jones leva un regard désemparé.

— On va protéger *ça* ? Dites-moi, vous vieillissez ou quoi ? C'est un gros tas.

— C'est aussi un prix Nobel, expliqua Malko.

— C'est quoi un prix Nobel, c'est comme le Pulitzer ? s'enquit Milton Brabeck qui ne lisait que les pages sportives des magazines de sport et éventuellement les annonces locales.

— C'est le prix Nobel de la Paix, expliqua patiemment Malko ; s'il lui arrivait malheur, le monde entier en serait ébranlé.

— Ho !

Milton était nettement sceptique.

— Enfin, cela ferait du bruit pendant quelques jours,

concéda Malko. Mais nous sommes ici pour que cela ne se produise pas.

– En tout cas, conclut Chris Jones, je veux bien la protéger, puisque c'est le job, mais je ne me coucherai pas sur elle...

C'était la protection ultime en cas de coup dur. D'habitude, le gorille s'était couché sur des créatures beaucoup plus appétissantes. Malko continua à les mettre au courant, leur donnant un bref aperçu de la politique locale...

– Nous avons affaire à des gens aussi sauvages que ceux qui ont abattu l'évêque Romero pendant qu'il disait sa messe, au Salvador, il y a dix ans. Ils sont capables de tout.

– Nous aussi, affirma Milton. Si on a des ordres...

– Vous les aurez, affirma Malko.

La présence des deux gorilles était quand même très rassurante. Une fois équipés, ils représentaient une puissance de feu considérable et rien ne leur faisait peur, à part l'hépatite virale.

– Louez une voiture en bas, conseilla Malko, installez-vous, achetez un plan de la ville et allez vous promener.

– On n'a vraiment rien à faire ?

– J'ai un rendez-vous à six heures, avec un policier local, vous pouvez venir, c'est bon pour votre espagnol...

Le parc en face de la 6ᵉ Avenue était encore plus grouillant que la veille. Malko avait trouvé une place entre deux taxis, dans la rue transversale.

– On dirait un truc de Walt Disney, remarqua Milton en regardant l'immeuble de la police.

Une vieille Indienne enveloppée dans des oripeaux multicolores, un bébé accroché dans le dos et un autre devant, s'approcha de lui, tendant la main. Il recula, horrifié, et murmura :

– Elle doit être pleine de bêtes... C'est vraiment une race de nains. Même à Tijuana, ils sont plus beaux.

Six heures dix. Malko, qui surveillait la sortie, aperçut le crâne chauve du commissaire Pucaro. Celui-ci s'arrêta pour allumer une cigarette et continua jusqu'au carrefour entre la 6ᵉ Avenue et la 14ᵉ Rue, par où un flot de véhicules remontait. Enfin le feu passa au vert et le policier s'engagea sur la chaussée. Il était à mi-chemin quand Malko remarqua une grosse moto arrêtée dans la 6ᵉ Avenue, un peu avant le carrefour. Un pilote et un passager, tous deux avec des casques intégraux et des blousons de cuir. La moto démarra, longeant le trottoir, et atteignit le carrefour en quelques secondes. Juste derrière le commissaire Pucaro.

Un flot d'adrénaline se rua dans les artères de Malko. Bousculant les gens, il se précipita, hurlant de toute la force de ses poumons :

– Commissaire Pucaro, attention ! Derrière vous !

Le policier guatémaltèque l'aperçut et stoppa net au milieu de la rue, n'entendant rien de ce que criait Malko, à cause du bruit de la circulation.

Vingt mètres séparaient encore les deux hommes quand la moto arriva à la hauteur du policier, roulant très lentement. Avec horreur, Malko vit, comme dans un film au ralenti, le passager sortir de son blouson un pistolet-mitrailleur Ingram, crosse repliée. Le bras tendu, il visa le dos du policier arrêté au milieu de la rue.

Les détonations se perdirent dans le fracas environnant. Les traits du commissaire Pucaro se figèrent, il esquissa un geste pour saisir l'arme accrochée à sa ceinture, puis tomba en avant.

La moto le dépassa ; le tueur, retourné, rafala encore le corps étendu, avant que l'engin n'accélère et ne se fonde dans la circulation de la 6ᵉ Avenue.

– *Holy shit !* jeta Chris Jones, c'est *gang land* (1) !

Malko atteignit le commissaire en même temps qu'un homme beaucoup plus jeune, visiblement bouleversé, un pistolet dans la main droite. A son allure, Malko devina un policier. Deux autres, en uniforme, accouraient et les badauds commençaient à s'agglutiner autour du corps étendu, bloquant la rue. En quelques secondes, il y eut un embouteillage effroyable. Ceux qui ne voyaient pas la scène klaxonnaient comme des fous, le vacarme était insoutenable. Un des policiers, prenant son arme de service, tira plusieurs coups en l'air, ce qui eut pour effet de calmer les plus bruyants. Les passagers d'un bus, collés aux fenêtres, regardaient avidement la scène.

Malko retourna avec précaution le corps du commissaire Pucaro. Il ne respirait plus. Plusieurs projectiles l'avaient atteint dans le dos, et un en plein crâne...

Le jeune homme ôta sa veste et la posa sur son visage, découvrant son holster.

– Vous êtes le *señor* Linge ? demanda-t-il en regardant Malko.

– *Si.*

– Je sais qu'il avait rendez-vous avec vous.

– Il a obtenu le renseignement qu'il cherchait, sur la marque du sac de jute ?

– Non, il a été au Cacif aujourd'hui, ils ont prétendu que la fille qui les avait était malade. Il devait y retourner demain.

(1) Chicago.

CHAPITRE X

Un policier écarta brutalement les curieux : une ambulance était en train de se garer le long du parc. Deux ambulanciers en sortirent une civière sur laquelle ils placèrent le corps du policier assassiné. Cinq minutes plus tard, le carrefour était dégagé et il ne restait qu'une tache de sang, peu à peu effacée par le passage d'innombrables véhicules. Chris Jones était atterré.

– *My God !* Ils ne lui ont laissé aucune chance...

– Comme dans les films sur la Mafia... renchérit Milton Brabeck, et nous, on était là comme des cons. Putain de réglementation ! Je comprends que vous ayez besoin de « baby-sitters ».

– Qu'est-ce qu'il avait fait, ce type ?

– Son travail, fit simplement Malko.

Il prit par le bras le jeune policier figé sur place et l'entraîna.

– Venez, je voudrais vous parler.

Le Guatémaltèque se laissa faire, choqué. Malko l'emmena jusqu'à sa voiture et lui présenta les deux Américains. Le policier les regarda à peine.

– Comment vous appelez-vous ? demanda Malko.

– Hugo Gordillo. Je suis inspecteur-chef du *Departemento de homicidos*. Je travaille avec le commissaire Pucaro. Je devais l'accompagner demain, au Cacif. Maintenant...

– Qu'allez-vous faire maintenant ? demanda Malko.

– Interroger cette fille du Cacif demain, comme convenu. Continuer le boulot du commissaire Pucaro et être prudent. Maintenant, *señor*, si vous pouvez me raccompagner, j'ai beaucoup de travail.

– Voilà le numéro de ma chambre, proposa Malko, prévenez-moi si vous découvrez quelque chose.

– Je le ferai, affirma le jeune policier. Le commissaire Pucaro était comme mon père. Je suis bouleversé.

*
**

Malcolm Brown était déjà au courant du meurtre quand Malko pénétra dans son bureau. Il l'apostropha comme si c'était sa faute.

– Je vous avais dit que ces salauds ne reculaient devant rien ! Je viens de parler à Juan-Carlos Verdes, le procureur. Il est atterré, c'est très rare qu'ils se permettent d'abattre un policier, il faut qu'ils aient été coincés. La présidence de la République vient de publier un communiqué, jurant que tout serait fait pour retrouver les assassins.

– Ils ont déjà procédé de cette façon ?

– Oui, plusieurs fois, avec des journalistes et des avocats. Toujours la même méthode. Deux types, une moto. On n'a jamais identifié aucun des tueurs. Une fois, un avocat avait réussi à découvrir que le numéro d'immatriculation de la moto utilisée pour le meurtre d'un journaliste était celui d'un véhicule de la garde présidentielle.

– Qu'est-il arrivé ?

– Il a été assassiné trois jours plus tard. Par des inconnus, devant chez lui. La garde présidentielle a produit un témoignage selon lequel cette moto avait justement été volée une semaine plus tôt.

Un ange passa et s'enfuit en Harley Davidson. Le Guatemala, *définitivement*, n'était pas un Etat de droit. A côté, le « Wild West », c'était la Suisse.

– Qu'est-ce qui nous reste à faire ? interrogea Malko.

– Juan-Carlos Verdes pousse la police à continuer l'enquête. Ce meurtre signifie que Pucaro était sur la bonne piste.

– C'est plus que probable. Espérons que demain, l'adjoint de Pucaro va avancer. Et Rigoberta Menchu arrive dans huit jours.

*
**

Le colonel Sanchez avait l'estomac noué en montant le perron de Maria-Beatriz Orlando.

Maria-Beatriz l'attendait dans le grand salon décoré par Claude Dalle, des meubles Charles X en acajou de Cuba. Plus belle que jamais dans un tailleur qui aurait coûté vingt ans de salaire d'un Indien, elle abandonna son canapé pour venir l'accueillir.

– Tu as l'air fatigué, *mi amor*. Veux-tu un Johnnie Walker *on the rocks* ?

– Si tu veux, fit Jorge Sanchez d'une voix morne en se laissant tomber sur le canapé.

Elle alla lui préparer son scotch, se versa trois doigts de Cointreau avec trois glaçons et un zeste de citron vert pour elle et vint s'installer près de lui.

– Tu as l'air soucieux, remarqua-t-elle. Que se passe-t-il ?

Jorge Sanchez faillit s'étrangler avec son Johnnie Walker.

– Tu plaisantes ! Le général Guzman a été convoqué par le Président et s'est fait passer un savon. Le Président sait très bien que nous sommes les seuls à avoir pu nous attaquer à un homme comme Pucaro. Bien entendu, Guzman a nié, mais il est fou furieux contre moi.

— Il savait ?

— Non. Je l'ai mis au courant tout de suite après. En lui expliquant qu'il fallait à tout prix protéger l'opération « El Diablo ». Or, l'adjoint de Pucaro va quand même aller au Cacif demain et on ne pourra pas lui faire deux fois le coup de l'armoire fermée. J'ai eu le colonel Rodriguez qui commande la Policia Nacional. Les policiers sont déchaînés, ils veulent venger leur commissaire.

Maria-Beatriz savoura lentement un peu de son Cointreau, comme si de rien n'était, reposa son verre et dit :

— Tu es fatigué, *mi amor*, c'est pour cela que tu vois la vie en noir. Nous avons eu raison. Tu féliciteras de ma part ceux qui ont accompli cette tâche de salut public. Le commissaire Pucaro était un traître. Il se préparait à tout raconter à cet agent de la CIA qui travaille pour « Pollo triste ». Tu imagines les conséquences ?

Comme Jorge Sanchez ne répliquait pas, elle le prit par la main et l'entraîna vers le grand escalier.

— Viens te détendre un peu, dit-elle d'un ton suggestif.

Il la suivit passivement jusqu'à sa chambre. Le grand lit en forme de méridienne avec son dessus-de-lit en cuir et en soie gorge-de-pigeon semblait avoir été créé par Claude Dalle pour l'érotisme. Dès qu'elle eut refermé la porte, Maria-Beatriz enlaça son amant, fondante comme un bonbon anglais.

— Tu as été formidable ! murmura-t-elle.

Comme par miracle, la veste de son tailleur mauve glissa de ses épaules, tandis qu'elle se frottait contre lui avec lenteur. Puis, débouclant le ceinturon d'uniforme, elle dégagea son amant, se laissa tomber à genoux devant lui, et commença une fellation à mourir de plaisir.

Jorge Sanchez en titubait de bonheur ; aucune pute au monde n'aurait été aussi habile et docile. C'était rarissime que son orgueilleuse maîtresse se livre ainsi. D'habitude, c'était plutôt le contraire : allongée sur son lit, elle se laissait faire tandis qu'il s'épuisait à la faire jouir encore et encore...

L'idée qu'elle le manipulait l'effleura, mais il la chassa rapidement, tant la sensation qu'il éprouvait était exquise. Il avait l'impression que son sexe s'allongeait indéfiniment, comme le nez de Pinocchio.

La bouche allait de plus en plus vite sur lui. A tâtons, Maria-Beatriz défit la fermeture de sa jupe étroite, puis elle se redressa avec grâce, tout en faisant tomber sa jupe à terre d'une torsion de hanches. Elle se laissa aller en arrière sur le lit, attirant Jorge Sanchez. Il s'enfonça d'un seul coup dans son ventre offert et parvint à tenir environ trente-neuf secondes avant l'ultime coup de reins, où il cracha sa semence avec une violence inhabituelle. Il se redressa, hagard, le pantalon sur les chevilles, la tunique déboutonnée, encore en érection, animé d'un mélange de fureur et de satisfaction animale. Cette garce l'avait encore eu ! Tout était prémédité. Le coup de la chambre et le fait qu'elle ne porte rien sous sa jupe ! Elle avait horreur de cela, sauf pour exciter la libido de Jorge Sanchez.

Tandis qu'il se rajustait, furieux contre lui-même, elle ramassa sa jupe, la renfila et lui fit face, une lueur moqueuse dans ses yeux bleus.

– Tu es moins démoralisé ?

Elle le manipulait comme un pantin. Jorge Sanchez avait beau le savoir, il ne pouvait plus se passer d'elle. Maria-Beatriz vivait sous sa peau, elle connaissait par cœur chacune de ses terminaisons nerveuses. En quelques minutes, elle était capable de le faire bander, en l'effleurant à peine. Parfois, dans des dîners officiels où ils étaient séparés de quelques mètres, Maria-Beatriz le regardait avec une certaine expression, sa main disparaissait sous la nappe et il savait qu'elle se caressait par-dessus sa robe.

Il devinait quand elle jouissait, ses prunelles rétrécissaient, fonçaient... Aucune autre femme ne lui faisait cet effet. Sans illusion, il savait que la jeune femme était sa maîtresse en grande partie à cause du pouvoir que cela lui donnait sur lui. Le « Service des Archives » était un microcosme hermétique. Même avec toute sa fortune et sa beauté, Maria-Beatriz n'aurait pu s'en servir sans Jorge Sanchez.

Heureusement, très souvent, leurs idées se rejoignaient...

Ils redescendirent ; elle reversa un peu de Cointreau sur ce qui restait de ses trois glaçons, alluma une cigarette et dit d'une voix beaucoup moins langoureuse :

— Je vais t'expliquer pourquoi nous avons eu raison de faire éliminer Pucaro. En découvrant que le sac venait de *ma finca*, il risquait de tomber sur des choses ennuyeuses et de les communiquer immédiatement, soit à ce salaud de Juan-Carlos Verdes, soit aux *gringos*. Tu aurais été mis en cause et toute l'opération « El Diablo » était en péril. Maintenant, Guzman va hurler, mais il ne te dénoncera pas. *Personne* ne te dénoncera. Il faut seulement gagner huit jours.

— Tu oublies une chose ! L'inspecteur Hugo Gordillo.

Maria-Beatriz lui adressa un sourire rassurant.

— Il y a un moyen très simple pour qu'il n'aille pas au Cacif.

— Non ! Tu ne...

Elle le coupa avec un sourire angélique.

— Mais non, tu n'y es pas, *mi amor*.

Il écouta son plan et reconnut que non seulement c'était une merveilleuse baiseuse, mais qu'en plus, elle savait se servir de son cerveau. Finissant son Cointreau d'un coup, elle conclut :

— Il ne restera plus comme danger que cet agent de la CIA qui fouine partout. Mais s'il n'a pas d'informations, il n'est pas dangereux, non ? D'ailleurs, tu devais l'éliminer.

— Il a eu beaucoup de chance.

– Ce n'est pas une excuse, fit-elle sèchement. Recommence. Si, par hasard, il découvrait quelque chose d'important, cela serait une catastrophe. Tu as déjà accompli des choses plus difficiles.

– Je vais essayer, promit Jorge Sanchez. Nous le surveillons de près.

– Tu le surveilleras encore mieux quand il sera dans un cercueil plombé, conclut suavement Maria-Beatriz Orlando. Quand nous aurons réussi, tout le monde nous félicitera. En attendant, je vais essayer de te donner un coup de main.

*
**

Malko fut réveillé à huit heures trente par le téléphone. Une voix d'homme qu'il ne reconnut d'abord pas :

– Je peux vous voir à la cafétéria, je suis en bas.

C'était l'adjoint de Pucaro, l'inspecteur Hugo Gordillo. Malko acheva de s'habiller et retrouva le policier en face d'un Coca, la mine sombre.

– Ils nous enlèvent l'enquête, annonça-t-il amèrement.

– Qui ?

– Le G-Dos. Je viens d'en être averti. Le général Guzman a téléphoné à notre chef, le colonel Rodriguez, en expliquant que la police ne disposait pas des moyens nécessaires pour la mener à bien et qu'il s'agissait d'une affaire liée aux *subversivos*. Donc attribuée automatiquement au G-Dos.

Malko eut l'impression de recevoir une douche glacée.

– Et la perquisition au Cacif ?

– C'est le G-Dos qui va théoriquement s'en charger. Ils sont venus ce matin à sept heures chercher tout le dossier et les pièces à conviction, y compris le sac avec la marque. On ne saura jamais de quelle *finca* il venait.

CHAPITRE XI

Malko en resta abasourdi ! La réaction de la haute hiérarchie militaire guatémaltèque prouvait deux choses : Mercedes Pinetta avait été supprimée pour éviter des fuites vers la CIA sur une affaire grave, et les militaires ne reculaient devant rien.

— Que pensez-vous de tout cela ? demanda-t-il au policier.

Hugo Gordillo eut un geste découragé.

— Chaque fois qu'on a été sur le point d'inculper un membre des forces armées, il y a eu une réaction similaire. Ils lavent leur linge sale en famille.

— Et le Président ?

— Il ne sait pas tout. Et personne ne contrôle le « Service des Archives ». Sauf la garde présidentielle.

La boucle était bouclée : les assassins allaient enquêter sur eux-mêmes.

— Je suis certain que cette affaire est liée à Rigoberta Menchu, dit Malko. Je vous remercie de m'avoir aidé. Je vais encore essayer de creuser.

— *Señor*, fit le Guatémaltèque, vous n'arriverez à rien, ils sont trop puissants. Ils *sont* le pouvoir. Ils peuvent bloquer la machine judiciaire, faire exécuter des gens, terroriser les autres. Ils ont l'habitude, depuis quarante ans ! Le commissaire Pucaro va avoir des funérailles nationa-

les. Ça s'arrêtera là. Quant à vous, faites attention ! Ils ne
craignent rien. L'Amérique ne leur fait pas peur. *Adios*.

Malko le regarda s'éloigner. Il avait du mal à ne pas
céder au découragement. Ses espoirs s'effondraient les
uns après les autres. Pour tirer le fil menant à ceux qui se
préparaient à assassiner Rigoberta Menchu, il ne lui restait qu'un atout : Juan-Carlos Verdes, le procureur général. Il décida d'aller lui rendre visite. Chris et Milton
étaient partis à l'ambassade récupérer leur artillerie.

Juan-Carlos Verdes semblait abattu, penché sur
d'énormes dossiers étalés un peu partout, une bouteille
entamée de Johnnie Walker posée en équilibre sur l'un
d'eux. Il ne parut pas surpris de voir Malko.

– Je suis au courant, dit-il. Cela ne fait qu'un scandale
de plus. Maintenant, on n'apprendra plus rien. L'affaire
est verrouillée.

– Vous ne pouvez rien faire ?

Le procureur général eut un sourire plein de tristesse.

– En théorie si. Je continue à diriger l'enquête. Mais
les actes judiciaires sont faits par le G-2. Donc, ils me
raconteront ce qu'ils veulent. Il n'y avait aucun moyen
d'arrêter le commissaire Pucaro, sauf le tuer. Et si un
autre avait pris la suite, il aurait subi le même sort.

– Qui sont ces tueurs ?

– Soit des hommes de la garde présidentielle, soit des
anciens qui travaillent maintenant dans les sociétés de
vigiles.

Il se tut. Visiblement découragé.

– Que pouvons-nous faire pour empêcher l'assassinat
de Rigoberta Menchu ? insista Malko.

– Je l'ignore, avoua le procureur général. Je pense
qu'ils vont préparer un attentat dès son arrivée, mais si

nous n'avons pas d'indications précises, il est impossible de le déjouer.

On revenait au point de départ. Malko avait le sentiment d'être une mouche dans un bocal, se cognant aux parois, sans pouvoir sortir. Juan-Carlos Verdes referma un dossier avec un soupir.

– Je vais finir par devenir aussi passif que les Indiens, fit-il. Il n'y a plus qu'à prier en Dieu.

Malko comprit qu'il avait hâte de se retrouver seul. De toute façon, à ce stade, il ne pouvait pas lui apporter grand-chose.

*
**

Une enveloppe grand format attendait Malko dans sa case au *Camino Real*. Elle contenait une invitation superbe pour un cocktail au Palacio Nacional, le soir même. Intrigué, il monta et appela Juan-Carlos Verdes, lui annonçant sa découverte.

– J'y vais aussi, dit le procureur général. C'est en l'honneur d'un écrivain guatémaltèque. Le Président sera là.

– Qui a pu m'envoyer cette invitation ?

– C'est un geste de bonne volonté de la présidence, à mon avis. Ou même du général Guzman, signifiant la fin des hostilités. Ils ont verrouillé leur affaire et se sentent tranquilles. Voulez-vous que nous nous retrouvions devant le Palacio Nacional à sept heures ?

*
**

Chris Jones rayonnait. Il tira de sa ceinture un Sig automatique à 14 coups et le tendit à Malko par le canon.

– Voilà ! Prenez-en soin, je l'ai acheté avec mes économies : 1 600 dollars. Mais c'est une merveille.

Lui se contentait d'un Browning automatique dans son holster et d'un petit Deux-pouces dans un étui de cheville. Avec assez de munitions pour tenir un siège. Milton Brabeck, toujours fidèle à son Colt 357 Magnum, l'avait renforcé par une mini-Uzi dissimulée dans un porte-documents. Les deux gorilles portaient sous leurs chemises des gilets en kevlar qui, théoriquement, arrêtaient tous les projectiles d'armes de poing. Malko glissa le Sig dans sa ceinture et deux chargeurs de rechange dans une de ses poches.

— On commence quand ? demanda Chris.

— On a commencé, corrigea Malko. On peut se faire allumer n'importe quand. Désormais, vous ne me lâchez plus d'une semelle.

Les propos rassurants du procureur général ne le faisaient pas baisser sa garde. Puisqu'il allait dans le centre, il décida de passer à la Conavigua pour voir s'il y avait des nouvelles de la disparue, doña Petrona.

Dix minutes plus tard, ils roulaient sur la Reforma, dans deux voitures, pour assurer une meilleure protection. Ils s'arrêtèrent dans la 8ᵉ Avenue, juste en face de la Conavigua. Le garage servant de poste d'observation aux espions du colonel Sanchez était ouvert et une camionnette blanche stationnait un peu plus loin.

Malko sonna et une Indienne leur ouvrit. Elle les fit pénétrer dans la grande pièce que Malko connaissait déjà. Maria Chacar surgit silencieusement quelques instants plus tard, drapée dans ses châles, le long *corte* multicolore jusqu'aux chevilles. Elle contempla avec effarement Chris et Milton qui la dépassaient de cinquante centimètres. Malko la rassura.

— Ce sont mes *pistoleros*.

— Pourquoi venez-vous ? demanda-t-elle avec son habituel air timide.

— Je voulais savoir s'il y avait du nouveau au sujet de votre amie disparue, doña Petrona.

L'Indienne battit des yeux, hésita, puis finit par dire :

— Oui, nous l'avons retrouvée.

Elle ne paraissait pas heureuse outre mesure. Intrigué, Malko demanda :

— Que s'était-il passé ? Ce n'était pas à cause de moi, j'espère ?

Elle se troubla.

— Un peu, malheureusement, mais ce n'est pas de votre faute.

— Elle est ici ?

— Oui.

— Je pourrais la voir ?

Nouvelle hésitation.

— *Bueno*, venez, proposa Maria Chacar, mais vous seul.

Il la suivit dans les couloirs du cloître, traversant un patio jusqu'à une pièce devant laquelle veillaient deux veuves. Maria se fit ouvrir et y pénétra avec Malko.

C'était une sorte de cellule, très succinctement meublée, avec un étroit lit de camp sur lequel était couchée une forme humaine. Entendant du bruit, elle se retourna et Malko vit deux grands yeux apeurés, brillants de fièvre. Elle était enroulée dans une couverture de laine et tremblait légèrement.

— Doña Petrona est encore très choquée, dit Maria Chacar. Nous pensions qu'elle avait été enlevée et tuée. Maintenant, nous savons la vérité. Elle a été suivie par un homme. Il l'a attaquée près du *basurero*. Il lui a posé des questions sur vous, mais, bien entendu, elle ne savait rien. Sous la menace d'un couteau, il l'a alors déshabillée et violée. Ensuite, il l'a abandonnée, nue.

— Elle était là-bas depuis trois jours ?

— Non, bien sûr, des gamins du quartier l'ont vue. Mais au lieu de la sauver et de l'aider, ils l'ont kidnappée et enfermée dans une cave. Depuis, ils la violaient tous les jours et ils la prêtaient aux autres voyous du quartier.

Elle pensait qu'ensuite ils la tueraient. Mais elle a eu de la chance : hier soir, ils ont tellement bu de *concha* qu'ils étaient ivres morts. Comme il faisait nuit, elle a osé se sauver, toute nue, et a été recueillie par des gens qui nous ont prévenues.

Maria Chacar compléta :

– L'homme qui l'a violée portait un pistolet et appartenait au dispositif de surveillance qui nous traque.

– Qui est cet homme ?

– Je ne sais pas son nom. Mais il est facile à reconnaître. Il a le visage boutonneux, une petite moustache, il est très maigre. Il porte des jeans et des bottes de cow-boy.

Le signalement rappelait quelqu'un à Malko : le conducteur du camion qui avait voulu le tuer.

Elle ressortit de la cellule, refermant soigneusement la porte.

– Doña Petrona m'a fait jurer de ne parler à personne de ce qui lui est arrivé. Elle a trop honte.

– Je comprends, dit Malko.

Ils passaient devant une grande cuisine et une Indienne héla Maria Chacar dans sa langue.

– Il va falloir que je vous laisse, annonça celle-ci. Nous allons dîner.

Malko se souvint soudain d'une remarque de Juan-Carlos Verdes au sujet des Indiens et dit d'un air enjoué :

– Cela sent bon, qu'est-ce que vous mangez ?

Un éclair d'étonnement passa dans le regard de Maria Chacar qui demanda avec incrédulité :

– Vous voulez partager notre repas ? Ce n'est pas de la cuisine de *ladinos*...

– Ce serait avec plaisir, répliqua Malko, mais nous ne voulons pas vous déranger.

– Au contraire, affirma Maria Chacar, cela me fait très plaisir. Allez chercher vos amis, nous allons nous installer ici.

Elle désignait une petite pièce nue où une table était déjà mise. Malko alla récupérer Chris et Milton.

– Nous sommes invités à dîner, leur annonça-t-il.

Les deux gorilles virèrent au gris, mais, disciplinés, ne prirent pas la fuite.

– Qu'est-ce que ça bouffe, les Indiens? demanda anxieusement Milton Brabeck.

– Oh, probablement des rats et des insectes, fit Malko d'un ton dégagé. Cela vous changera des hamburgers.

Ils entrèrent dans la petite pièce et Chris Jones contempla avec horreur la grande marmite au contenu noirâtre d'où montait une odeur bizarre. A côté, se trouvait un bol plein de petits morceaux de viande qui ne paraissaient pas d'une grande fraîcheur. Le plus appétissant était une pile de *tortillas* jaunes, minces comme du tissu. Généreusement, Maria Chacar commença à servir à la louche le contenu de la marmite dans des assiettes ébréchées en grosse poterie.

– Ce sont des *fejoles*, expliqua-t-elle, des haricots noirs avec une sauce d'herbes de la montagne. C'est très bon.

Malko se lança le premier. Les haricots étaient durs, avec un goût plutôt fade. Par contre, les *tortillas* de maïs étaient délicieuses. Devant le dégoût manifeste des gorilles, il leur en tendit.

– Allez, c'est comme du pop-corn !

Courageusement, Milton se lança et dit après avoir dégluti :

– Ce n'est *pas* du pop-corn.

– Vous n'avez pas faim? demanda avec inquiétude Maria Chacar aux deux Américains.

Devant le regard réprobateur de Malko, ils se mirent à manger les haricots, comme si c'était de la mort-aux-rats. Tout à coup, Maria Chacar s'exclama :

– Ah ! J'ai oublié quelque chose !

Elle sortit de la pièce et Milton en profita pour faire disparaître une douzaine de *tortillas* au fond de ses poches. L'Indienne reparut avec une petite bouteille pleine d'huile où flottaient des graines rougeâtres, dont elle arrosa les haricots noirs.

– C'est bien meilleur avec ça, affirma-t-elle.

Chris Jones avala une poignée de haricots, déglutit ; ses yeux se remplirent de larmes et il fut pris d'une quinte de toux effroyable. En dix secondes, il était violet.

– Qu'est-ce que c'est ? bredouilla-t-il d'une voix étranglée.

– De l'huile avec du poivre de Cayenne, précisa Maria Chacar. Cela donne du goût, n'est-ce pas ?

– De l'eau ! supplia Chris Jones.

L'Indienne lui remplit son verre avec un broc émaillé et il le vida d'un coup. Pour pratiquement tout recracher, horrifié.

– Mais ça vient des égouts ! gémit-il.

– Oh non, protesta Maria, c'est de l'eau du robinet. Elle est désinfectée, il n'y a presque plus de microbes dedans. D'ailleurs, nous ne sommes jamais malades.

Un ange passa, poursuivi par la typhoïde, la polio et le tétanos.

Milton qui venait d'avaler un grand verre d'eau pour combattre la brûlure du poivre de Cayenne était blanc comme un linge...

– Je crois qu'on va aller surveiller la rue dans la voiture, suggéra-t-il.

Lui et Chris Jones s'enfuirent, le gosier en feu, laissant Malko en tête à tête avec Maria Chacar. Celle-ci regarda avec attendrissement l'assiette vide de Malko qui essayait d'adoucir la brûlure du poivre de Cayenne en se bourrant de *tortillas*.

– Je vois que vous êtes vraiment un ami, dit-elle. Les *ladinos* méprisent notre nourriture. Ils disent que c'est bon pour les chiens...

Pour achever de la séduire, il grignota quelques morceaux de viande qui ressemblaient furieusement à du Ron-Ron. Ils terminèrent par un café horriblement amer, avec de la cardamome. L'Indienne avait complètement changé d'attitude à son égard et ne cessait de le regarder avec quelque chose qui ressemblait à de la tendresse. Le sacrifice des deux gorilles n'avait pas été vain... Malko décida de profiter de ces bonnes dispositions.

— Cet homme, demanda-t-il, celui qui a violé doña Petrona, vous l'avez déjà vu par ici ?

— Bien sûr, fit Maria Chacar. Il est presque tous les jours en face, dans le local d'où ils nous surveillent. Il sort quand une d'entre nous s'en va et il la suit pour voir ce qu'elle fait. Il est là aujourd'hui.

Malko réussit à demeurer impassible. C'était inespéré !

— Voulez-vous me rendre un grand service ? demanda-t-il. Je voudrais voir cet homme. Pourriez-vous sortir, aller jusqu'à la cathédrale, par exemple et revenir. Moi, j'attendrai ici et j'observerai à travers le judas de la porte.

Maria Chacar sursauta.

— Oh non, j'ai peur !

Il plongea son regard doré dans le sien et dit de sa voix la plus caressante, en espagnol :

— *Maria ! es muy importante.*

Il la vit fondre littéralement. Après quelques secondes d'hésitation, elle dit :

— *Bueno.* Je vais y aller.

Malko l'accompagna jusqu'à la porte et colla son œil au judas dès qu'elle sortit. Effectivement, un homme répondant au signalement qu'elle avait donné jaillit du garage et lui emboîta le pas. Mais comme il était de dos, il ne put l'identifier...

Il dut attendre vingt minutes avant de voir réapparaître Maria Chacar, l'inconnu toujours sur ses talons. Cette fois, il était de face.

C'était bien l'homme qui conduisait le camion de l'attentat.

Maria Chacar semblait terrorisée. Elle se glissa à l'intérieur comme un lapin dans son terrier.

– Vous l'avez vu ?

– Oui, fit Malko, c'est l'homme qui a essayé de me tuer.

– *Dios !*

– Maria, cet homme fait partie de ceux qui veulent assassiner Rigoberta Menchu. J'ai besoin de savoir le plus de choses possibles sur lui. D'abord où il habite. Jusqu'à quelle heure reste-t-il ici ?

– Ils ferment le local à six heures. Pourquoi ?

– Il faut que vous fassiez quelque chose. Cette fois, c'est *vous* qui allez le suivre !

– Moi ! Mais qu'est-ce que je vais faire ?

Elle s'était recroquevillée sur elle-même. Malko lui adressa un sourire rassurant.

– Rien, juste le suivre. Peut-être rentrera-t-il chez lui. Nous, si nous le faisons, il va tout de suite nous remarquer. Tandis que vous, personne ne pourra imaginer que vous le suivez.

– Mon Dieu ! Mais s'il me voit ?

– Vous ne risquez rien en ville et c'est *très* important. Pour Rigoberta Menchu.

Elle demeura muette d'interminables secondes, tête baissée, puis dit à regret :

– Je ne sais pas si j'aurai le courage. Cet homme est un monstre, une brute, et puis, il appartient au G-Dos.

– Essayez. Si vous avez du nouveau, appelez-moi en disant que vous avez le programme de la visite de Rigoberta.

*
**

Un portique magnétique filtrait les visiteurs de la réception au Palacio Nacional. Malko avait dû abandonner son Sig aux gorilles qui, eux, restaient dehors réconfortés de leur aventure culinaire par une cure aussi brève qu'intensive de Johnnie Walker. Escorté de Juan-Carlos Verdes, il monta le perron menant aux salons d'apparat. Presque à chaque marche, il y avait un soldat en armes, coiffé d'un curieux shako à la Saint-Cyrienne.

— Vous allez voir ici le gratin de l'oligarchie, murmura le procureur général.

La salle d'apparat était impressionnante avec sa rotonde de cathédrale aux curieux vitraux d'où pendait un énorme lustre rond. Sur un balcon, au fond, un orchestre jouait déjà en sourdine. Des rangées de chaises le long des murs attendaient les hôtes, comme dans les réceptions arabes. Personne ne les utilisait, les gens préférant bavarder en petits groupes... Juan-Carlos Verdes présenta Malko à une dizaine de personnes, comme un consultant pour les Nations unies. Ils se mirent à bavarder avec l'ancien président de la République, jus d'orange au poing. Il y avait beaucoup de jolies femmes, toutes très habillées, mais un peu provinciales. Certaines ne se gênèrent pas pour se mirer, sans vergogne, dans les yeux dorés de Malko. Celui-ci repéra soudain une femme qui montait les marches de l'escalier menant à la salle de bal. A tout petits pas, tant sa robe fourreau était resserrée à la hauteur des genoux. Malko fut tout de suite frappé par ses yeux d'un bleu cobalt extraordinaire. Petite, avec des cheveux noirs coupés court, elle avait un corps parfait mis en valeur par une robe si ajustée qu'elle semblait avoir été peinte sur elle. Plusieurs invités vinrent à sa rencontre et bientôt, elle disparut dans un groupe d'admirateurs dont certains avaient traîné derrière eux leurs épouses.

— Qui est cette ravissante créature ? demanda Malko.

— Maria-Beatriz Orlando. Une grande propriétaire. Elle possède une *finca* de quatre mille hectares de café.

— Comment se fait-il qu'elle soit seule ?

— Elle est veuve. Son mari et son père ont été assassinés par les *subversivos*, il y a six ans. Depuis, elle vit à

Ciudad Guatemala, dans une superbe propriété et ne va que rarement dans sa *finca*. L'hiver, elle est en Floride, je la croyais là-bas, d'ailleurs. C'est une femme très énergique qui est une des animatrices du Cacif, l'organisme qui regroupe tous les *finceros*, et de l'Agra, le noyau dur de l'association. On lui prête beaucoup d'amants, dont le colonel Sanchez. Vous avez envie de la connaître ?

Même sans la mention du colonel Sanchez, Malko aurait dit oui. Cette femme dégageait un magnétisme animal, primitif. Juan-Carlos Verdes l'entraîna dans la direction où elle se trouvait et attendit que son regard croise le sien. Aussitôt, elle lui adressa un sourire éclatant et s'avança vers lui.

– *Señor licenciado !* Quel plaisir de vous voir ici.

Juan-Carlos Verdes s'inclina sur la main de la jeune femme et fit les présentations.

– Le *señor* Malko Linge travaille pour les Nations unies, expliqua-t-il. Il effectue une mission d'enquête au Guatemala.

Malko s'inclina à son tour sur une main qui portait assez de bijoux pour remplir une vitrine de Harry Winston. Maria-Beatriz le remercia d'un éblouissant sourire. Son regard bleu traversa Malko à la vitesse d'un rayon laser, à la façon d'un homme séduit par une jolie femme.

– *Con mucho gusto*, fit-elle d'une voix chaude, chargée de sensualité. Nous sommes toujours flattés de voir des gens de l'extérieur s'intéresser à notre beau pays.

– Doña Orlando possède une *finca* de café, commenta le procureur. Elle joue un rôle très actif au sein de la communauté des exportateurs.

– C'est rare de voir une aussi jolie femme dans les affaires, dit Malko en s'inclinant légèrement.

Le sourire éblouissant réapparut, des dents de nacre dans une mâchoire de fauve, carrée et pourtant féminine. Malko voyait les seins aigus se soulever régulièrement sous le fin tissu de la robe, les pointes légèrement dressées. Une vraie bête de sexe.

– Je n'ai pas le choix, répliqua Maria-Beatriz. Mon mari et mon père ont été sauvagement assassinés par les *subversivos*, il y a six ans. Mon père était allemand, ajouta-t-elle fièrement.

– Je suis autrichien, fit Malko.

– Ah ! Cela double ma joie de vous rencontrer, continua-t-elle aussitôt en allemand. J'adore parler votre langue.

Remarquant que son verre était vide, Malko proposa :

– Voulez-vous un autre jus d'orange ?

– Avec joie, dit-elle.

Il s'éloigna vers le buffet où elle le rejoignit.

– J'avais peur que vous ne soyez américain, quand je vous ai vu, dit-elle sur le ton de la confidence. J'ai été rassurée quand vous m'avez baisé la main...

Malko l'enveloppa d'un regard admirateur et remarqua en souriant :

– Votre beauté donne envie de faire beaucoup plus !

Maria-Beatriz Orlando ne broncha pas devant cette attaque directe, et continua en allemand :

– Décidément, fit-elle, vous n'êtes pas américain ! Les *gringos* ont peur des femmes. Puisque vous désirez apprendre des choses sur le Guatemala, venez donc déjeuner chez moi demain.

– Avec plaisir, accepta Malko, dissimulant sa surprise.

– Vous êtes à quel hôtel ?

– Au *Camino Real*, chambre 453.

– Mon chauffeur sera là à midi, dit-elle. *Hasta luego, señor.*

*
**

– Vous avez l'air de lui plaire beaucoup, remarqua Juan-Carlos Verdes. Je me demande si elle sait qui vous êtes. Faites attention.

– Je vais *quand même* y aller. Chris et Milton resteront à proximité. Elle ne va pas me découper à la machette...

– J'espère que ce n'est pas un piège, insista le procureur. Ils sont capables de tout ! Un colonel a essayé de me faire croire tout à l'heure que des *subversivos* avaient barbouillé de peinture la façade du Palacio Nacional ! Comme si on pouvait s'en approcher sans se faire tirer dessus ! Ce sont des membres du G-2 qui font de la provocation.

– Je serai prudent, promit Malko.

Il avait bien senti que Maria-Beatriz serait enchanté de le mettre dans son lit.

*
**

A midi pile, le téléphone sonna dans la chambre de Malko et une voix espagnole demanda le *señor* Malko Linge.

– Je descends, dit Malko.

Malko trouva devant l'entrée principale du *Camino Real* une Buick rouge dont le chauffeur lui ouvrit la portière. D'un coup d'œil, il vérifia la présence des gorilles un peu plus loin. Il leur avait laissé le Sig, un peu trop voyant.

Le trajet se passa sans histoires. Mais, après l'embranchement de Montebello II, Malko ne vit plus la Nissan des gorilles. Que s'était-il passé ? Il n'eut pas vraiment le temps de réfléchir : la Buick avait atteint le grand portail noir. Un coup de klaxon et il s'ouvrit.

Le chauffeur le déposa devant le perron et alla se garer. En voyant le lourd portail se refermer automatiquement, il se demanda soudain s'il n'était pas tombé dans un piège.

CHAPITRE XII

– *Guten tag, Herr Linge !* dit une voix mélodieuse derrière Malko. Celui-ci se retourna.

Maria-Beatriz Orlando était aussi éblouissante que la veille, dans un tailleur noir et blanc ouvert sur un haut de soie rouge sous lequel jouait librement sa poitrine. Elle portait un peu moins de bijoux, mais dans ses yeux bleus il reconnut la même flamme sauvage. Tout en elle respirait une sensualité contrôlée mais puissante. Elle s'approcha de Malko, le noyant dans un nuage de Guerlain.

– J'admirais votre jardin, dit-il. C'est superbe.

– N'est-ce pas ? J'adore les fleurs. D'ailleurs les vôtres sont magnifiques, venez.

Il lui avait fait porter un énorme bouquet de roses rouges. Familièrement, elle le prit par la main et il vit la gerbe disposée dans un vase de cristal, au milieu du salon, sur un superbe buffet Charles X en acajou.

– Vous aimez ces meubles français ? demanda-t-elle.

– Celui-ci est remarquable, fit Malko avec sincérité. Où l'avez-vous déniché ?

– Je l'ai fait venir de Paris, de chez le décorateur Claude Dalle, se rengorgea doña Orlando, ainsi que beaucoup d'autres choses. C'est lui aussi qui a décoré ma maison de Boca Raton, en Floride. Il se déplace personnellement.

Maria-Beatriz faisait penser à la célèbre Mme Nhu, avec un mélange de raffinement, de sexualité et de cruauté à fleur de peau.

— Un scotch ? proposa-t-elle.

— Non, merci, dit Malko, je préférerais de la vodka.

— Alors, une margarita, suggéra-t-elle, la vraie : cinq dixième de tequila, quatre dixième de Cointreau et un dixième de lime. Je n'ai pas de vodka. Ou alors, un peu de Dom Pérignon.

Elle lança un ordre à une minuscule Indienne qui attendait dans un coin. Celle-ci fonça vers le bar et revint avec une coupe pleine d'un liquide doré : l'authentique margarita. Elle se versa du Cointreau dans un grand verre au fond duquel s'entrechoquaient trois glaçons. Doña Orlando leva son verre.

— A votre séjour au Guatemala ! Comment trouvez-vous le pays ?

— Très agréable, affirma Malko. Un climat sain.

— Et encore, vous n'avez pas tout vu ! Le *Quiché*, là où j'ai ma *finca*, est d'une sauvage beauté. Et les indigènes sont si amusants à observer...

Malko qui écoutait distraitement son babillage posa le regard sur son visage impeccablement maquillé, descendit, effleurant la poitrine, jusqu'aux jambes, gainées de nylon.

— A quoi pensez-vous ? demanda Maria-Beatriz.

— A vous, fit Malko, vous êtes une femme ravissante.

Maria-Beatriz rejeta la tête en arrière avec un rire cristallin.

— *Señor* Linge, vous êtes bien audacieux, je ne suis qu'une veuve qui essaie de survivre dans un monde difficile.

Elle minaudait, croisant et décroisant les jambes pour faire admirer ses cuisses pulpeuses. Une vraie danse d'amour.

Malko n'arrivait pas à se faire une opinion sur son

hôtesse. Les Sud-Américaines s'enflammaient souvent
pour des étrangers de passage, trompant ainsi la mono-
tonie d'une vie qui était un peu celle de la province.

— Vous vivez seule ici ? demanda-t-il.

— Hélas, oui, depuis la mort de mon mari. Je vais très
peu à la *finca*, c'est trop triste. Je m'occupe de mes fleurs,
de mon business ; quelquefois, je vais passer quelques
jours en Floride avec des amis, cela me change les idées.
Mais j'aime passionnément mon pays, je ne le quitterai
pour rien au monde.

L'Indienne s'approcha et murmura quelques mots à
son oreille.

— Le déjeuner est servi, annonça Maria-Beatriz.

Ils passèrent dans une somptueuse salle à manger où
une table ronde en acajou était dressée pour deux couverts. Une bouteille de château La Gaffelière 76 trônait
au milieu. On se serait cru en France.

— A propos, comment connaissez-vous notre procureur général ? demanda Maria-Beatriz à peine assise.
C'est un homme de grande qualité. Il en faudrait beaucoup comme lui. Il est intègre, courageux, nationaliste et
très croyant. Comme moi, ajouta-t-elle modestement.

Effectivement, une petite croix d'or dansait entre ses
seins. Malko avait eu le temps de trouver une réponse.

— C'est un de mes amis de l'ambassade américaine qui
me l'a présenté. Je suis chargé par les Nations unies
d'établir un rapport sur le Guatemala, je dois donc rencontrer beaucoup de gens. Je devais d'ailleurs m'entretenir avec un commissaire de police, mais il a été assassiné
sous mes yeux.

— Quelle horreur ! s'écria Maria-Beatriz. J'ai entendu
parler de cela dans les journaux. L'armée a repoussé les
subversivos, mais certains se cachent encore en ville. Ce
sont les derniers marxistes d'Amérique latine.

— Vous êtes bien gardée, ici ?

Elle se rengorgea.

– *Como no !* Ce sont des gardes de la *finca*. Des gens dévoués. Leurs familles ont été tuées par les *subversivos*.

On avait apporté des *ceviches* et la jeune femme se jeta dessus ; elle dévorait littéralement et Malko se dit qu'elle devait être sexuellement aussi gloutonne. Le château La Gaffelière 76 était un délice. Dès que son verre était vide, la petite Indienne le remplissait. Après la *parillada*, Malko attaqua d'un air innocent :

– Le Guatemala doit être fier d'avoir un prix Nobel ! remarqua-t-il. Surtout de la paix.

Maria-Beatriz mit à peine une fraction de seconde à lui rendre la réplique.

– *Claro que si !* C'est merveilleux. J'ai dit au Président qu'il devrait donner la plus haute décoration à cette femme, comment s'appelle-t-elle déjà ? Riga...

– Rigoberta Menchu, corrigea Malko sans sourire.

– Ah oui, approuva Maria-Beatriz. C'est un nom indigène, je ne les connais pas bien. Il paraît qu'elle est très connue à l'étranger ?

– Un peu, fit Malko, mais ici aussi, non ?

La jeune fit la moue.

– Il y a dix ans qu'elle a quitté le pays, déguisée en religieuse. Depuis, elle n'est revenue que deux fois, pour quelques jours. Même à présent, elle reste au Mexique, comme si elle avait honte du Guatemala.

– Mais pourquoi ?

La jeune femme fit la grimace.

– Elle a de très mauvaises relations, des marxistes subversifs qui la conseillent mal.

Le Château La Gaffelière continuait à couler à flots, rosissant les pommettes de Maria-Beatriz. La conversation dévia sur la géopolitique jusqu'au dessert, où on présenta une somptueuse coupe de fruits tropicaux.

Maria-Beatriz se leva.

– Venez, nous allons prendre le café. Il vient de la *finca*.

On l'apporta sur un plateau d'argent massif. Il était effectivement délicieux. Malko se dit que les gorilles devaient trouver le temps long, dans leur voiture sous le soleil. Maria-Beatriz l'observait, les yeux mi-clos.

— Je vais vous faire visiter ma maison, suggéra-t-elle, puisque vous semblez vous intéresser à la décoration.

Ils traversèrent rapidement les salles de réception pour monter au premier. Maria-Beatriz mena Malko droit dans une chambre qui paraissait sortir de Hollywood, avec son énorme méridienne en cuir et soie. Malko reconnut la patte de Claude Dalle dans l'agencement de la pièce. Dans un coin, un cabinet en plexi abritait une chaîne hi-fi Akaï et une grande télé Samsung.

— Il fait trop chaud ici, remarqua-t-elle d'un ton agacé. La *muchacha* a oublié de mettre la clim.

D'un geste naturel, elle se débarrassa de sa veste, découvrant une poitrine aiguë dont les pointes se dessinaient à travers la soie. Malko l'observait, se demandant ce qui allait suivre. Tout à coup, une série de coups de klaxon troubla le silence, puis, quelques instants plus tard, Malko entendit le bruit d'une voiture qui s'arrêtait dans le jardin. Maria-Beatriz s'était immobilisée.

Un coup léger fut frappé à la porte quelques secondes plus tard et le battant s'ouvrit sur une autre minuscule Indienne. Malko remarqua sur son bras droit une grosse brûlure en forme de fer à repasser. L'Indienne murmura quelques mots à l'oreille de sa patronne qui lui répondit de même, avant de s'enfuir comme une souris.

— Qu'est-ce qu'elle a sur le bras ? demanda Malko. C'est affreux.

Maria-Beatriz ne se troubla pas.

— Oh, c'est ma faute, je me suis énervée. Elle m'abîme tellement de choses en repassant que j'ai voulu lui montrer la bonne température en lui posant le fer sur la peau. Je me suis trompée. Dans quelques jours, il n'y paraîtra plus...

Un ange passa et repassa...

Décidément, Maria-Beatriz était une patronne sociale. Sans préambule, elle jeta à Malko :

– Attendez-moi ici. Je reviens.

Elle fonça vers la porte et disparut, plantant Malko au milieu de la chambre ! Quelques instants plus tard, il perçut les échos d'une violente discussion en espagnol, sans parvenir à en saisir le sens. Elle s'arrêta, il y eut de nouveau un bruit de moteur et les crissements de pneus d'une voiture démarrant brutalement.

Maria-Beatriz réapparut deux minutes plus tard, arborant un sourire plutôt pervers.

– Je vous prie de m'excuser, dit-elle, il y a eu un petit problème avec un de mes amis. Il voulait absolument monter ici et j'ai dû le mettre dehors.

– Ah bon !

Elle lui adressa un regard sans équivoque, à enflammer un pape en début de carrière.

– C'est un homme très jaloux, expliqua-t-elle suavement, et il se croit des droits sur moi parce que nous avons eu une aventure ensemble. Comme il a vu les deux couverts dans la salle à manger, j'ai été obligée de lui dire que vous aviez déjeuné ici et que vous étiez reparti. Ça l'a mis encore plus en fureur...

– Mais pourquoi ? demanda Malko, sincèrement étonné.

– Il m'avait interdit de vous recevoir ici.

– Moi ! Mais il me connaît ?

– Un de ses amis vous a vu avec moi à la réception hier soir. Lui m'a téléphoné ce matin en m'interdisant de vous revoir. Il paraît que vous êtes un espion, qui travaille pour les Américains ? Quelqu'un de très dangereux, conclut-elle l'air gourmand. Mais ça m'est complètement égal, je ne fais pas de politique.

– Mais enfin, qui est cet homme ?

– Oh, je ne sais pas si vous le connaissez. C'est le colonel Jorge Sanchez, de la garde présidentielle. Il voit des

espions et des subversifs partout, mais il est très gentil.
Seulement, il est fou amoureux de moi. Il vaudrait mieux
que nous redescendions parce qu'il interrogera sûrement
les *muchachas* pour savoir combien de temps nous sommes restés en haut. Elles ont peur de lui et lui racontent
tout ce que je fais...

Ils se retrouvèrent dans le grand salon où Maria-Beatriz fit apporter d'autorité une bouteille de Gaston de
Lagrange XO et deux verres qu'elle remplit généreusement.

Probablement pour se remettre de ses émotions.
Malko était partagé entre l'amusement et un reste de
méfiance. A peu près certain que Maria-Beatriz se préparait à faire l'amour avec lui lorsque son encombrant
amant avait surgi... C'eût été amusant de prendre sa maîtresse à l'homme qui avait voulu le faire assassiner. La
voix douce de Maria-Beatriz l'arracha à ses pensées.

— J'ai une idée. Si vous veniez passer le week-end dans
ma *finca* ? Au moins là-bas, nous serons tranquilles.

Malko croisa le regard de la jeune femme et n'y vit
que l'envie d'assouvir un fantasme. En plus d'une aventure agréable, il réussirait peut-être à apprendre des choses intéressantes. Par Maria-Beatriz, il avait une ouverture sur l'univers qu'il cherchait à pénétrer.

— Pourquoi pas ! répondit-il. Comment y va-t-on ?

— Par la route jusqu'à Chichicastenango. Ensuite ce
sont des pistes, mais j'ai une excellente Land Cruiser. Il y
en a pour cinq heures au plus. Là-haut, l'air est délicieux.

— Ce sera avec plaisir, accepta Malko.

— Bien, fit Maria-Beatriz avec une jubilation certaine.
Toutefois, je vais vous demander de prendre certaines
précautions. Je ne veux pas rester seule ici avec vous.
C'est à cause de Jorge. Je me méfie de lui. Pourriez-vous
me retrouver à huit heures à la première grande station
Esso, à droite sur la *calzada* Roosevelt, après le *trebol*.
Prenez un taxi, et faites-vous conduire là. D'accord ?

Cela tournait au vaudeville, mais Maria-Beatriz semblait sincèrement effrayée par son amant. Malko s'abstint de lui dire qu'étant donné l'intérêt qu'il portait à Malko, le colonel Sanchez risquait d'être au courant de leur petite escapade... Il serait toujours temps de s'en préoccuper au retour. Plus il réfléchissait, plus le coup de cœur de Maria-Beatriz lui semblait providentiel : une femme amoureuse est toujours imprudente.

Ils terminèrent paisiblement leur cognac Gaston de Lagrange et Maria-Beatriz le raccompagna jusqu'au perron, le quittant sur une poignée de main dont l'intensité le laissa rêveur.

— *Hasta mañana, por la mañana.*

— A demain.

A peine eut-il franchi le portail, installé à l'arrière de la Buick, qu'il repéra la Nissan de Chris et Milton derrière lui. Ils surgirent dans le hall du *Camino Real* morts de faim ! Il était trois heures et demie !

— Vous n'avez rien vu, interrogea Malko.

— Si, répliqua sombrement Milton Brabeck, des hamburgers, en rêve.

— Et un type qui est arrivé comme un fou et reparti de la même façon cinq minutes plus tard, ajouta Chris Jones. Un moustachu du genre malfaisant. On a pris le numéro de sa voiture.

— Allez vous refaire une santé à la cafétéria, conseilla Malko.

En passant devant la réception, il repéra un message dans sa case et alla le chercher. Maria Chacar lui annonçait qu'elle était prête à lui communiquer le programme de Rigoberta Menchu. Son cœur fit un bond dans sa poitrine. Décidément, ce vendredi était un jour faste ! Il rattrapa les deux gorilles juste au moment où ils commandaient un repas pantagruélique.

— On repart, annonça-t-il.

Subrepticement, Milton attrapa un petit pain qui traînait et l'emporta.

*
**

Maria Chacar était en train de taper à la machine lorsqu'on lui amena Malko. Elle piqua un fard et se leva, intimidée. Sa jupe longue cachait ses jambes jusqu'aux chevilles, mais elle portait un haut pratiquement transparent en tissu noir.

– Je voulais savoir si vous aviez du nouveau, s'enquit Malko.

Maria Chacar, fière comme une bonne élève, sortit un papier de sa ceinture.

– Je l'ai suivi ! annonça-t-elle triomphalement. Je n'ai jamais eu aussi peur de ma vie. Il habite au fond d'une impasse qui donne dans la 10e Rue, le long d'un parking, entre la 6e et la 7e Avenue. Au rez-de-chaussée, il y a un cours de danse. Lui, je crois qu'il habite au premier. La lumière s'est allumée quand il est entré.

– Bravo, exulta Malko, vous avez très bien travaillé.

Il ne resta que quelques instants avec elle et repartit. Cette fois, il s'agissait de ne pas se faire repérer. Un bref conciliabule avec les gorilles régla le problème. Il démarra devant eux et juste avant le croisement avec la 3e Rue, leur Nissan « tomba en panne », bloquant la chaussée. Malko accéléra, tourna et disparut, certain de ne pas être suivi. Trois minutes plus tard, il remontait la 10e Rue, se garant dans un grand parking à l'air libre presque vide, coincé entre deux immeubles. Le quartier était assez animé pour qu'on ne le remarque pas. Il ressortit dans la 10e Rue et remonta le long du parking, tournant ensuite dans une impasse courant entre le grillage du parking et le mur d'un immeuble.

Il longea un mur aveugle, jusqu'au fond. Sur toute la longueur de l'impasse, il n'y avait qu'une porte, surmontée d'un panneau où était inscrit : *CLUB ESPORTIVO*.

Malko poussa la porte, pénétra dans le hall sombre. Il

alluma une minuterie qui diffusa une lumière jaunâtre, éclairant une grosse moto noire, attachée à la rampe de l'escalier par une énorme chaîne. Il l'examina et vit immédiatement qu'elle n'avait pas de plaque d'immatriculation... Comme celle que chevauchaient les assassins du commissaire Pucaro...

Bien sûr, ce n'était pas la seule Honda noire de Guatemala City, mais c'était quand même une sacrée coïncidence...

Il s'engagea dans l'escalier aux marches branlantes, et atteignit le premier. Il n'y avait qu'une seule porte, avec une carte de visite fixée par une punaise. Malko lut le texte :

Noël de Jesus Zacara. Guardia presidential.
10 a. Calle 6-4 Zona 1. Final des callejon entre banco
   promotor y parqueo 6 65, apartamento 2.

Il nota soigneusement le nom et se hâta de redescendre, fou de joie. Enfin, il avait un fil à tirer. Même deux, avec la superbe doña Orlando. Il était temps d'annoncer de bonnes nouvelles à Malcolm Brown.

– Rigoberta Menchu arrive dans six jours, martela Malko et nous possédons très peu d'éléments pour réagir. Certes, nous avons identifié un des tueurs de la garde présidentielle mêlé à tout cela, mais rien ne dit qu'il participe directement à un attentat contre Rigoberta. En plus, nous sommes dans l'impossibilité de le surveiller vingt-quatre heures sur vingt-quatre. Nous ne pouvons que procéder par sondages. Et vous voudriez que j'abandonne la possibilité, via Maria-Beatriz Orlando, de découvrir des éléments supplémentaires ?

Malcolm Brown écoutait Malko, la tête penchée de côté à son habitude, l'œil inexpressif.

– L'identification de ce Noël de Jesus est hyper-importante, reconnut-il. Mais je pense que doña Orlando, soit désire avoir une aventure avec vous, sans que cela soit profitable à notre enquête, soit vous tend un piège...

Toujours la même chose avec les gens du Renseignement. La parano les rongeait sournoisement. Certes, Malko n'était pas naïf. On ne pouvait totalement éliminer une manip. Cependant l'attitude de Maria-Beatriz et la dispute avec son amant étaient des éléments à prendre en compte.

— Laissez-moi me fier à mon instinct, dit-il. Je prendrai toutes les précautions possibles. Qu'avons-nous à perdre ?

— Vous, fit sobrement le chef de station. Ici, tout est possible. Ils se sentent invulnérables. Si vous vous faites assassiner dans sa *finca*, quel recours avons-nous ? Il y aura toujours une explication à dormir debout.

— Mais dans le cas contraire, objecta Malko, cela risque d'être intéressant.

— Si vous avez envie de jouer à la roulette russe... soupira Malcolm Brown. J'ai l'impression que vous êtes tombé sous le charme de cette garce et elle en a beaucoup. Vous connaissez l'histoire de Samson et Dalila ?

Un ange passa, tondu comme un œuf.

Malko ne voulut pas répliquer. C'est vrai qu'il était très attiré par Maria-Beatriz. Affronter cette femelle sûrement dangereuse comme un crotale et excitante comme une star de cinéma était un fantasme superbe. Mais il ne pouvait pas l'avouer à la CIA. Souvent, ainsi, il avait suivi son instinct et s'en était bien trouvé.

— Chris et Milton ne peuvent même pas venir avec vous, conclut l'Américain.

— Ils me suivront en échelon de secours, suggéra Malko. Me rapprocher de Maria-Beatriz Orlando c'est un peu donner un coup de pied dans la fourmilière. On peut même s'arranger pour le faire savoir au colonel Sanchez. Pour le pousser à la faute. Nous n'avons pas beaucoup de moyens de les déstabiliser.

— Votre optimisme vous perdra ! lança Malcolm Brown. J'espère que lundi je n'aurai pas à mettre une cravate noire.

CHAPITRE XIII

Depuis Los Encuentros, Malko avait compté deux cent trente virages ! La route passablement défoncée jouait aux montagnes russes, escaladant et redescendant des collines couvertes d'une végétation épaisse au sommet desquelles s'accrochaient des lambeaux de nuages. Le paysage était somptueux de sauvagerie. Toutes les cinq minutes, la Land Cruiser doublait un bus qui se traînait, à trente à l'heure, bourré d'Indiens jusque sur le toit. Maria-Beatriz conduisait vite et bien, les mains protégées par des gants de cuir, moulée dans un pull noir et un pantalon de cuir glissé dans ses bottes. Les cheveux noués en queue de cheval, peu maquillée, elle avait l'air d'une jeune fille.

Ils roulaient depuis deux heures. Quelque part derrière, Chris et Milton suivaient à bonne distance. Aucun risque de se perdre, il n'y avait qu'une seule route jusqu'à Chichicastenango, où Malko devait déjeuner avec Maria-Beatriz.

Malko avait au fond de son sac de voyage le Sig avec deux chargeurs, sa seule protection directe. Il avait aussi une radio portable, grosse comme un paquet de cigarettes, dans une poche de son blouson de daim. Chris Jones possédait la même et ils s'étaient mis d'accord pour une vacation de dix minutes au début de chaque heure.

— Vous n'avez pas faim ? demanda la jeune femme.

– Un peu, avoua Malko.

– Nous allons bientôt arriver à Chichicastenango, annonça-t-elle. C'est un endroit très agréable.

Ils avaient laissé derrière eux le lac d'Atitlan. La route devenait effroyable, les virages se succédaient, où les bus semblaient faire du surplace sur la pente à 15 % ; la poussière enveloppait les Indiens qui marchaient sur les bas-côtés, comme de petits animaux bariolés.

Ils débouchèrent enfin à l'entrée de Chichicastenango et furent aussitôt assourdis par une musique endiablée. Une foule multicolore se pressait dans les rues, où quelques touristes étaient noyés parmi les Indiens. Maria-Beatriz arrêta la Land Cruiser devant un hôtel de style colonial espagnol. Effectivement, c'était superbe ! Un patio abritait une demi-douzaine de perroquets, face aux tables. On se serait cru au bout du monde. Ils s'installèrent en bordure du patio. Le bruit de la fête arrivait jusqu'à eux. La jeune femme semblait parfaitement détendue.

– C'est la fête de Saint-François d'Assise, expliqua-t-elle. Tout à l'heure, je vous montrerai un spectacle intéressant.

*
**

Malko et Maria-Beatriz plongèrent dans la foule qui coulait comme un fleuve dans la rue principale de Chichicastenango. Ils avaient laissé la Land Cruiser devant l'hôtel. Chris et Milton étaient invisibles. Malko se dit qu'ils devaient se planquer à l'entrée du bourg.

Des groupes d'Indiens dansaient au milieu de la foule, déguisés en *conquistadores*, affublés de masques grotesques et de tenues du XVᵉ siècle, au son d'une marimba endiablée. La foule en délire ondulait parmi les baraques foraines. Les Indiennes étaient venues de la montagne en famille. La place entre les deux églises du bourg était noire de monde. Soudain une pétarade éclata, partout à la fois. De vraies rafales de mitrailleuse.

– Ce sont des pétards ! expliqua en hurlant Maria-Beatriz. A chaque fête, ils en font claquer des milliers.

C'était assourdissant ! L'âcre odeur de la poudre piquait les narines, des groupes effrayés de femmes et d'enfants se serraient contre les murs... Malko aperçut enfin au loin, émergeant de la foule, Chris et Milton, ballottés eux aussi dans le magma humain. Les danseurs continuaient à sauter sur place, brandissant des gourdins en papier d'aluminium, soûls comme des cailles... Maria-Beatriz se pencha à l'oreille de Malko.

– Vous voulez quelque chose de plus intéressant ?

– Pourquoi pas ?

– Suivez-moi.

Elle lui prit la main, le guida dans le dédale des ruelles en pente encombrées d'éventaires de toute sorte. Le calme revint, ils étaient en bas du village. Maria-Beatriz se dirigea vers une lourde porte de bois clouté devant laquelle stationnaient deux Indiens à la mine patibulaire. La courte discussion se termina par le don de 400 quetzales, une somme énorme au Guatemala. Malko et la jeune femme pénétrèrent dans une cour en contrebas, où se pressait une foule silencieuse. Ils furent immédiatement pris en charge par un minuscule Indien qui les mena au premier rang, où se trouvaient une douzaine d'étrangers. Malko découvrit une sorte de grange où, sur un établi, était allongée une Indienne. Entièrement nue, avec des formes rondes et de longs cheveux noirs dénoués, elle semblait très jeune ; ses seins pointaient vers le ciel comme des cônes de pierre.

Elle était attachée par des courroies à un châssis de bois en forme de X très fermé. Une forte ampoule éclairait le triangle sombre de son sexe. On aurait dit une parturiente sur le point d'accoucher. De temps à autre, elle tournait la tête vers le public et souriait...

– Que fait-elle là ? demanda Malko à l'oreille de Maria-Beatriz.

– Attendez, vous allez voir.

Malko aperçut alors un Indien qui faisait la quête parmi les spectateurs. Maria-Beatriz lui souffla :

– Donnez-lui 200 quetzales, les autres ne paient pas beaucoup.

Il obéit. L'Indien termina sa tournée et disparut. Presque aussitôt, un homme surgit de l'obscurité, tirant une longe au bout de laquelle se trouvait un âne. Un lourd silence s'établit immédiatement. Malko repéra un grand Batave en train de régler sa caméra.

L'homme approcha l'âne le plus possible de la fille étendue, de façon que la tête de l'animal soit au-dessus de la sienne. L'âne se trouvait coincé entre les branches inférieures de la croix, entre les jambes attachées de la fille. L'homme passa la main sous le ventre de l'animal et commença à l'exciter, un peu comme on trait une vache. Peu à peu, un sexe colossal se développa, se balançant mollement. L'homme abaissa alors l'ampoule nue, afin que tout le monde puisse voir l'effrayant appendice... Malko entendit le ronronnement d'une caméra. Il tourna la tête vers Maria-Beatriz. Elle semblait en transe, les joues creusées, le regard fixe. Il réalisa que les doigts de la jeune femme serraient les siens à les écraser. Sur la « scène », l'homme prit une sorte de saindoux dans un seau et en enduisit le membre bandé de l'âne qui parut ainsi encore plus volumineux. Puis, il tira l'animal en avant, lui fit poser les pattes de devant sur les montants de bois. Dans cette position, l'extrémité de son sexe, grosse comme une pomme, effleurait celui de l'Indienne. Le son d'une flûte indienne, accompagnée par un tambourin, s'éleva dans le silence. Deux musiciens étaient dissimulés dans la pénombre.

Les gens retenaient leur souffle. Avec une lenteur calculée, l'homme fit alors le tour de l'âne, se plaçant entre lui et les spectateurs. Il brandit un court fouet, attendit quelques secondes pour bien captiver son public et, d'un coup sec, l'abattit sur la croupe de l'animal. Celui-ci, d'un mouvement réflexe, voulut fuir vers l'avant. D'un coup, son sexe s'enfonça de vingt centimètres dans le ventre de l'Indienne qui poussa un hurlement atroce. Malko réalisa que les ongles de Maria-Beatriz s'étaient incrustés dans sa paume avec la même violence que le membre de l'animal dans la malheureuse Indienne. L'âne commençait à bouger... Il se retira d'abord, puis avança. La fille poussait de longs gémissements, son ventre se creusait. Littéralement, l'âne copulait avec elle, dans un accouplement contre nature.

Chaque fois qu'il allait de l'avant, son membre monstrueux s'enfonçait un peu plus. Les étrangers filmaient comme des fous. C'était à la fois abominable, pervers et horriblement excitant. Malko se pencha vers Maria-Beatriz.

— Mais il va la tuer !

Elle leva vers lui un visage de démente, éclairé par une sensualité primitive.

— Mais non, ces indigènes sont très souples...

L'âne continuait, aidé par son maître. Maintenant, son membre plongeait de vingt-cinq centimètres à chaque poussée. Le « spectacle » dura encore trois ou quatre minutes, puis l'animal s'ébroua et se cabra. Vivement, son dompteur le fit reculer au moment où son sexe crachait une quantité impressionnante de semence dont une bonne partie atterrit sur le ventre de l'Indienne.

Les spectateurs se dispersèrent sans un mot. Malko retrouva le soleil avec une sensation de malaise. Les pétards claquaient, là-haut dans le bourg, les enfants se poursuivaient et les Indiens continuaient leur pantomime costumée.

— Ce n'est pas seulement une attraction touristique, expliqua Maria-Beatriz d'une voix inhabituellement rauque. Au temps de la conquête espagnole, les Indiens punissaient de cette façon les femmes qui se laissaient séduire par les conquistadors. A cela près qu'ils laissaient l'âne éventrer sa partenaire. Maintenant, c'est seulement un jeu. Cette fille-là assure deux spectacles par jour. Pour 50 quetzales chaque prestation. L'âne se fatigue plus vite qu'elle ! conclut-elle avec un rire qui fit froid dans le dos de Malko.

Fugitivement, il se demanda si Malcolm Brown n'avait pas raison : Maria-Beatriz était *très* dangereuse...

A peine furent-ils dans la voiture qu'elle lui jeta un regard étrange, sa main posée sur sa cuisse, très près de son sexe. Les pointes de ses seins trouaient le tissu de son pull.

– C'est assez excitant, n'est-ce pas ?

Sans lui laisser le temps de répondre, elle écrasa sa bouche contre la sienne. Haletante, elle fut secouée très vite d'un spasme si violent que Malko fut persuadé qu'elle avait joui. Calmée, elle mit le moteur en route avec un sourire en coin.

– Allez, en route pour Shangri-La (1).

*
**

Depuis plus de deux heures, pas un Indien. Peu à peu, ils montaient, s'éloignant vers le Nord. La nuit commençait à tomber. Maria-Beatriz, les traits creusés par la fatigue, se tourna vers Malko.

– Encore une demi-heure.

Ce furent trois quarts d'heure ; le paysage changeait, ils débouchèrent sur une sorte de plateau immense, coincé entre les collines. Plus de végétation sauvage, mais des caféiers plantés régulièrement. Maria-Beatriz s'arrêta quelques instants, montra le paysage.

(1) Pays mythique où on vit heureux.

– Voilà ma *finca* ! C'est beau, non ? Quatre mille hectares de café.

Dans le fond, on apercevait les bâtiments. Ils y parvinrent vingt minutes plus tard, après avoir longé une piste d'atterrissage qui ne semblait pas en aussi mauvais état que Maria-Beatriz l'avait dit. Trois Indiens se précipitèrent pour décharger le véhicule. Maria-Beatriz fit résonner ses bottes sur le dallage et lança à Malko :

– Je vais vous montrer votre chambre.

Celle-ci se trouvait au rez-de-chaussée, toute blanche avec un grand lit en bois sombre, et un immense crucifix. La salle de douche était plus que succincte. Malko posa son sac, referma la porte et regarda sa montre. Six heures cinq. C'était bon. Il prit la radio et l'activa sur le canal 4. Rien. Il essaya à plusieurs reprises, en vain. Ou les gorilles n'avaient pas pu se rapprocher suffisamment, ou les collines empêchaient la transmission. Il hésita, se demandant s'il prenait le Sig ou non. A part les Indiens, il n'avait vu personne. Finalement, il le sortit de son lit et le dissimula sur le haut de l'armoire, avant d'aller retrouver Maria-Beatriz.

La jeune femme était devant une grande cheminée où brûlait un énorme feu de bois. Elle s'était changée, troquant son pantalon de cuir pour une longue jupe noire fendue et moulante. Une bouteille de Cointreau déjà entamée était posée sur une table basse et elle avait un verre à la main, rempli à moitié de glaçons. Elle se leva.

– Bienvenue à la *finca*.

Malko se contenta d'un margarita à assommer un cheval. Une Indienne s'affairait à mettre une table derrière eux. Le silence était absolu et l'obscurité totale. Maria-Beatriz se pencha vers lui, glissa une main sous sa chemise et murmura :

– Ça va être bon. J'ai envie de vous depuis que je vous ai vu. J'en ai des frissons.

Le bleu de ses yeux avait encore changé. Elle avait la

respiration courte et le regard flou. Malko sentait ses ongles agacer son mamelon avec habileté. Quelle superbe salope ! Il croisa son regard, mais il n'y lut qu'une immense envie sexuelle. Malcolm Brown avait décidément été égaré par sa parano !

La domestique déposa des plats sur la table.

— Venez ! C'est servi.

C'était une sorte de ragoût avec des haricots noirs, et des galettes de maïs. Maria-Beatriz buvait du Cointreau en mangeant, tantôt pur, tantôt sur des glaçons, tantôt allongé d'eau. Malko, sur ses gardes, guettait les bruits de la nuit. Il n'avait vu aucun autre véhicule dans le garage. A part les Indiens, ils étaient seuls. Le repas se passa très vite.

Maria-Beatriz déchiqueta un fruit et but une énorme tasse de café. Quand la fille vint desservir, elle lui dit qu'elle pouvait aller se coucher. Il était tout juste huit heures. Malko, en sortant de table, ouvrit la porte et regarda à l'extérieur. C'était saisissant : à part les étoiles, il n'y avait pas une lueur à la ronde.

— Il n'y a aucune autre *finca* à moins de cinquante kilomètres, fit Maria-Beatriz, les indigènes n'ont pas l'électricité. Ici, il y a un groupe électrogène.

Elle vint se coller derrière lui, enfonçant son pubis contre ses reins.

Plusieurs couvertures de guanaco et des coussins étaient disposés devant le grand feu de bois. Maria-Beatriz s'y laissa tomber. A peine Malko l'eut-il rejointe qu'elle se coula contre lui, se frottant comme une chatte à chaque centimètre carré de son corps. C'était frustrant, car sous son pull et sa longue jupe, elle demeurait inaccessible...

Quand Malko voulut la dénuder, elle le repoussa et plongea vers le centre de son corps. Sa bouche l'engloutit voracement, tandis que ses doigts, crispés sur sa hampe, le manipulaient en même temps. Tout son corps était en mouvement, à chaque va-et-vient, elle l'enfonçait dans sa bouche jusqu'à ce que ses lèvres touchent le ventre de Malko.

Tout à coup, elle se redressa, arracha son pull, puis fit glisser sa longue jupe, découvrant ses fesses cambrées, des jambes musclées et fuselées, terminées par ses bottes noires collantes.

Elle rampa alors jusqu'à un tas de coussins où elle s'allongea, attirant la tête de Malko entre ses cuisses. Sous ses caresses, elle se déchaîna, hurlant comme un animal jusqu'à ce qu'elle se tende en arc en le suppliant de la prendre.

Malko s'enfonça d'un seul coup en elle, tellement excité qu'il ne mit que quelques minutes à jouir, tandis que Maria-Beatriz s'agitait sous lui. Elle salua son explosion d'un cri rauque et demeura quelques instants prostrée.

A peine était-il sorti d'elle que sa bouche l'engloutissait à nouveau. Ce fut plus long, Maria-Beatriz possédait une technique raffinée. Bientôt Malko fut raide comme la justice. La jeune femme contempla son œuvre avec satisfaction. Elle se leva alors, alla jusqu'à une commode, y farfouilla et revint, tenant à la main un étrange objet qui ressemblait à un anneau hérissé de poils. Malko l'identifia immédiatement : c'était un *guesguel* utilisé par tous les Indiens de l'Altiplano pour donner plus de plaisir à leur partenaire. Une paupière de bouc séchée et imprégnée d'une huile végétale qui lui conservait sa souplesse.

Avec un sourire gourmand, Maria-Beatriz l'enfila sur le sexe de Malko.

— Maintenant, dit-elle, tu vas me faire mourir de plaisir. Ici au Guatemala, les hommes ne veulent pas l'utiliser, ils prétendent que c'est bon pour les indigènes. Ils sont tous machos...

Elle s'allongea sur le guanaco et l'attira. Malko s'enfonça en elle avec lenteur. Maria-Beatriz se cambra de tout son corps, exhala un long gémissement et enfonça ses ongles dans ses hanches. Des larmes emplissaient ses yeux. Elle paraissait souffrir, mais son bassin venait au-devant de Malko. Il se retira un peu et elle feula. Quand il revint d'un coup, jusqu'au fond, la jeune femme poussa un bref cri rauque. La bouche ouverte, elle en perdait la respiration.

Le frottement des cils de bouc sur ses parois intimes devait provoquer des sensations inouïes, car elle tressautait sous lui, comme branchée sur des fils électriques. Brutalement, elle se tendit en arc de cercle et jouit. Puis d'une voix mourante, elle se retourna, les yeux pleins de larmes, et dit :

– Par-derrière...

Quand il se retira entièrement, elle gronda comme un fauve à qui on arrache son dîner. Dans la nouvelle position où elle se trouvait, le sexe de Malko s'enfonça encore plus loin, déclenchant les supplications de Maria-Beatriz :

– Non, non, c'est trop fort, doucement !

Non seulement il ne l'écouta pas, mais il la prit encore plus violemment, lui arrachant des cris de protestation.

Elle agrippait à pleines touffes la couverture de guanaco, elle la mordait, mais sa croupe ne se dérobait pas aux coups de boutoir.

La tentation fut trop forte pour Malko. Revenant à ses mauvais instincts, il se retira, ignorant la plainte furieuse de Maria-Beatriz qui se transforma en supplication quand l'ouverture de ses reins fut prête d'être forcée.

– Non, je ne veux pas !

Ce fut plus fort que lui. Il eut l'impression de se visser au creux de cette croupe cambrée et ferme, les deux mains solidement crochées dans ses hanches. Son membre se frayait un chemin dans l'étroit conduit dont la paupière de bouc agaçait les parois, faisant hurler Maria-Beatriz.

Elle se débattait si fort qu'elle faillit lui échapper. Mais il était maintenant abuté au fond, présent de toute sa longueur, et il n'aurait pas donné sa place pour un empire.

– Arrêtez, arrêtez ! bredouilla Maria-Beatriz d'une voix étranglée. Je vous en supplie.

Malko sembla lui obéir, se retirant presque entièrement ; mais avant de franchir l'anneau serré autour de lui, il replongea, cette fois de toutes ses forces... Maria-Beatriz en tremblait de tous ses membres, se tordant comme un serpent coupé en deux, tournant vers lui un visage baigné de larmes.

– C'est horrible ! murmura-t-elle, arrêtez, vous allez me déchirer.

Pour toute réponse, Malko s'assura une prise solide et commença à la chevaucher férocement, lui arrachant des cris de plus en plus déchirants. Elle rampait vers l'avant, tentait de lui échapper, mais elle dut s'arrêter, sous peine de se jeter dans la cheminée...

Il sentait venir le plaisir. Au moment où la sève montait de ses reins, il se retira brusquement pour s'enfoncer dans son sexe, d'une seule poussée rectiligne.

Les cris de Maria-Beatriz n'avaient plus rien d'humain. Malko explosa dans le fourreau brûlant et se laissa tomber sur le côté, s'arrachant d'elle. Pendant un long moment on n'entendit que le crépitement du feu. Puis, d'une voix lasse et alanguie, Maria-Beatriz soupira :

– C'était inouï, *mi amor*, surtout la fin.

*
**

Malko dormait à moitié quand un grincement le fit sursauter. Son premier regard fut pour la porte. Elle était toujours fermée, la clé dans la serrure, comme lorsqu'il s'était endormi. Les lourds volets de bois de la fenêtre ne pouvaient être ouverts de l'extérieur. La faible clarté de l'aube filtrait.

Avant de s'endormir, il avait longuement tourné et retourné les motivations possibles de Maria-Beatriz. Après leur étreinte sauvage, elle lui avait parlé, se proposant de lui faire rencontrer des gens pour son enquête onusienne...

Le grincement reprit.

Soudain, Malko vit surgir, tel un fantôme issu de nulle part, une silhouette au pied de son lit.

Maria-Beatriz braquait sur lui la Winchester de la Land Cruiser, l'extrémité du canon à moins de deux mètres de sa tête. D'où sortait-elle ? Laissant la réponse à cette question pour plus tard, Malko envoya sa main à la recherche du Sig dissimulé sous les draps. La voix sèche de Maria-Beatriz arrêta son geste :

— Mets tes mains tout de suite sur le drap, *mi amor*, ou je te tue.

CHAPITRE XIV

Malko obtempéra avec lenteur. Son pouls s'était calmé d'un coup, le laissant d'une immense froideur mêlée de fureur contre lui-même. Il avait été aveuglé par son goût de la femme. Et aussi par l'extraordinaire comédie que lui avait jouée Maria-Beatriz. Pourtant, lorsqu'elle était en train de faire l'amour avec lui, elle n'avait pas simulé... Comme si elle avait deviné ses pensées, elle lui jeta ironiquement :

– Tu croyais qu'il suffisait de me baiser pour m'endormir ? répliqua Maria-Beatriz. C'est vrai, tu m'as bien baisée. Ce sera un beau souvenir. Tu es comme mon mari : il me baisait deux fois de suite et la seconde était la meilleure. Lui aussi savait bien se servir du guesguel... Seulement, maintenant, c'est fini.

Maintenant, il fallait se tirer de ce mauvais pas. Mais comment Maria-Beatriz avait-elle déjoué sa vigilance ? Elle se déplaça et il put la voir en entier. Habillée comme la veille, avec son pull et son pantalon de cuir, elle serrait fermement la Winchester contre sa hanche. Une arme qui le foudroierait si elle tirait.

– Qu'est-ce qui est fini ? demanda-t-il.

– Pour toi, tout.

Elle n'avait pas élevé la voix, mais son ton en disait long. Malko pensa à Chris et Milton. Il avait encore tenté de les joindre avant de s'endormir. En vain. Où pouvaient-ils donc se trouver ?

– Pourquoi ? demanda-t-il.

La bouche de Maria-Beatriz se tordit un peu.

– Pourquoi ? Mais pour le sale boulot que tu fais pour les *gringos* ! Qu'est-ce que cela peut leur faire, qu'on débarrasse notre beau pays de cette truie de Rigoberta Menchu ? Nous avons éliminé des dizaines de milliers de ces animaux qui engraissent maintenant les cactus. Et le monde a continué à tourner, non ? Mercedes Pinetta aurait dû vous servir de leçon... J'avais fait exprès de la faire déposer devant l'ambassade pour que vous compreniez qu'il ne fallait pas vous mêler de nos affaires. Vous n'avez rien compris...

– C'est vous qui l'avez tuée ?

– Non, bien sûr ! Mais j'ai ordonné qu'on la découpe comme un quartier de viande. Comme ces salauds de *subversivos* l'ont fait à mon mari et à mon père...

Il bougea légèrement et le canon de la Winchester se braqua contre sa tête.

– Ne bouge pas !

– C'était bien joué, le coup de la scène avec le colonel Sanchez, remarqua-t-il.

Maria-Beatriz lui adressa un sourire venimeux.

– Mais ce n'était pas un piège. Jorge ne voulait vraiment pas que je t'emmène ici. Parce qu'il avait peur que je me fasse baiser par toi. Je lui ai juré que cela ne se passerait pas. Ce n'est pas toi qui iras dire le contraire, non ? Tu seras muet dans deux heures et ces imbéciles de *gringos* n'auront plus le temps de se mettre en travers de nos projets... Dans quatre jours, tout sera terminé. Moi, je serai à Miami, toi dans la mer des Caraïbes et Rigoberta Menchu dans un cimetière, au milieu des autres animaux. *Claro ?*

– Je vois, dit Malko, qui cherchait désespérément à gagner du temps.

Un peu réconcilié avec lui-même. L'altercation entre Jorge Sanchez et Maria-Beatriz était authentique. Il ne s'était pas complètement trompé.

— Lève-toi maintenant, dit-elle, sauf si tu veux mourir dans ton lit.

Malko écarta le drap et se leva. La jeune femme le contempla longuement avec un sourire sardonique.

— Tu es nu ? Tu pensais que j'allais venir te retrouver pendant la nuit ? Eh bien tu vois, je suis venue. Maintenant, prends ton sac et vide-le par terre.

Il contourna le lit et comprit comment Maria-Beatriz avait pénétré dans la chambre. Une trappe était dissimulée sous un tapis, au pied de son lit. Il suffisait de la soulever...

Elle avait bien préparé son coup.

Il vida son sac sur le plancher. Pendant ce temps, de la main gauche, elle fouillait son blouson, en tirait la radio portable. Elle la jeta à terre, et, d'un coup de talon rageur, elle l'écrasa. Puis, faisant le tour du lit, elle écarta les draps, découvrait le Sig. Elle le prit et le glissa dans sa ceinture.

— Alors, mon bel agent de la CIA, fit-elle ironiquement, tu te méfiais ? A quoi pensais-tu en me baisant ?

Malko ne répondit pas. Par la fenêtre, il apercevait les contours des collines couvertes de jungle. Il n'y avait plus que Chris et Milton pour venir le tirer de ce mauvais pas où l'avait poussé son orgueil de mâle.

— Habille-toi, lança Maria-Beatriz, nous n'avons pas beaucoup de temps. Mais si tu ne veux pas, cela ne fait rien.

Malko s'habilla rapidement. A quoi bon résister ? Il fallait guetter l'occasion, mais Maria-Beatriz ne lui en laissait guère. Elle ricana.

— Tu ne me demandes pas ce que je vais faire ? Je vais te le dire. Tu vois la piste ? J'attends un avion. Il arrive de Colombie avec quatre cents kilos de cocaïne. Il va se

poser dans une demi-heure, pour décharger. On va entre-
poser la marchandise ici pour quelque temps. Il va donc
repartir à vide, enfin pas tout à fait. Parce qu'il t'emmè-
nera. Mes amis colombiens sont de braves garçons, ils
aiment rendre service. Je leur ai demandé de te balancer
dans la mer des Caraïbes, entre ici et la Colombie.
Comme ça, on ne saura jamais ce qui t'est arrivé. C'est
une bonne idée, non ? Comme personne ne m'a vue partir
avec toi...

« A propos, ne cherche pas tes *pistoleros*. Ils sont encore à Chichicastenango... Jorge a donné des ordres au
poste militaire de là-bas. Ils les ont empêchés de nous
suivre.

Maria-Beatriz se tut, soudain tendue. Malko comprit
pourquoi. Il venait de percevoir un léger grondement
dans le lointain. Un avion en approche.

— Allez, sors ! ordonna Maria-Beatriz.

Il obéit. Le jour était complètement levé. Il distingua
sur la piste des fûts de kérosène. L'avion allait ravitailler
et repartir. Il lui restait peu de temps à vivre.

L'appareil apparut au ras des collines : un petit bimoteur qui roulait d'une aile sur l'autre. Il toucha la piste en
son milieu, puis tourna et revint en direction de la *finca*.
Maria-Beatriz se tenait deux mètres derrière Malko, entre
le bâtiment et lui. S'il détalait, elle le tirait comme un lapin... L'appareil s'approcha en cahotant dans l'herbe et
s'arrêta à quelques mètres d'eux. Un homme en descendit, visiblement sud-américain. Malko ne vit que le gros
pistolet glissé dans sa ceinture.

En apercevant Malko, il s'arrêta net. Aussitôt, Maria-Beatriz lui cria :

— *Todo esta bien !*

Sans quitter Malko des yeux, elle se rapprocha de lui
et ils parlèrent longuement, à voix basse. Il hocha la tête
affirmativement. Le pilote, beaucoup plus jeune, émergea
à son tour et sauta à terre. Lui n'était pas armé.

Maria-Beatriz revint vers Malko.

– Tu vas nous aider à décharger, annonça-t-elle.

Elle le poussa vers l'appareil et il aperçut des ballots enveloppés de toile de jute. Dessous, on distinguait le plastique transparent des sacs de cocaïne. Le passager remonta dans l'avion et poussa un ballot vers Malko, qui dut le charger sur ses épaules.

Titubant sous le poids de la cocaïne, il se dirigea vers un hangar attenant à la *finca*, sous les ricanements de Maria-Beatriz.

– C'est bon pour la santé, l'exercice ! lança-t-elle.

*
**

La chemise collée à son torse par la transpiration, Malko titubait d'épuisement. En dépit de l'altitude, il faisait une chaleur effroyable. Le pilote, assis par terre, buvait une bière et Maria-Beatriz avait abrité ses traits délicats sous un grand sombrero.

Malko posa à terre le dernier sac de cocaïne et se redressa, les reins moulus. Le passager était en train de pomper de l'essence dans les réservoirs d'aile avec une pompe à main. Il cria :

– Dans cinq minutes, c'est OK, on repart.

– Attachez-le, cria Maria-Beatriz aux deux hommes. Sinon, il risque de gigoter.

Elle s'approcha de Malko et lui enfonça le canon de la Winchester dans l'estomac, avec un sourire venimeux.

– Je voudrais bien te voir quand ils te pousseront dans le vide, lança-t-elle, tu couineras comme un porc...

En un clin d'œil, Malko eut les mains immobilisées derrière le dos avec une fine cordelette blanche. Les deux Colombiens ne montraient aucune émotion, comme s'ils prenaient en charge du bétail. Elle s'éloigna un peu et cria :

– Vous lui attacherez les jambes dans l'*avionetta*. Pas la peine de le porter jusque-là.

– J'ai fini, annonça le passager en redescendant de l'échelle qui lui permettait d'atteindre le réservoir supérieur, dans l'aile. On y va dans cinq minutes.

A l'instant où il mit pied à terre, un bruit bizarre se fit entendre derrière la *finca*. Tous s'immobilisèrent, figés. Puis le bruit se précisa : un hélicoptère. Le « vlouf-vlouf » était parfaitement reconnaissable.

– *Porcas de Dios,* hurla le pilote. *Vamos ! Vamos !*

Il courut comme un fou vers le bimoteur où il plongea tête la première. Malko, le cœur battant, se garda de bouger. C'étaient sûrement les gorilles ! Dix secondes plus tard, un hélicoptère camouflé surgit au-dessus des toits de la *finca*, à moins de vingt mètres de hauteur. Ses portes latérales étaient ouvertes, à chacune d'elles un homme en uniforme servait une mitrailleuse. Un second appareil apparut.

L'hélice gauche du bimoteur commença à tourner. La voix déformée d'un mégaphone hurla quelque chose que Malko ne comprit pas. Sans la moindre hésitation, Maria-Beatriz leva sa Winchester et tira en direction de l'hélicoptère.

Aussitôt, des flammes jaunes jaillirent de la mitrailleuse et les traçantes s'enfoncèrent dans l'aile de l'avion prêt à décoller. En une seconde, il se transforma en une boule de feu ! Malko aperçut le pilote qui essayait de sortir du cockpit, puis il fut entouré par les flammes et transformé en torche vivante.

Malko se mit à courir, tandis que Maria-Beatriz tirait encore sur l'hélico. Lorsqu'elle s'aperçut de sa fuite, il avait déjà mis l'avion embrasé entre elle et lui ! Il courait comme un fou, les mains toujours liées, en direction de la lisière boisée, de l'autre côté de la piste.

Le grondement sourd du second hélicoptère le rattrapa. Une voix cria quelque chose d'indistinct en espagnol. L'appareil était à quelques mètres de lui, et un de ses occupants braquait une mitrailleuse légère vers le sol.

Malko s'arrêta net.

Le vent des pales le décoiffait et le bruit interdisait toute conversation. Lentement, l'hélico s'abaissa jusqu'au sol et se posa. Aussitôt trois hommes, deux en uniforme et un civil, se précipitèrent vers lui. Il fut fouillé rapidement et on l'interrogea en espagnol. Visiblement, ils étaient intrigués par ses liens.

– *Yo soy americano !* cria Malko pour dominer le bruit de l'hélico.

– *Grupo antinarcoticos*, annonça un des hommes. Qui êtes-vous ?

Le troisième s'approcha et lança en espagnol avec un fort accent américain :

– Qui est-ce ?

– Je ne suis pas un trafiquant, lança Malko en anglais, je travaille avec l'ambassade américaine. Vous êtes de la DEA ?

L'Américain le regarda, méfiant.

– Oui, qui êtes-vous ?

– Malko Linge, je travaille avec Malcolm Brown. Vous êtes James Colton ?

L'Américain sembla tomber des nues.

– *For Christ' sake !* Je sais qui vous êtes. Qu'est-ce que vous faites ici ?

– Je passais le week-end chez une informatrice potentielle qui s'est révélée très dangereuse. Votre arrivée m'a sauvé la vie. Pouvez-vous me détacher ?

Des coups de feu éclatèrent du côté de la *finca*. Un échange bref entre l'autre hélicoptère et une arme automatique, suivi d'une explosion plus sourde. Une colonne de fumée noire s'éleva de l'hélicoptère posé près de l'avion en feu. Il venait d'être touché à son tour.

– *Holy shit !* s'exclama l'Américain, on est tombés sur quoi ?

D'un coup de poignard, il libéra Malko, et M.16 au poing, courut vers la *finca*, suivi par les deux militaires guatémaltèques. Malko suivit. Un des soldats gisait à terre, mort ou grièvement blessé. Le passager de l'avion était allongé à plat ventre, mains et chevilles entravées. Un autre Américain, embusqué derrière l'hélico tiraillait contre la *finca*. Il se tourna vers les nouveaux arrivants.

– Cette salope nous a allumés au M.16 et au M.79 ! cria-t-il. Elle a filé dans la maison.

Il y eut un bruit de moteur et Malko cria :

– Elle s'enfuit.

Effectivement, quelques secondes plus tard, il aperçut la Land Cruiser qui filait à toute vitesse sur un sentier escarpé le long de la colline ! Maria-Beatriz semblait seule à bord. Avec l'hélicoptère, ils la rattraperaient facilement.

– Fouillez la maison ! ordonna le premier Américain qui avait parlé à Malko.

Le vent rabattait la fumée âcre des deux incendies et les faisait tousser. Les trois soldats restants, guidés par l'autre Américain, foncèrent dans la maison, tirant dans les portes avant de les ouvrir. James Colton demanda :

– Vous êtes au courant de cette histoire de drogue ?

– Je l'ai découverte en arrivant ce matin, expliqua Malko, racontant ensuite les raisons de sa présence dans la *finca* de Maria-Beatriz. Et vous, comment êtes-vous ici ?

– Nous surveillons cet avion depuis qu'il a décollé de Colombie, expliqua l'agent de la Drug Enforcement Agency. Nous savons que le Guatemala sert de plaque tournante aux narcotrafiquants colombiens. Mais dans ce pays, ils ne possèdent que deux radars, dont le plus puissant porte à quarante milles... Alors, nous avons demandé les grands moyens : l'Agence a mis à notre disposition un AWACS. On n'a pas lâché cet appareil depuis le moment où il s'est envolé d'une piste clandestine, à côté de Barranquilla. Dès qu'il est entré dans l'espace aérien guatémaltèque, j'ai fait décoller deux hélicoptères de la Treasury Police et nous l'avons suivi, grâce à l'AWACS. Ça valait la peine.

– D'autant que vous m'avez sauvé la vie, remarqua Malko.

– 800 livres de cocaïne pure, ce n'est pas mal non plus, remarqua le *special agent*...

Ses collègues ressortirent de la maison, poussant devant eux un groupe de domestiques indiens apeurés. Un rapide interrogatoire montra qu'ils n'étaient pour rien dans l'affaire. Malko trépignait. La cocaïne, c'était bien, mais Maria-Beatriz s'éloignait pendant ces palabres. Et c'était elle qui détenait le secret de l'attentat contre Rigoberta Menchu... Soudain, il aperçut un objet brillant sur le sol : le Sig tombé de la ceinture de la jeune femme...

Il le ramassa : Chris Jones serait content... les deux gorilles devaient se morfondre à Chichicastenango.

– On peut redécoller ? demanda Malko, il faut absolument que je récupère cette jeune femme. Elle détient des informations vitales.

Le *special agent* réfléchit quelques secondes avant de laisser tomber :

– On va redécoller, mais je ne la poursuis pas. Elle possède un M.79 et je ne tiens pas à perdre un second appareil aujourd'hui... Sans parler de notre peau ! Vous la retrouverez en prévenant le prochain poste militaire, à Chichicastenango.

Malko faillit exploser.

– Un poste militaire ! Mais ils vont la protéger ! C'est la maîtresse d'un colonel guatémaltèque...

L'Américain balaya l'objection d'un geste sec.

– *Too bad !* Moi, je remplis ma mission, c'est tout. Je suis heureux de vous avoir sauvé la vie, mais je suis responsable de cet appareil. Pour l'autre on me pardonnera, à cause des 800 livres de poudre...

Impuissant, Malko ravala sa rage. Sur le moment, il avait peut-être une chance de faire parler Maria-Beatriz. Maintenant, pour la retrouver... Il monta à regret dans l'hélico qui décolla aussitôt, laissant trois hommes dans la *finca* pour garder la cocaïne.

Vingt minutes plus tard, ils étaient au-dessus de Chichicastenango. L'appareil se posa à l'entrée du village où attendaient plusieurs véhicules hérissés d'antennes de la police guatémaltèque. Malko eut à peine le temps de descendre de l'appareil. Chris Jones surgit, les traits crispés de fureur.

– Bon sang ! J'ai cru que vous étiez mort !

CHAPITRE XV

Milton Brabeck surgit à son tour, les yeux fous. Il pointa un doigt vengeur en direction du *special agent* de la DEA.

— Cet enfoiré a refusé de nous emmener. Si y avait pas tous ces singes autour, je le transformerais en steak haché.

Pendant ce temps, Maria-Beatriz Orlando filait au volant de sa Land Cruiser... Malko fit raconter ce qui s'était passé.

— Quand vous avez quitté ce bled — je suis incapable de prononcer son nom — on était derrière vous. Pendant trois cents mètres. Ensuite des singes en uniforme nous ont stoppés pendant une demi-heure, épluchant nos papiers, nous emmerdant de toutes les façons. Quand on a enfin pu se dégager, vous étiez loin. Impossible de trouver l'embranchement menant à cette putain de *finca*, expliqua Chris Jones. Impossible de vous joindre par radio et tous les gens qu'on croisait ne parlaient qu'indien. Ensuite, ce matin, on est tombés sur ces zozos avec leurs hélicos. Ils ont bien voulu nous dire qu'ils allaient dans le coin qui nous intéressait. On voulait venir avec eux, ils ont refusé. La prochaine fois que je verrai de la coke, je détournerai la tête.

— Bien, fit Malko. Maintenant, il faut retrouver Maria-Beatriz, coûte que coûte. Elle a dû effectuer un grand détour, donc, comme il n'y a qu'une route pour revenir sur Guatemala City, il faut l'y guetter.

– Et ensuite ? demanda Chris.

Bonne question. Malko n'avait aucun pouvoir de police. C'était le moment de revenir à la diplomatie. Il rattrapa le *special agent* et lui barra le chemin.

– Est-ce que cela vous intéresse de retrouver la femme qui a tiré sur vous ?

– *Of course*. Où est-elle ?

– Dans la nature, vous le savez très bien... Mais je vais lui tendre une embuscade. Pouvez-vous me prêter un des policiers guatémaltèques qui se trouvent avec vous ?

L'autre réfléchit.

– Vous savez qui c'est ? Vous avez ses coordonnées ?

– Oui.

– Alors, on la repiquera plus tard. J'ai besoin de tous mes gens ici, fit-il en tournant les talons.

Fou de rage, Malko rejoignit les gorilles.

– Nous ne pouvons compter que sur nous-mêmes. Allons-y.

Ils redescendirent à toute vitesse la route de Chichicastenango jusqu'au lac Atitlan. A cet endroit, il y avait un embranchement et une station d'essence. Toutes les routes secondaires du *Quiché* convergeaient ici. Ils s'y installèrent, examinant tous les véhicules qui arrivaient de la montagne. Quatre heures plus tard, alors qu'ils commençaient à se décourager, la Land Cruiser de Maria-Beatriz Orlando apparut !

– Bloquez la route, ordonna Malko à Chris Jones.

Le gorille avança la Nissan au milieu de la chaussée et stoppa, forçant la Land Cruiser à s'arrêter. Malko était déjà devant, le Sig à la ceinture.

Il aperçut Maria-Beatriz au volant, et à côté d'elle un officier en uniforme de l'armée guatémaltèque. Ce dernier sauta à terre et marcha vers lui, furieux.

– *Que pasa ?*

– Je travaille avec la DEA, annonça Malko dans un espagnol approximatif. Cette femme vient de tirer sur un hélicoptère du *Grupo antinarcoticos* et d'abattre un soldat. Au cours d'une livraison de drogue dans sa *finca*.

L'officier retourna vers Maria-Beatriz et échangea quelques mots avec elle, avant de revenir vers Malko, la main sur la crosse de son pistolet.

– *Señor*, dit-il, je ne sais pas de quoi vous parlez. J'ai reçu l'ordre de mes supérieurs de raccompagner doña Orlando jusqu'à la capitale. Elle a subi une attaque des subversifs et elle est très choquée. Maintenant, écartez-vous.

Sans attendre la réponse de Malko, il remonta dans la Land Cruiser. Maria-Beatriz n'avait pas bougé un cil. Elle était encore plus forte que Malko ne l'avait pensé. Il regarda le véhicule contourner la Nissan et s'éloigner. Il sauta dans la voiture.

– On la suit.

Ils restèrent derrière eux pendant une centaine de kilomètres, jusqu'au premier barrage militaire. L'officier descendit, dit quelques mots aux hommes de garde et remonta. Quand Malko voulut redémarrer, il se trouva devant le canon d'un Galil et un soldat qui lui ordonnait de descendre.

Cinq minutes plus tard, lui et les gorilles étaient en garde à vue.

*
**

Il était quatre heures de l'après-midi quand Malko et les deux Américains émergèrent du poste de garde, morts de faim et ivres de fureur ! Il avait fallu l'intervention personnelle du chargé d'affaires des Etats-Unis et du patron de la DEA pour qu'on les relâche avec leurs armes.

– Cette salope doit bien rigoler ! fit sombrement Chris Jones. Elle doit déjà être au Brésil...

– Pas forcément, releva Malko, elle a un tel culot...

Une demi-heure plus tard, ils descendaient Roosevelt Avenue. Avant tout, Malko voulait vérifier quelque chose. Ils montèrent jusqu'à la route du Salvador pour stopper devant la propriété de Maria-Beatriz. Malko s'approcha et regarda entre les interstices du portail.

La Land Cruiser était garée en face du perron !

– La salope, elle est gonflée ! explosa Chris Jones. Il n'y a plus qu'à prévenir qui de droit et à l'enchrister...

– Que le Seigneur vous entende, soupira Malko, mon petit doigt me dit que cela ne va pas être aussi simple. Allons à l'ambassade.

Lorsqu'ils y arrivèrent, tout l'étage de la CIA était déjà en ébullition. Le *special agent* de la DEA avait alerté la terre entière.

– Alors, vous faites du trafic de coke ? demanda ironiquement Malcolm Brown à Malko. Je vous avais dit que cette *bitch* était dangereuse.

– Vous avez gagné une bouteille de Dom Pérignon et une de Johnnie Walker, répondit Malko. Vous pourrez les mélanger. Il paraît que les bûcherons canadiens font ça. Maintenant, il faut s'assurer de la personne de Maria-Beatriz.

– J'ai déjà prévenu Juan-Carlos Verdes, dit le chef de station, il devrait être ici d'une minute à l'autre.

Il n'avait pas fini de parler qu'on introduisait le procureur. Il semblait soucieux, bien que toujours aussi poli. Il s'assit après avoir salué tout le monde à la ronde et annonça :

– J'ai de mauvaises nouvelles !

– Elle est en fuite ? demanda Malko.

Le Guatémaltèque eut un pâle sourire.

– Pas vraiment, elle dîne ce soir à la Présidence de la

République, un grand dîner officiel en l'honneur de l'ambassadeur du Mexique.

– Mais ils sont au courant, pour la *finca* ? demanda Malcolm Brown.

– Tout à fait. Ils ont sa version. Elle prétend avoir été passer le week-end avec Mr. Linge afin de lui montrer ses terres. Vous auriez alors tenté de la violer et elle aurait été obligée de vous menacer d'une arme pour protéger sa vertu.

Chris Jones coula un regard gourmand vers Malko.

– Ce n'est pas vrai, hein ?

– Continuez, fit Malko, tétanisé de fureur.

– Alors qu'elle se préparait à repartir, un avion a atterri sur sa piste. Des inconnus. Ils ont tiré sur elle lorsqu'ils l'ont vue et elle a riposté. Elle pense qu'il s'agissait de narcotrafiquants utilisant la piste de la *finca* en son absence. Tout le monde dans la région sait qu'elle n'y va plus depuis la mort de son mari... Ensuite, des hélicoptères sont arrivés et elle les a pris pour d'autres narcos. Aussi, elle s'est enfuie vers le premier poste militaire.

Un silence pesant dura quelques secondes, rompu par Malcolm Brown.

– Je n'ai jamais entendu un tel conte de fées ! Il y a des témoins : le narco et les gens de la DEA.

– Le narco refuse de dire même son nom ! Il ne sait rien, n'a rien vu, ne comprend pas comment il se trouve là et se demande même s'il est sur la terre. Quant aux policiers de la DEA, ils ont seulement vu Maria-Beatriz tirer dans leur direction, elle ne le nie pas...

– Et moi ? demanda Malko.

Juan-Carlos Verdes se tourna vers lui, impassible.

– Vous, vous risquez une inculpation de tentative de viol. C'est sa parole contre la vôtre. Et la vôtre ne pèsera pas lourd devant un tribunal guatémaltèque...

Un ange passa et s'enfuit, épouvanté de tant de noirceur. Malko hésitait entre la fureur et le rire. Etre accusé de viol par une femme qui l'avait supplié de la prendre de toutes les façons...

— Donc, conclut-il, on ne peut rien faire contre elle.

Le procureur général eut un geste d'impuissance.

— Si vous aviez un témoin guatémaltèque de poids... Mais, même ainsi, le procès pourrait durer des années. Avec des témoins étrangers, ce n'est même pas la peine.

Nouveau silence.

— Le Président sait-il qu'un attentat est en préparation contre Rigoberta Menchu ? demanda Malko.

— Honnêtement, je ne le pense pas, répondit le procureur général.

— Elle arrive dans quatre jours, remarqua l'Américain.

— Je vais mettre ma voiture blindée à sa disposition, annonça Juan-Carlos Verdes ; cela représente déjà une certaine protection...

— Contre un lance-roquettes, remarqua Malko, le blindage fait plutôt effet de serre. Elle sera déchiquetée *et* cuite. Je crois qu'il y a mieux à faire. Malcolm, vous allez rédiger un rapport regroupant toutes les informations fournies par Mercedes Pinetta, y compris les noms du général Guzman et du colonel Sanchez. Moi, je vais en rédiger un d'après les aveux de Maria-Beatriz. Elle m'a expressément confirmé que ses amis, précédemment nommés, se préparaient à assassiner Rigoberta Menchu. James Colton peut également mettre par écrit ce qu'il a vu à la *finca*. Je témoignerai que la cocaïne devait être entreposée avec la pleine connaissance de Maria-Beatriz.

— Et ensuite ? demanda l'Américain.

— Ensuite ! Vous réunissez le tout et vous faites en sorte que l'ambassadeur des Etats-Unis remette en main propre ces éléments au président Jorge Serrano. En l'avertissant que, s'il n'en tenait pas compte, les Etats-Unis publieraient un livre blanc sur cette affaire qui pourrait être dévastateur pour l'image du Guatemala.

Un silence de plomb suivit cette proposition. Malko

voyait Malcolm Brown se ratatiner à vue d'œil. L'idée
d'engager un bras de fer avec le State Department, jamais
chaud pour ce genre de confrontation, le paniquait visiblement.

— Nous sommes dimanche, remarqua-t-il, il n'y a personne au State Department.

— Sonnez l'alerte à la Maison-Blanche ! suggéra Malko. Eux, ils vont vous aider. Il faut qu'on remonte l'ambassadeur à bloc, et il n'y a pas une minute à perdre.

— Jamais le président Serrano n'acceptera de recevoir
votre ambassadeur dans un délai aussi court, objecta
Juan-Carlos Verdes. Et il nous reste tout juste quatre
jours.

— Faites intervenir le président Salinas du Mexique,
proposa Malko, pour obtenir un rendez-vous rapide.

Malcolm Brown s'ébroua, enfin convaincu.

— Vous avez une fichtrement bonne idée. *I am going to
raise hell !* (1)

Malko se leva.

— Eh bien, allez-y. Nous, nous allons nous occuper de
ce Noël de Jesus Zacara. C'est tout ce qui nous reste à
faire.

— Vous n'allez pas le..., protesta le chef de station de
la CIA.

— Non, dit Malko, simplement le surveiller. Priez pour
que la chance soit avec nous.

*
**

Noël de Jesus achevait de remonter son Dragonov, fusil de précision utilisé dans l'armée soviétique. Celui-là
venait d'une cache d'armes saisie sur les subversifs. Avantage supplémentaire, ses numéros de série étaient bien li-
sibles et le nom du *commandante* qui s'en était servi

(1) Je vais faire un foin d'enfer !

contre l'armée guatémaltèque était gravé sur la crosse. Maintenant, son squelette gisait quelque part dans le *Quiché*...

Le Guatémaltèque fit reculer la culasse, examina l'intérieur du canon. Avec une arme pareille, on logeait une balle dans la tête de la cible à plus de trois cents mètres. Il suffisait ensuite d'abandonner l'arme pour désigner l'assassin : un de ces salauds de *subversivos* jaloux de la réussite de Rigoberta Menchu. L'arme propre, il l'enveloppa de nouveau dans un chiffon, puis la glissa dans une housse fermée par une fermeture Eclair.

Noël de Jesus était le seul à savoir quand et où cette arme allait être employée. Ce n'était qu'une des méthodes prévues pour éliminer Rigoberta Menchu. Le colonel Jorge Sanchez gardait jalousement pour lui le secret de l'opération globale. Mais, une chose était certaine : l'Indienne ne devait pas arriver vivante dans le *Quiché*.

Il emporta la housse et descendit prendre sa grosse moto, profitant de la quiétude de ce dimanche soir pour achever les préparatifs dont il avait été chargé.

*
**

Depuis une heure déjà, Malko attendait dans sa Nissan, sur le parking de la 10e Rue d'où il surveillait l'entrée de l'immeuble de Noël de Jesus Zacara. Chris et Milton, garés un peu plus bas dans la rue, étaient prêts à suivre le Guatémaltèque, s'il sortait.

Au premier, une lumière brillait, signalant sa présence.

Soudain, elle s'éteignit !

Aussitôt, Malko donna un coup de klaxon et les gorilles rapprochèrent leur véhicule.

Quelques instants plus tard, la porte de l'immeuble s'ouvrit sur un gros phare blanc. Noël de Jesus Zacara sortit, chevauchant la grosse moto noire repérée par Malko. En bandoulière, il avait un étui en toile de la forme d'un fusil... Il enfila l'impasse à toute vitesse et tourna dans la rue. Malko ne put le suivre, mais vit Chris Jones partir derrière lui.

Inutile de suivre. Il alluma la radio, se cala sur une musique locale et attendit. Vingt minutes plus tard, la voiture des gorilles entra dans le parking et Chris Jones en émergea, l'air piteux.

– On l'a perdu, annonça-t-il. Il conduit comme un dingue, brûle les feux, change de ligne... On a failli se payer un bus.

– Il a vu qu'il était suivi ?

– Non.

– Bien, on va attendre.

Une heure s'écoula avant que la moto ne réapparaisse. Noël de Jesus n'avait plus son étui de toile en bandoulière. Il gara sa moto dans son entrée et quelques instants plus tard, la lumière se ralluma chez lui.

Où avait-il été déposer son paquet qui ressemblait à une arme ?

Juan-Carlos Verdes avait écouté avec attention le récit de la planque de Malko, débarqué chez lui à neuf heures du matin.

– Avec Rigoberta Menchu, ils ne peuvent pas risquer le tueur en moto, remarqua-t-il. C'est trop voyant. Ils vont l'abattre de loin. Il faudrait savoir où il a déposé son fusil. Il est impossible de surveiller tout le parcours.

– Vous pensez qu'il prend ses ordres chez Jorge Sanchez ?

– C'est à peu près certain.

– Vous savez où habite Sanchez ?

– A la *Colonia* Lourdes, mais je n'ai pas l'adresse exacte. C'est un lotissement réservé à l'armée, à l'est de la ville, près de l'hôpital militaire. Pourquoi ?

– Je ne sais pas encore, mais cela peut me servir.

– Attention, avertit le procureur, il dispose d'une protection rapprochée et il est très méfiant. J'aurai l'adresse ce matin. Je passerai vous voir à votre hôtel vers midi, j'ai affaire à côté.

*
**

Malko se trouvait dans le hall depuis cinq minutes à peine lorsqu'il vit le procureur général descendre de sa Blazer blanche et pénétrer dans l'hôtel.

– Voilà l'adresse de Sanchez, fit le Guatémaltèque. Je vous ai fait un plan car c'est assez compliqué. J'ai appris par une indiscrétion qu'il dîne ce soir chez doña Orlando...

– Ce qui veut dire ?

– A mon avis, ils mettent la dernière main à leur projet. Tout cela se passe sous notre nez, mais nous sommes impuissants. Voilà pourquoi, quelquefois, j'ai honte d'être guatémaltèque.

Malko nota l'adresse et les explications du procureur. La machine infernale pour se débarrasser de Rigoberta Menchu était en marche et rien ne semblait pouvoir l'arrêter. Les autorités légales, politiques, policières ou militaires du Guatemala étant complices ou pas concernées, cela ne laissait pas beaucoup de possibilités à part la démarche diplomatique désespérée suggérée par Malko à Malcolm Brown. Hélas, il n'en avait encore aucune nouvelle et il restait trois jours avant l'arrivée de Rigoberta Menchu.

CHAPITRE XVI

Le colonel Jorge Sanchez, les poings serrés, le regard étincelant de fureur, faisait face à Maria-Beatriz Orlando, moulée dans une robe de jersey vert ultra-courte, qui le défiait de ses yeux cobalt, droite comme un I sur ses escarpins.

— Jure-moi qu'il ne t'a pas sautée ! répéta-t-il.

— Je te l'ai déjà dit ! lança Maria-Beatriz d'un ton excédé. Nous avons dormi chacun dans une chambre. Il y a de la place dans la *finca*.

Une petite lueur ironique flottait dans son regard. Jorge Sanchez insista :

— Mes hommes t'ont vue à Chichicastenango. Tu l'as emmené voir cette Indienne qui se fait baiser par un âne.

— Et alors ? C'est amusant, non ?

Il fit un pas en avant et la prit par le cou.

— Je te connais. Tu y vas parce que ça t'excite, *toi* ! Tu m'as dit un jour, qu'après avoir vu ça, il *fallait* que tu te fasses baiser.

— Lâche-moi immédiatement ! fit Maria-Beatriz d'une voix blanche.

Il obtempéra et aussitôt, elle virevolta, s'élança dans l'escalier menant au premier. Penaud, Jorge Sanchez attendit quelques minutes dans le salon, espérant qu'elle allait redescendre. Puis, il monta à son tour l'escalier. Il

ouvrit la porte de la chambre. Maria Beatriz était déjà en
déshabillé de satin rouge, sur une courte chemise de nuit,
et chaussait des mules assorties. Sa poitrine crevait le satin et elle était encore plus désirable... Il fit un pas en
avant, et se trouva face à une furie. Les prunelles agran-
dies, les mâchoires crispées, penchée en avant, Maria-
Beatriz lui jeta :

— Je te croyais parti.

— Je suis jaloux ! fit-il piteusement.

— C'est ton problème, répondit-elle froidement. Si tu
ne voulais pas que j'écarte les cuisses pour le *gringo*, tu
n'avais qu'à le tuer avant !

Elle le défiait ouvertement. Avec un rugissement de
fureur, Jorge Sanchez se rua les mains en avant.

— Il t'a baisée ! hurla-t-il.

— Je n'ai pas dit ça.

Maria-Beatriz pivota comme un cobra pour lui échapper, si vite que le peignoir se déchira avec un bruit sec.
Jorge Sanchez plongea à sa suite, la jeta sur le lit ; le
contact du satin tiède le rendait fou. Elle se retourna à la
vitesse de l'éclair et il sentit quelque chose de dur s'enfoncer dans son uniforme, à la hauteur de sa poitrine. Il
baissa les yeux et, incrédule, vit le canon plaqué or d'un
petit Beretta 7.65 tenu par la jeune femme. Le chien était
relevé et elle avait le doigt sur la détente.

— Tu me lâches ou je te tue ! lança-t-elle d'une voix
dangereusement calme.

Leurs regards s'affrontèrent. Les prunelles de la jeune
femme étaient dilatées, sombres. Elle avait pris de la cocaïne, sûrement.

— Tu ne...

Il ravala ses paroles. Le doigt sur la détente avait
bougé d'un dixième de millimètre.

— Je n'oserais pas te tuer ! Tu veux voir ?

Il respira profondément, puis recula et se remit sur ses
pieds. Elle ne bougea pas, l'arme toujours braquée sur

lui. Et c'était lui qui la lui avait offerte pour le dernier Noël...

Grondant de fureur, il s'enfuit de la chambre, descendit l'escalier et, dans sa rage, balaya un vase de Sèvres plein de fleurs qu'il lui avait fait livrer.

Il était dans une telle rage qu'il eut du mal à attendre que le domestique ouvre le portail. Lui aussi se mettait à haïr Rigoberta Menchu, responsable de ce merdier.

– La salope ! La salope ! grondait-il tout en descendant à toute vitesse le chemin en lacet menant à la route de San Salvador.

Sans savoir vraiment à qui cela s'adressait.

Malko faillit être surpris par la brièveté de la visite du colonel Sanchez chez Maria-Beatriz. Il s'attendait à planquer toute la soirée. Il vérifia le numéro d'immatriculation de la Honda Accord et suivit à bonne distance. Visiblement, l'officier n'était pas dans son état normal. Il coupa la route d'un camion, s'attirant un furieux coup de klaxon, puis remonta la 2e Rue de la zone 15 vers le nord. Il conduisait à tombeau ouvert. Malko avait du mal à le suivre sans se faire repérer. C'était d'autant plus dangereux que la nuit, les feux ne fonctionnaient pas.

Beaucoup plus loin, le colonel Sanchez tourna dans une grande avenue à deux voies qui sinuait entre les collines à l'est de la ville. Malko aperçut les panneaux de plusieurs lotissements en construction. La circulation se raréfiait. Bientôt, il ne vit plus aucune maison. Puis, après une côte, il aperçut de nouveau des lumières.

Le colonel ralentit à peine. Ils remontaient une avenue bordée de coquettes maisons, avec des voitures devant, très banlieue californienne. C'était sûrement la *Colonia* Lourdes, le quartier réservé aux militaires et à leurs familles, bâti sur des terrains expropriés ou achetés à bas prix. Encore un virage à gauche, une ligne droite et le colonel Sanchez s'arrêta devant une villa cossue ornée de balcons à l'espagnole en fer forgé noir. Il donna un coup de klaxon impérieux et presque aussitôt la grille s'ouvrit, avalant sa Honda...

Le colonel était rentré chez lui, mais qu'est-ce qui avait pu l'énerver à ce point ?

Malko repartit, continuant tout droit. Le lotissement était immense, dominant Guatemala City dont on apercevait les lumières en contrebas, dans le lointain. Après d'autres constructions, il atteignit une arche brillamment éclairée : l'hôpital militaire, le plus moderne de la ville. La route taillée dans la montagne se terminait en impasse. Malko fit demi-tour et repassa devant la villa du colonel Sanchez, en vérifiant l'adresse.

Chris et Milton planquaient dans la 10e Rue, le plus discrètement possible.

Revenu au *Camino Real*, il remonta dans sa chambre, réfléchissant à la suite des événements. Il connaissait l'adresse de trois des protagonistes du complot. Seulement que pouvait-il faire ? Impossible de les suivre jour et nuit.

Le colonel Jorge Sanchez nota soigneusement le numéro de la voiture qui venait de passer devant sa maison. Il s'était aperçu de la filature dès que sa colère était un peu tombée. Il pensa soudain aux rivalités au sein de la garde présidentielle. Certains de ses camarades considéraient qu'il était manipulé par sa maîtresse et les *finceros* ; que l'affaire Menchu pouvait attendre et être traitée plus en douceur.

Beaucoup d'officiers jalousaient son pouvoir et on

pouvait très bien lui préparer un coup de Jarnac. Qu'il soit suivi après avoir été chez Maria-Beatriz renforçait cette hypothèse. En dépit de sa beauté et de son pouvoir, la jeune femme était considérée par beaucoup comme une dangereuse extrémiste. La jeune génération d'officiers guatémaltèques ne voulait plus que son pays soit au banc des nations et allait même jusqu'à promouvoir les indigènes. L'horreur absolue aux yeux des *finceros*.

Le téléphone sonna au moment où il allait décrocher la ligne directe qui ne sonnait que dans son bureau.

— Jorge ! C'est moi.

Maria-Beatriz avait la voix pâteuse. Le Dom Pérignon et la cocaïne ne faisaient pas bon ménage.

— Qu'est-ce que tu veux ? demanda Sanchez d'une voix volontairement agressive.

— J'ai été méchante. Reviens. Je t'ai fait marcher ! Je n'ai pas baisé avec ce *gringo*.

Il avait tellement envie qu'elle lui dise cela. Même si au fond de lui, une petite voix lui disait qu'elle mentait. Il connaissait ses « coups de cœur ».

Une coulée de lave lui emplit le ventre, mais il se retint de toutes ses forces. Surtout ne pas capituler tout de suite.

— Il est tard, et j'ai des choses à faire.

S'il s'était écouté, il aurait déjà été dans sa voiture. Après ce genre de scène, Maria-Beatriz se conduisait comme une chatte en chaleur pleine de docilité.

— Viens, répéta-t-elle.

Il lui restait heureusement quelque chose à quoi se raccrocher pour sauver une parcelle de sa fierté.

— J'ai des choses importantes à faire, dit-il. Je viendrai peut-être après si je ne suis pas trop fatigué...

Il eut l'affreux courage de raccrocher... Il rappela aussitôt le numéro de la permanence du G-Dos. Il s'identifia et demanda :

– Je veux connaître le propriétaire de la voiture immatriculée 768GR45.

Son service avait en mémoire informatique tous les numéros des véhicules immatriculés à Guatemala City. Cela pouvait servir.

– Je vous rappelle, annonça le lieutenant de permanence.

Jorge Sanchez alluma une cigarette et se mit à lire *Playboy*, essayant de se vider le cerveau. Et si Maria-Beatriz s'était rendormie ?

Le téléphone le fit sursauter.

– La voiture appartient à la société de location Budget, annonça le lieutenant. A cette heure-ci, je ne peux pas en savoir plus, il faudra attendre demain matin, pour savoir si elle est louée ou utilisée par eux.

– Merci, dit le colonel Sanchez avant de raccrocher.

Budget ! Ce n'étaient pas ses amis. Ils avaient assez de véhicules avec des plaques neutres pour ne pas aller chez Budget. Cela sentait les *gringos*. Il pensa soudain à l'amant supposé de Maria-Beatriz. Et si c'était lui ? Il n'avait pas le courage d'attendre jusqu'au lendemain matin. Et cela lui donnait un prétexte pour ressortir et aller baiser Maria-Beatriz.

*
**

Jorge Sanchez arriva dans la 14ᵉ Rue et examina attentivement les véhicules garés autour du *Camino Real*. L'hôtel ne possédant pas de parking, ses clients se garaient un peu partout, « protégés » par des gamins qui lavaient les voitures et empêchaient qu'on en vole les roues pour quelques quetzales.

Rien dans la 14ᵉ Rue ! Arrivée à la Reforma, il tourna à droite dans la contre-allée, sans plus de succès, puis remonta jusqu'au rond-point, fila vers le bout de l'avenue et revint plus en avant sur la contre-allée, en face de la seconde entrée du *Camino Real*.

Ses efforts furent récompensés. La voiture était là, mordant sur la station de taxis. Il s'arrêta et alla l'examiner. Elle portait bien, sur la lunette arrière, le sigle Budget. A l'intérieur, un plan de la ville déplié et un *Time Magazine*. Or, l'homme qu'il soupçonnait habitait au *Camino Real*.

Il resta immobile plusieurs secondes. Ce *gringo*, il le haïssait doublement. A cause de son rôle et, maintenant, parce qu'il était sûr qu'il avait couché avec Maria-Beatriz ; il ne retrouverait la paix de l'âme qu'une fois cet homme mort.

*
**

Malko déplia la *Prensa* du mardi. On y annonçait l'arrivée de Rigoberta Menchu pour le jeudi.

Il lui restait deux jours. La planque des gorilles n'avait rien donné et il hésitait à la poursuivre en plein jour. S'il se faisait repérer, il perdait son fragile avantage. Le téléphone sonna.

— Notre ambassadeur est au Palacio Nacional, annonça triomphalement Malcolm Brown. Ça n'a pas été facile, mais le président du Mexique a été formidable... Venez à l'ambassade vers midi, je pense que j'en saurai plus.

*
**

Avant même que le chef de station n'ouvre la bouche, Malko sut que son plan avait marché. Malcolm Brown semblait euphorique.

— *Good news !* s'exclama-t-il. Je ne sais pas comment on va pouvoir vous remercier.

– De quoi ? demanda Malko, rendu prudent par trop de déconvenues.

– Le général Cesar Guzman est mis à la retraite, annonça triomphalement Malcolm Brown, le colonel Jorge Sanchez est aux arrêts et le Président a demandé une enquête approfondie sur le fonctionnement du « Service des Archives ».

CHAPITRE XVII

Malko ne pouvait réprimer une secrète satisfaction. Ainsi son hasardeuse équipée avec Maria-Beatriz Orlando avait quand même été payante.

— Donc, toute crainte d'attentat contre Rigoberta Menchu est écartée ? conclut-t-il.

— Absolument, confirma Malcolm Brown en détachant les syllabes. Vous n'imaginez pas le Président de la République mentant à notre ambassadeur, au cours d'un dialogue *officiel*. Il a donné les ordres en sa présence, avec exécution immédiate. Bien sûr, cela ne veut pas dire que le Guatemala va devenir la Suède, *overnight* (1), mais c'est une grande victoire pour les droits de l'homme. Le Président n'était absolument pas au courant. Il est entré dans une colère épouvantable, après avoir lu les documents que lui a remis notre ambassadeur. Donc, votre mission est terminée.

— Vous lui avez parlé de Noël de Jesus Zacara ?

— Non, ce n'était pas dans le rapport, c'est un personnage subalterne. Il fallait frapper à la tête. Vous ne réalisez pas le courage qu'il a fallu à Serrano pour mettre Cesar Guzman à la retraite d'office.

— Si, si, affirma Malko.

(1) Du jour au lendemain.

Le chef de station de la CIA pencha la tête de côté, regardant Malko en coin.

– Vous semblez sceptique ?

– Dans ce pays, il vaut mieux l'être, souligna Malko.

– De toute façon, Langley m'a dit de stopper toute « contre-mesure ». Mais vous restez ainsi que Mr. Jones et Mr. Brabeck jusqu'à l'arrivée de Rigoberta Menchu. Vous méritez bien de la voir. En attendant, bronzez-vous à la piscine.

*
**

Maria-Beatriz Orlando attendait nerveusement dans son salon en fumant cigarette sur cigarette, une bouteille de Dom Pérignon ouverte à côté d'elle, même pas entamée. Elle sursauta en entendant les coups de klaxon habituels annonçant l'arrivée de Jorge Sanchez. Le colonel pénétra quelques instants plus tard dans la pièce, le visage sombre et se laissa tomber à côté d'elle.

– Alors ? demanda-t-elle anxieusement.

– Je quitte Guzman, annonça-t-il.

– Qu'est-ce qu'il dit ?

– Il est fou de rage. Le Président l'a traité comme un petit garçon, l'a humilié. Il est chez lui, on lui a donné un quart d'heure pour quitter son bureau. Le Président lui a dit que son projet était une énorme erreur politique, qu'il désapprouvait totalement.

Maria-Beatriz siffla comme un serpent :

– L'erreur politique c'est d'avoir mis Serrano où il est ! Il a peur de son ombre. C'est tout ?

– Non. Guzman m'a donné l'ordre par écrit de mettre fin à l'opération « El Diablo ».

Les épaules de la jeune femme s'affaissèrent. Elle n'osait pas avouer que cette catastrophe était le fruit de ses deux erreurs de jugement.

– Alors, c'est foutu ! dit-elle.

Jorge Sanchez laissa passer quelques secondes de silence insoutenable avant de dire :

– Peut-être pas. Guzman a décidé de passer outre aux ordres du Président de la République, à une condition.

– Laquelle ?

– Il veut que se réunissent les membres les plus importants de l'Agra. Que la décision d'éliminer Rigoberta Menchu soit prise à la majorité.

L'Agra était le noyau dur du Cacif regroupant tous les grands exploitants de *fincas*. C'étaient les enfants de ceux qui avaient fait annuler toutes les lois sociales et dissoudre les syndicats, après le coup d'Etat contre le président communiste Arbenz en 1954. Ils représentaient la vraie richesse du Guatemala et nul ne pouvait aller contre eux, pas même l'armée, dont d'ailleurs plusieurs de ses membres faisaient partie.

– Admettons que cette réunion ait lieu, demanda Maria-Beatriz et que la majorité soit obtenue ? Que se passera-t-il ?

– Le général Guzman me donnera l'ordre de continuer « El Diablo » et je lui obéirai, dit simplement le colonel Sanchez. C'est mon chef. Et comme mes hommes m'obéissent au doigt et à l'œil...

Maria-Beatriz laissa l'air s'échapper de ses poumons dans un long soupir.

– *Bueno !* Je vais m'occuper tout de suite de les réunir.

– Mario Boppel est déjà prévenu. A propos, il y a autre chose. Guzman veut envoyer deux observateurs à la réunion. Des colonels du G-Dos en qui il a une entière confiance.

Maria-Beatriz se cabra.

– C'est en *nous* qu'il n'a pas confiance...

– Si. Mais c'est trop grave. Il a besoin d'avoir des biscuits pour la suite.

Maria-Beatriz se leva.

– *Bueno*, je te dirai à quelle heure nous nous réunissons demain.

Soulagé, le colonel Sanchez s'approcha et la prit dans ses bras. Il aurait bien pu enlacer un tronc d'arbre. Maria-Beatriz était raide, le ventre creusé pour ne pas le sentir contre elle.

– *La huelga* (1), tu connais ? demanda-t-elle ironiquement. Tu me baiseras sur le cadavre de cette truie, pas avant. Maintenant, laisse-moi travailler.

*
**

Un à un les quinze hommes pénétrèrent dans le grand bureau aux boiseries si sombres qu'elles paraissaient noires. Les murs de la pièce tout en longueur étaient recouverts de portraits jaunis d'hommes à la moustache conquérante, aux traits rugueux : les anciens membres de l'Agra, tous ceux qui avaient fait le Guatemala. Les *finceros*. Des glaces épaisses empêchaient la rumeur de la Reforma de monter jusque-là. l'*Edificio Reforma Montufar* appartenait au Cacif et chacun des membres y avait ses sociétés. Maria-Beatriz Orlando était déjà là, installée au bout de la table, juste sous le portrait de son père. Elle portait un tailleur de laine rose, un chemisier boutonné jusqu'au cou et un collier de perles. Pas de maquillage, pas de bijoux : ceux qui étaient là avaient vite fait d'assimiler une femme élégante à une créature dépravée.

D'ailleurs Maria-Beatriz Orlando était dans l'histoire du Guatemala la seule femme à avoir été admise au sein de cette confrérie très fermée. Elle attendit que tous soient assis, les dévisageant l'un après l'autre. A eux tous, ils représentaient 90 % de la capacité agricole du pays. Ils gagnaient grassement leur vie et ne versaient que des salaires de misère aux indigènes.

(1) La grève.

Un huissier vint chuchoter quelque chose à l'oreille de Maria-Beatriz Orlando qui inclina la tête affirmativement avant de lancer d'une voix assurée :

– *Caballeros*, les colonels Pinera et Osoycola sont arrivés. Etes-vous d'accord pour qu'ils assistent à cette séance ?

C'étaient les deux envoyés du général Guzman, l'ex-chef d'état-major de la garde présidentielle.

Le plus âgé des représentants de l'Agra, Manuel Alda, gros producteur de cardamome, répondit :

– Nous sommes d'accord, doña Orlando.

Les portes d'acajou s'ouvrirent sur deux hommes en costume sombre, aux cheveux gris très courts, portant de lourdes serviettes de cuir. Ils saluèrent l'assemblée d'un signe de tête et prirent place en bout de table, à côté de doña Orlando. L'huissier referma de l'extérieur les deux portes, et le silence fut encore plus pesant. Maria-Beatriz avait choisi à la dernière minute cette salle dans la tour A, afin d'éviter la pose toujours possible de micros. Elle s'éclaircit la voix et dit à la cantonade :

– Vous savez tous pourquoi je vous ai demandé de vous réunir aujourd'hui.

Elle s'arrêta. Tous arboraient des visages neutres, des regards absents. Sauf Mario Boppel, le roi de l'hévéa, qui avait déjà allumé un de ses énormes cigares cubains. C'était son seul plaisir. Le doyen approuva d'un léger signe de tête. Cette réunion de l'Agra ne serait mentionnée nulle part, il n'y aurait pas de compte rendu écrit. En dépit de son assurance, Maria-Beatriz se sentait intimidée, et prit quelques secondes avant de se lancer à l'eau.

– Nous nous étions déjà vus, il y a quelques semaines, rappela-t-elle, et nous avions décidé d'intervenir auprès des autorités politiques pour interdire l'entrée du territoire guatémaltèque à l'indigène Rigoberta Menchu. Comme je vous l'ai fait savoir, ma démarche est restée sans effet, le Président refusant d'endosser cette responsabilité, vis-à-vis des autres pays d'Amérique centrale et surtout du Mexique. Notre ami le général Guzman a préparé d'autres contre-mesures dont certains, ici, connaissent le détail. Il y a aujourd'hui un contretemps important. Prévenu par les *gringos*, à la suite d'une trahison, le président Serrano a mis à la retraite d'office notre ami Cesar Guzman, lui interdisant de réaliser ce projet. Donc, en l'état actuel des choses, l'indigène Rigoberta Menchu va arriver dans deux jours prêcher la révolte aux Indiens. *Claro ?*

– *Claro*, répondirent d'une seule voix les quinze hommes.

Elle se tut pour bien laisser à ses paroles le temps de pénétrer les cerveaux de ses interlocuteurs. Elle parcourut des yeux son auditoire. Elle n'en aurait pas mis un seul dans son lit. C'étaient des hommes frustes, peu cultivés, sachant à peine s'habiller, vivant la plus grande partie de l'année sur leur *finca* ou à Miami. Certains ne portaient même pas de cravate, et semblaient gauches dans leur costume de confection ; le plus à l'aise était sans nul doute Armando Lucas, le président des exportateurs, qui habitait toute l'année Guatemala City. Un homme élégant dans un costume croisé bleu à rayures blanches, agrémenté d'une pochette. Docteur en droit de l'université de Louisiane, il parlait parfaitement anglais et venait de créer une importante affaire de pêche industrielle de crevette. Il se tenait à la droite de Maria-Beatriz. Avec lui, elle ne dirait pas non...

Le regard sans cesse en mouvement de Lucas examinait tous ses amis avec une expression détachée. Il regarda sa montre avec ostentation. L'homme au visage taillé à coups de serpe demanda d'une voix traînante :

– Doña Orlando, qu'appelles-tu des contre-mesures ?

Il savait à peine écrire, mais possédait vingt mille hectares de canne à sucre et employait des milliers de travailleurs agricoles indigènes. Rapiat comme Arpagon. Maria-Beatriz retint un sourire et dit d'une voix pleine de respect :

– Don Miguel, il s'agit du traitement que nous avons toujours réservé aux subversifs...

– Ah bon, fit Miguel Arenas, soulagé, en s'abstenant de demander *quel* traitement était prévu.

Au bon vieux temps, les communistes, on les jetait vivants d'un avion en vol, et les indigènes récalcitrants on les brûlait vifs. Encouragée, doña Orlando enchaîna, posant son regard tour à tour sur ses interlocuteurs :

– La question est simple. Allons-nous laisser Rigoberta Menchu venir salir et détruire notre patrimoine historique ?

– *Claro que no !* lança un producteur de bananes et de melons, voisin de doña Orlando.

Celle-ci eut un mince sourire, joua avec son briquet en or.

– *Caballeros*, lança-t-elle d'une voix claire, le général Guzman, dont vous connaissez le patriotisme, a décidé de passer outre aux ordres du Président, quelles que soient les conséquences pour lui, à une condition : que nous le lui demandions à la majorité.

De nouveau, Miguel Arenas, qui avait un peu abusé de la tequila avant de venir, prit la parole :

– Moi, je suis d'accord. Comment va-t-on le faire savoir ?

– Don Miguel, répliqua Maria-Beatriz Orlando, nous allons procéder à un vote. Afin d'obtenir une majorité claire, je n'y participerai pas. Etes-vous d'accord pour que la décision – quelle qu'elle soit – soit acquise à la majorité simple ?

– D'accord, firent-ils d'une seule voix.

– Bien, fit-elle, nous allons procéder au vote.

Elle se leva et prit derrière elle un lourd plateau d'argent délicatement ciselé sur lequel étaient posés une vingtaine de bristols blancs. Le plateau à la main, elle fit le tour de la table, distribuant à chacun les rectangles blancs. Ensuite, elle alla se rasseoir. Les deux colonels du G-Dos ne participaient pas au vote.

– Maintenant, annonça Maria-Beatriz, vous allez inscrire sur chaque bulletin *si* ou *no*. On dépouillera les votes et on se pliera à la décision majoritaire.

Miguel Arenas se leva brusquement avec une grimace.

– Une seconde, ma prostate fait encore des siennes ! Je reviens.

Plusieurs des assistants éclatèrent de rire tandis qu'il filait vers les toilettes. On attendit poliment qu'il revienne pour passer au vote. Durant quelques minutes, on n'entendit que le grattement des plumes sur le papier, puis chacun des participants plia son bristol en quatre devant lui. Doña Orlando reprit son plateau pour faire sa tournée en sens inverse. Lorsqu'elle eut recueilli tous les votes, elle alla se planter devant les deux colonels transformés en statue de pierre.

– *Señor* colonel, fit-elle au plus âgé avec son sourire le plus câlin, je vous laisse l'honneur de dépouiller ces votes et de nous annoncer le résultat.

Elle posa le plateau devant eux et retourna à sa place. Pendant quelques instants, ils regardèrent le tas de bulletins comme si c'était un nid de scorpions piégé. Il n'était pas prévu qu'elle les fasse participer à l'opération...

Enfin, ils commencèrent à déplier les cartons, les classant soigneusement en deux piles. On aurait entendu une mouche voler... Lorsque ce fut terminé, le colonel Pinera se gratta la gorge et annonça :

– Doña Orlando, voici le résultat : treize voix pour, deux voix contre.

Maria-Beatriz Orlando dissimula sa satisfaction : elle n'en avait pas espéré tant.

– Très bien, dit-elle d'une voix volontairement détachée, nous avons maintenant un *pacto de caballeros* (1).

_____

(1) Pacte d'honneur.

Les *señores coroneles* ici présents vont transmettre le résultat au général Guzman.

Les deux colonels étaient déjà debout, prêts à filer comme s'ils avaient le diable à leurs trousses. Maria-Beatriz les suivit d'un regard plein d'ironie. Non seulement ils avaient participé à la réunion, ce qui assurait la couverture bienveillante du G-Dos, mais ils ne pourraient pas dire que le vote avait été truqué... Elle regarda la salle se vider, sereine pour la première fois depuis longtemps. L'oligarchie avait retrouvé sa cohésion. Elle prit tous les bristols et s'astreignit à les brûler un par un.

Aucune trace ne devait demeurer de cette réunion historique.

*
**

Rigoberta Menchu était en train de répondre à du courrier dans le bureau de l'appartement qu'elle occupait à Mexico City lorsqu'on lui apporta une lettre cachetée. A l'écriture, elle sut qu'il s'agissait d'un message de Juan-Carlos Verdes. Un des hommes qui l'avait toujours soutenue. Elle ouvrit l'enveloppe et lut le contenu. C'était un compte rendu de l'audience de l'ambassadeur américain chez le Président de la République guatémaltèque. Il relatait le projet d'attentat à son égard et le feu rouge mis par Jorge Serrano. Bien entendu, la lettre avait été apportée par un courrier sûr. Elle la reposa.

Depuis longtemps, elle n'avait plus peur de la mort. Depuis les jours horribles où elle avait assisté à l'agonie de sa mère, impuissante.

Ses meilleurs amis étaient morts. Elle ne les rencontrait plus que dans des cauchemars qui la réveillaient en sursaut, trempée de sueur, avec des visions d'horreur. Tant de ses compagnons de lutte se trouvaient enfouis dans des charniers secrets, oubliés, gommés, comme s'ils n'avaient jamais existé. Cette lettre lui faisait de la peine : cela prouvait que rien n'avait vraiment changé au Guatemala. L'oligarchie la haïssait toujours autant. A trente-trois ans, elle avait renoncé à une vie de femme pour poursuivre son utopie : libérer le peuple indien du joug des *ladinos*. Même si elle vivait à l'étranger depuis dix ans, elle continuait à penser en indien, à manger comme les indigènes, à s'habiller comme sa mère lui avait appris à le faire et à croire secrètement dans les dieux mayas qui la protégeaient sûrement.

En dépit du danger que cela représentait, elle avait hâte de toucher le sol de son pays, de retrouver les montagnes du *Quiché*, les champs de maïs et ceux qui avaient survécu.

*
**

Malko raccrocha de mauvaise humeur. En Autriche, il faisait un froid de canard ; deux grosses canalisations avaient éclaté sous l'effet du gel, inondant une partie du plafond de la salle de bal du château de Liezen... Le téléphone sonna à nouveau.

— *Señor* Malko Linge ? demanda une voix de femme.

— Oui.

— *Señor*, vous ne me connaissez pas, mais j'ai un message important à vous transmettre.

— De la part de qui ?

— Je ne peux pas vous le dire maintenant.

— Où vous trouvez-vous ?

— Ici, dans le hall de l'hôtel.

— Montez, alors !

— *Señor* Linge, dit-elle doucement, l'endroit est plein d'*orejas*.

— Que voulez-vous alors ? demanda Malko, sur ses gardes.

— Non loin d'ici, sur la 1re Avenue, il y a un restaurant

mexicain, *El Pedregal*. Allez donc y dîner ce soir. Je serai
là.

— Comment vais-je vous reconnaître ?

— Je porterai une robe rouge et j'aurai les cheveux relevés en chignon.

— Et alors ?

— A un moment, je me lèverai. Les toilettes sont au
fond du restaurant. Vous m'y rejoindrez. Là, nous pour-
rons parler. *Adios, señor*.

Elle avait déjà raccroché, laissant Malko intrigué et
perplexe. La voix lui était totalement inconnue, c'était
celle d'une femme éduquée, son anglais était bon, elle
devait être assez jeune.

Cela sentait furieusement le piège. Une fois de plus, il
risquait de jouer la chèvre dans un jeu dont il ne connaissait pas les règles. Cependant, la présence de Chris
Jones et de Milton Brabeck lui assurait une certaine sécurité. Il décida de se rendre à l'étrange rendez-vous, sans
en parler à Malcolm Brown, qui l'avait mis au vert.

Trois chanteurs en tenue mexicaine s'égosillaient,
sombrero dans le dos, interprétant des mariachis avec un
entrain un peu forcé. *El Pedregal* avait une curieuse allure : de grands sièges en osier et cuir de fabrication locale et des plantes vertes à foison étaient coiffés par un
toit de tôle qui gâchait l'impression de luxe et favorisait
les courants d'air. Malko s'approcha d'une brune aux
cheveux courts, en jupe longue, qui officiait à la caisse,
bizarrement plantée au milieu du restaurant.

— J'ai retenu une table, annonça-t-il. *Señor* Linge.

Elle le guida jusqu'à une table, à côté de la porte, et
regagna sa caisse en ondulant au rythme des mariachis.
Chris et Milton se jetèrent sur la carte, essayant d'y déni-
cher quelque chose de mangeable. Malko regarda autour

de lui. Une demi-douzaine de tables étaient occupées, mais pas de femme en tailleur rouge...

Ils commandèrent les inévitables *ceviches* et de la viande grillée. Les mariachis allaient de table en table, proposant leurs chansons sirupeuses. Les clients de la table voisine reçurent leur addition dans un petit coffret en bois, payèrent et s'en allèrent. Une demi-heure s'écoula.

Malko venait de terminer sa viande lorsque deux femmes pénétrèrent dans le restaurant. L'une portait un chemisier blanc bien rempli et une longue jupe noire laissant apercevoir de hautes bottes lacées sur le devant. L'autre avait un tailleur rouge et les cheveux relevés en chignon. Ses longs cheveux noirs encadraient un visage allongé et sensuel, une bouche large au-dessus d'un menton énergique. Deux *ladinas* superbes au regard allumé.

– C'est la fille en rouge, annonça Malko à Chris et à Milton.

– Si elle met la main dans son sac, je l'allume, prévint Milton Brabeck.

Malko était partagé. Cela sentait évidemment le piège, mais c'était aussi un peu trop « téléphoné ». L'inconnue savait bien qu'il était sur ses gardes. La présence des deux gorilles à sa table était un avertissement muet. Si elle avait de mauvaises intentions, cela risquait de la faire reculer. Devant le restaurant, un vigile veillait, armé d'un shot-gun. Les deux femmes, après avoir commandé des margaritas, papotaient gaiement. Les mariachis allèrent à leur table et jouèrent *Vera Cruz*. Les clients s'en allaient les uns après les autres, on se couchait tôt à Guatemala City. Bientôt, il ne resta plus que trois tables... Les deux inconnues, cinq hommes à une grande table ronde, de joyeux drilles qui buvaient de la tequila à la bouteille, et Malko.

Enfin, la fille en rouge se leva et fila vers le fond de la salle. Malko attendit quelques secondes avant de s'y diriger à son tour. Les toilettes se trouvaient derrière le bar,

de part et d'autre d'un couloir exigu. La fille en rouge
était penchée sur le lavabo, en train de se remaquiller
dans la glace. Elle sourit à Malko et se redressa.

– C'est vous qui m'avez téléphoné ? demanda-t-il.

Elle inclina la tête affirmativement.

– Pourquoi ?

– Je voulais vous parler, mais il y a un contretemps. Il
y a dans la salle des gens qui me connaissent. Nous
n'avons pas le temps. Je peux vous retrouver dans une
heure chez moi, sur la 7ᵉ Avenue, juste en face de la synagogue. Un grand immeuble blanc de huit étages. Prenez l'escalier de gauche, allez au troisième. Il n'y a qu'une
seule porte. Venez seul et faites attention de ne pas être
suivi.

– Mais...

– Je risque ma vie, dit-elle simplement.

Il eut l'impression qu'elle était sincère et entra dans
une des cabines. Lorsqu'il en ressortit, l'inconnue avait
disparu. De retour à sa table, elle bavardait de nouveau
avec sa copine. Les cinq hommes continuaient à plaisan-
ter et à parler fort.

Une demi-heure plus tard, les deux *ladinas* demandè-
rent l'addition et partirent. Malko attendit un intervalle
décent puis il en fit autant.

Un garçon vint déposer sur leur table la petite boîte de
bois sculpté dans laquelle on apportait les additions et
qui jouait quelques notes de musique mexicaine quand on
en soulevait le couvercle.

Il n'avait plus qu'à se rendre à son mystérieux rendez-vous.

CHAPITRE XVIII

L'immeuble blanc en face de la synagogue se voyait comme le nez au milieu de la figure. Malko regarda longuement la façade. Il y avait de fortes chances pour que ce rendez-vous soit un piège, en dépit de la détente annoncée par Malcolm Brown. Il se tourna vers Chris et Milton.

– Nous ne prenons aucun risque, dit-il. Dès que vous entrez, vous neutralisez tout ce qui vit.

– *No problem*, assurèrent les deux gorilles d'une seule voix.

L'immeuble était un bâtiment moderne de huit étages avec des boutiques au rez-de-chaussée. L'inévitable vigile somnolait, assis sur un pliant, son riot-gun en travers des genoux. Malko le salua d'un retentissant *buenas noches* auquel l'autre répondit poliment. Il n'était pas là pour causer des problèmes aux *caballeros*.

Surtout de cette carrure-là...

Les trois hommes pénétrèrent dans l'entrée. Ignorant l'ascenseur, ils empruntèrent l'escalier. Au troisième, il n'y avait qu'une porte. Dès que Chris et Milton furent disposés de chaque côté, arme au poing, Malko sonna.

Il entendit un martèlement énergique de talons aiguilles et la porte s'ouvrit toute grande. Le visage de l'inconnue en rouge refléta une totale stupéfaction quand les deux gorilles se ruèrent en avant. D'un seul élan, Chris Jones bondit sur la jeune femme, comme un gros chien trop affectueux, pesa sur ses épaules et la fit tomber à terre, s'allongeant carrément sur elle... Milton Brabeck, 357 Magnum au poing, se lança dans l'exploration de l'appartement, ouvrant les portes à coups de pied...

– Il n'y a personne, annonça-t-il en revenant.

– Relevez-la ! ordonna Malko.

Chris remit l'inconnue sur pied, sans excès de douceur. Celle-ci s'ébroua, encore éberluée.

– Mais qu'est-ce qui vous prend ? lança-t-elle d'une voix furieuse. Je vous ai dit de venir seul.

– J'ai quelques raisons légitimes d'être méfiant, dit-il. Je vous prie de m'excuser. Pourquoi ne pas m'avoir parlé au restaurant ?

L'inconnue en rouge s'ébroua.

– Les gens à la table ronde étaient des hommes du G-Dos. J'en connaissais deux de vue.

– Qui êtes-vous ? demanda Malko. Je ne sais même pas votre nom.

– Je vous ai dit de venir seul, fit-elle. Maintenant que vous vous êtes assuré que cet appartement est vide, pouvez-vous demander à vos *pistoleros* d'attendre dehors ?

Malko crut que Chris Jones allait l'étrangler. Se faire traiter de *pistolero* !... Malko le calma d'un sourire.

– Bien, dit-il. Chris et Milton, attendez-moi dans le hall. Qu'il n'y ait pas de mauvaise surprise.

Dès qu'ils furent sortis, le calme de la jeune femme se fissura. Elle alla prendre une bouteille dans un bar, remplit deux verres et en tendit un à Malko.

– Tenez, c'est du vieux rhum. Excusez-moi. J'ai peur.

– Pourquoi ?

Elle le regarda bien en face.

– Parce que si ces hommes avaient su ce que je faisais dans ce restaurant, ils m'auraient tuée.

Elle vida son verre d'un coup et alla s'en remplir un autre. Malko l'observait, troublé.

– Dites-moi tout depuis le début. Qui êtes-vous et où sommes-nous ?

– Je m'appelle Domenica, dit-elle. Mon mari est exportateur, il a des *fincas* de café et de canne à sucre. Ici habite une amie qui se trouve en ce moment à Miami. Elle me prête souvent son appartement. Le gardien me connaît.

Autrement dit, c'était sa garçonnière.

– Où est votre mari ?

– Il a un dîner d'affaires. C'est lui qui m'a demandé de vous contacter.

– Comment me connaît-il ?

– Je ne sais pas tout, mais il est très lié avec plusieurs colonels du G-Dos. Ils étaient à l'université ensemble. Il avait un message important à vous communiquer.

– Lequel ?

– Hier, il y a eu une réunion de l'Agra.

– Qu'est-ce que c'est ?

– Un comité qui regroupe tous les exploitants qui comptent dans l'agriculture. La réunion d'hier avait pour but de décider l'élimination de Rigoberta Menchu, en dépit de l'interdiction du Président de la République. Elle était organisée par une femme que vous connaissez peut-être, Maria-Beatriz Orlando.

– Je la connais, dit Malko. Elle fait partie de cette organisation ?

– Oui. Elle déteste plus que quiconque les indigènes. Elle est... très féodale, n'est-ce pas, elle ne veut pas que les choses bougent.

– Mais le Président de la République a juré aux Américains que les responsables du complot contre Rigoberta Menchu avaient été mis sur la touche.

Domenica eut un sourire plein d'indulgence :

– C'est exact. Mais le général Guzman, lui, est décidé

à accomplir son projet. Contre les ordres du Président Serrano. Il voulait simplement conforter sa position par un vote de l'Agra. Ce vote a eu lieu : les participants ont décidé qu'il fallait assassiner Rigoberta Menchu.

– Pourquoi votre mari n'a-t-il pas prévenu les Américains ?

– Parce que ses amis l'auraient appris. Si on savait qu'il vous a averti, il serait assassiné, et moi aussi. Je ne veux même pas vous donner son nom.

– Qu'attendez-vous de moi ?

– Que vous sachiez. On va essayer de tuer Rigoberta Menchu, en dépit de l'engagement solennel du Président Serrano.

– Comment ?

– Je l'ignore. Seuls quelques hommes du « Service des Archives » sont au courant. Maintenant, faites ce que vous voulez, mais ne dites à personne que vous m'avez rencontrée...

Elle était en train de vider son troisième verre de vieux rhum et son regard était nettement plus brillant.

– Pourquoi votre mari agit-il ainsi ?

– Il n'est pas de leur avis. Mais ils n'étaient que deux sur quinze. Lui pense qu'il faut faire évoluer la situation des indigènes, que le monde a changé. Il faut sortir le Guatemala de son ghetto, sinon, cela se terminera comme en Afrique du Sud. Nous serons chassés par les indigènes. Voilà, je n'ai plus rien à vous dire.

Domenica regarda sa montre.

– Il faut que j'aille retrouver mon mari. Sortez le premier. Si vous voulez me revoir, c'est facile : je déjeune tous les jours avec des amies au *Rendez-vous*, sur la 1re Avenue, dans la *zona viva*. Ne me parlez pas, mais si je peux, je partirai seule en voiture et je m'arrêterai dans un endroit sûr.

Elle le regarda redescendre à pied. Chris et Milton l'attendaient dans l'ombre du rez-de-chaussée. Maussades.

– Vous en avez mis du temps ! remarqua Chris Jones.

– Elle avait beaucoup de choses à me dire, répliqua Malko. Des choses vitales...

Chris huma le parfum.

– En tout cas, elle vous les a dites de près...

Ils regagnèrent le *Camino Real*. Malko avait hâte d'être au lendemain pour arracher Malcolm Brown à sa trompeuse quiétude.

Malcolm Brown écouta, la tête légèrement penchée de côté à son habitude, l'œil bien rond et totalement inexpressif. Perturbé.

– Comment savoir si cette femme dit la vérité ? remarqua-t-il. Il n'y a pas le plus petit commencement de preuve et nous avons la parole du Président de la République.

– Quel intérêt aurait-elle à mentir ?

– Je n'en sais rien, avoua l'Américain. Tout cela est bien troublant.

– Que faisons-nous ? demande Malko.

– La question est plutôt : « Que pouvons-nous faire ? »

– Je vais surveiller Sanchez et Noël de Jesus, suggéra Malko. Discrètement. Par sondages.

– Si vous voulez, accepta l'Américain, mais je vous en supplie, pas d'incident. Je ne crois pas beaucoup à cette histoire et on ne peut pas aller voir le Président une seconde fois.

De jour, la *Colonia* Lourdes était encore plus pimpante. Ici, on ne respirait pas la misère. Beaucoup de verdure, des pavillons coquets, des avenues bien entrete-

nues. L'armée guatémaltèque se soignait bien. Malko
planquait depuis sept heures du matin. En arrivant, il
avait vérifié que la voiture du colonel Sanchez était bien
dans la cour. Il s'était posté dans la même avenue, beaucoup plus haut.

La grille en fer forgé s'ouvrit vers huit heures et le
museau de la Honda Accord apparut. Jorge Sanchez descendit vers la ville. Malko le suivit jusqu'à un grand bâtiment jaunâtre derrière le Palacio Nacional. Sanchez allait tout simplement à son bureau. Pour le suivre, il aurait fallu toute une organisation que Malko ne possédait
pas... Il allait redémarrer lorsqu'il aperçut, sortant pratiquement sous son nez, la camionnette blanche aux glaces
teintées. Impossible de voir qui se trouvait à l'intérieur.
Elle tourna à gauche et descendit la 6ᵉ Avenue. Malko
instinctivement décida de la suivre. Ils descendirent toute
la 6ᵉ Avenue jusqu'au Theatro Nacional et s'engagèrent
dans l'avenida Bolivar, tournèrent à droite dans la *calzada* Roosevelt. Cent mètres plus loin, la camionnette
blanche bifurqua dans une rue transversale encombrée et
stoppa en face d'un grand grillage. Un homme en descendit, inconnu de Malko, et disparut par une porte per-
cée dans le grillage. La camionnette repartit aussitôt.
Malko se gara et se rapprocha à pied. Il découvrit un
immense parking où stationnaient une vingtaine de
semi-remorques. L'homme descendu du *panel de la
muerte* avait rejoint un autre homme à l'allure de routier,
coiffé d'un grand chapeau blanc.

Malko réussit à se dissimuler sur le trottoir d'en face,
derrière des marchands en plein air. Les deux hommes
s'arrêtèrent devant un énorme camion-citerne Volvo, une
bête de trente tonnes. L'homme venu dans la camionnette
finit par monter dans la cabine et une fumée noire jaillit
du pot d'échappement. Il mettait en route.

Le semi-remorque sortit du parking et passa devant
Malko. Celui-ci n'eut que le temps de regagner sa voiture

et, intrigué, il entreprit de suivre le camion-citerne. Ce n'était pas très difficile, dans la circulation intense.

Le Volvo gagna le nord de la ville, puis tourna à droite, vers l'est, dans la zone 4, un quartier beaucoup plus populaire. Il ralentit et s'arrêta devant l'entrée de ce qui ressemblait à un château fort de conte de fées : des murs noirâtres en mâchicoulis, surplombés de petites tours crénelées de blanc.

Ce n'était qu'une caserne.

Le camion-citerne, après s'être arrêté quelques instants près de la sentinelle, s'y engouffra et la porte se referma derrière lui. Malko aperçut sur le fronton une grande inscription en lettres rouges : *Justo Ruffino Barrios*.

Il n'avait plus qu'à revenir à son point de départ, guère plus avancé. Toute l'armée guatémaltèque ne travaillait quand même pas au meurtre de Rigoberta Menchu.

CHAPITRE XIX

Le jour se levait à peine mais déjà le grondement de l'avenida de la Reforma parvenait jusqu'à la résidence du procureur général. C'était l'heure où ses gardes du corps avaient tendance à s'assoupir. Comme aucun incident ne s'était jamais produit, leur vigilance s'était sérieusement relâchée. Il n'était que deux en service à cette heure matinale. Un près de la porte donnant sur la rue, l'autre allongé dans un hamac, sous la véranda de la maison.

Pedro, qui se trouvait près de la porte, entendit soudain frapper et alla ouvrir le volet de cuivre qui permettait de dévisager les visiteurs. Il n'eut pas le temps de réagir. Au lieu d'un visage, c'était le canon d'un riot-gun qui se trouvait dans l'ouverture. Pedro n'eut même pas le temps de reculer. La détonation fut le dernier bruit qu'il entendit. La décharge lui arracha la moitié de la tête et il fut projeté trois mètres en arrière, mort avant d'avoir touché le sol... Mal réveillé, son copain, Isidoro, sauta de son hamac et arracha de sa ceinture son pistolet, en se précipitant vers la porte. Il ne l'atteignit jamais. Le riot-gun cracha une seconde fois, alors qu'il était à trois pas. Les plombs groupés firent un énorme trou dans sa poitrine et il retomba sur le dos, crachant ses poumons.

Sous la pression d'un énorme pied-de-biche, la porte
vola en éclats, ses gonds arrachés, et six hommes se ruèrent dans le jardin. Tous portaient des combinaisons noires, des cagoules, des baskets. Ils n'allèrent pas loin. Un
feu nourri en coucha tout de suite deux sur la pelouse.
Juan-Carlos Verdes, de la fenêtre de sa chambre, les ar-
rosait au M.16... Les trois gardes du corps encore à l'intérieur se déchaînèrent à leur tour...

Les assaillants ripostèrent à l'arme automatique, re-
tranchés un peu partout dans le jardin.

Il y eut une fusillade nourrie de plusieurs minutes, puis
les assaillants commencèrent à se retirer, emmenant leurs
deux camarades morts. De sa fenêtre, le procureur général les arrosa encore, puis se rua sur le téléphone pour
appeler la police. Sans trop d'illusions... Déjà, ses hommes se répandaient dans le jardin, puis dans la rue. Ils
aperçurent une camionnette sombre disparaître au virage
suivant.

Lorsque la police arriva, elle ne trouva qu'un monceau
de douilles, et les deux cadavres des *pistoleros* abattus.

Après avoir parlé aux policiers, Juan-Carlos Verdes
demanda à son chauffeur de sortir sa Blazer blindée. Ce
n'était pas le moment de prendre des risques. Pendant ce
temps, il retourna à l'intérieur chercher sa serviette. Il
allait ressortir lorsqu'une explosion sèche le fit sursauter.
Il bondit à la porte. La Blazer semblait s'être désintégrée
de l'avant ! La roue avant gauche, arrachée, avait été pro-
jetée à plusieurs mètres. Le capot, rabattu, était collé au
pare-brise et une épaisse fumée s'élevait du moteur. Pro-
tégé par le plancher blindé, le chauffeur, choqué, était in-
demne, mais le véhicule était inutilisable... Grâce à un
extincteur, les gardes du corps arrêtèrent tout de suite
l'incendie.

*
**

— On a voulu m'assassiner, annonça Juan-Carlos Verdes à Malcolm Brown et à Malko.

Ils venaient d'arriver, prévenus par téléphone. Il leur relata l'attaque dont il avait été victime.

— Vous soupçonnez quelqu'un ?

Le Guatémaltèque eut un geste évasif.

— Il y a tellement de gens qui veulent ma mort... C'est le G-Dos ou les narcos, ou alors, l'affaire Rigoberta Menchu. On sait que j'ai collaboré avec vous. Puisque ceux qui voulaient la tuer ont dû mettre fin à leur projet sur l'injonction du président de la République, ils ont peut-être voulu se venger sur moi...

Les *pistoleros* contemplaient, effondrés, ce qui restait de la Blazer. Le moteur était mort, le carter éclaté sous la pression de l'explosion... Malko s'écarta pour examiner la roue avant arrachée. Il allait retourner auprès de Juan-Carlos Verdes quand il remarqua quelque chose qui semblait accroché au pneu. Il regarda de plus près et vit qu'il s'agissait d'un gros hameçon de pêche enfoncé dans le caoutchouc relié à un fil de nylon d'un mètre.

Il arracha le tout et revint vers le groupe, brandissant sa trouvaille.

— Voilà ce qui a provoqué l'explosion, annonça-t-il.

Ils le contemplèrent, stupéfaits.

— Qu'est-ce que c'est ?

— Cet hameçon a été enfoncé dans le pneu, expliqua Malko. Il était relié à un fil dont l'autre extrémité était attachée à un détonateur à traction enfoncée dans un pain de Semtex ou de plastic. Celui-ci a pu être fixé sous l'essieu en quelques secondes, grâce à du ruban adhésif dont on va certainement retrouver la trace, ou à un aimant. Quand la voiture a commencé à avancer, le fil s'est tendu, entraîné par l'hameçon accroché au pneu. Lorsque la tension a été suffisante, elle a déclenché le détonateur et boum...

— *For Christ' sake*, s'exclama Malcolm Brown, comment avez-vous deviné cela ?

— C'était une des plaisanteries favorites à Beyrouth. Avant de démarrer, il valait mieux vérifier ses pneus...

— Mais nous ne sommes pas au Liban, remarqua Juan-Carlos Verdes.

Tout à coup, Malcolm Brown se décomposa.

— *God damn it !* explosa-t-il.

— Qu'est-ce qu'il y a ? demanda Malko.

— Je vous le dirai tout à l'heure.

L'Américain prit congé du procureur comme s'il avait le diable à ses trousses, entraînant les autres. Dès qu'ils furent dans sa Buick, il expliqua :

— Mon homologue du Mossad ici, Ariel Halpern, vient du Liban. Je sais qu'il a beaucoup « grenouillé » là-bas...

— Vous pensez qu'il a pu donner des « conseils » aux Guatémaltèques ? s'étonna Malko. Pour un attentat contre Verdes...

— Ils sont comme cul et chemise et je sais que deux types du Mossad, sous couverture d'ingénieurs agricoles, ont parcouru les zones de subversifs pour aider à leur élimination. J'ai un compte à régler avec lui et je vais le convoquer immédiatement.

— Le convoquer ?

— En ce moment, les Israéliens font patte de velours, ils ont une peur bleue de Clinton et des pourparlers de paix. Ils ne font jamais rien au hasard. D'ailleurs vous pourrez assister à l'entretien.

— Je me demande, dit soudain Malko, si l'attentat de ce matin visait vraiment Juan-Carlos Verdes. Et si c'était tout simplement pour priver Rigoberta Menchu de sa voiture blindée. Si Domenica avait raison ? Que le général Guzman et ses amis passent outre aux ordres du président de la République ?

— C'est une hypothèse qu'on ne peut pas écarter, admit sombrement le chef de station de la CIA. J'envoie immédiatement un télex à Washington. Je dispose d'une Cadillac blindée, je peux la mettre à la disposition de Rigoberta Menchu, puisque l'ambassadeur n'est pas là, mais il me faut l'autorisation du State Department.

Ils étaient arrivés à l'ambassade. Tandis qu'ils attendaient que la herse de protection se lève, Malko et les gorilles regagnèrent leur véhicule. Les choses s'accéléraient.

— Nous allons à la Conavigua, dit Malko.

Il fallait recueillir chaque bribe d'information. Savoir, si oui ou non, la machine infernale continuait à cliqueter.

*
**

Ariel Halpern pénétra dans le bureau de Malcolm Brown, un large sourire aux lèvres. Avec ses cheveux ébouriffés, son nez important et sa grosse bouche, il avait l'air d'un bon vivant inoffensif. Seul le regard aigu trahissait autre chose que cette bonhomie apparente. Il s'assit sur une chaise qui craqua sous son poids.

— Ça fait plaisir de vous voir ! lança-t-il, jovial ; on ne se rencontre pas assez souvent. Mais je suis noyé sous la paperasse, comme vous, sûrement, et puis il y a tant de choses à faire, non ? J'ai dû organiser la bar-mitzva de mon fils. Quel travail !

Malcolm Brown l'écoutait sans rien dire, la tête un peu penchée de côté, l'œil rond, impénétrable. Après quelques secondes de silence, il lança d'une voix calme mais très froide :

— Ariel, cessez de jouer au con. Je sais bien que nos intérêts divergent quelquefois, mais *théoriquement*, nous ne sommes pas des adversaires. Or, vous êtes en train de me chier dans les bottes... Avant d'envoyer un rapport à Langley, je voulais vous en parler. Vous savez qu'en ce moment, les gens de chez vous sont sensibles à l'état de nos relations. Je sais que vous aimez bien ce pays. Vous n'avez peut-être pas envie de retourner à Tel-Aviv...

Ariel Halpern était tout sauf un con. Le ton de Malcolm Brown montrait qu'il ne bluffait pas. Ce n'était pas dans son style. Une bonne explication valait mieux qu'un mauvais mensonge, et les Américains avaient horreur du mensonge. Il réussit à arborer un sourire plein d'humilité.

– C'est vrai, dit-il, j'aurais dû fermer ma gueule. Mais lorsqu'on m'a demandé des informations sur ce Malko Linge, je n'ai pas pensé que c'était très grave de leur dire qui il était. De toute façon, ils l'auraient « retapissé » assez vite, par les Mexicains ou d'autres *latinos*. Et puis j'ai des ordres de Tel-Aviv. Veiller à ce que les relations avec mes homologues soient les meilleures possibles. *You know that* (1)...

Malcolm Brown l'écoutait, pétrifié. Il se serait attendu à tout sauf à cela. Il lui fallut faire un effort surhumain pour ne pas grimper sur son bureau et étrangler l'Israélien. Il se contint et parvint à demander d'une voix normale :

– Avez-vous une idée de ce que faisait Malko Linge à Guatemala City ?

– Pas la moindre, on ne m'en a jamais reparlé.

– Et à qui avez-vous communiqué cette information ?

Ariel Halpern marqua une imperceptible hésitation avant de dire :

– Au colonel Jorge Sanchez, le patron du « Service des Archives ».

– Eh bien, je vais vous dire ce que faisait Malko Linge, lança Malcolm Brown d'une voix glaciale. Il traitait à ma demande Mercedes Pinetta.

(1) Vous le savez bien.

Ariel Halpern changea de couleur.

– *My God !* fit-il à voix basse, je suis vraiment désolé.

– Vous avez provoqué la mort de cette fille, continua impitoyablement Malcolm Brown et fait échouer une opération de pénétration vitale.

L'agent du Mossad était décomposé, livide.

– Je suis désolé, répéta-t-il, terriblement désolé. Je ne sais pas comment vous dire... Je... Il faut comp...

Malcolm Brown l'observait, ivre de fureur. S'il envoyait à Langley un rapport expliquant qu'à cause de la trahison de l'Israélien, une importante opération de la CIA avait été fichue en l'air, cela risquait de provoquer quelques réactions. C'était le moment de frapper.

– C'est vous aussi qui leur avez appris le coup de l'hameçon dans le pneu pour piéger une voiture ? interrogea-t-il d'une voix douce.

L'Israélien le regarda, l'air sincèrement étonné.

– Quel rapport ? Oui, c'est exact. Le G-Dos a repéré des véhicules utilisés par les subversifs et veut leur faire une petite surprise. C'est un truc que j'ai appris à Beyrouth.

Malcolm Brown ne ressemblait plus du tout à un poulet triste, mais plutôt à un vautour en chasse. Il pencha son long cou en avant, blanc de fureur.

– *Fuck you !* Vous savez très bien qu'il n'y a pas de subversifs en ville ! Le petit truc que vous leur avez enseigné, ils viennent de le mettre en pratique sur la voiture du procureur général, Juan-Carlos Verdes. Pour détruire la voiture blindée qu'il allait prêter à Rigoberta Menchu ! Et Mercedes Pinetta, ils l'ont zigouillée parce qu'elle nous renseignait sur l'opération qu'ils ont montée pour l'assassiner. Je ne savais pas que vous étiez dedans jusqu'au cou.

L'Israélien blêmit. Les choses prenaient une *très* mauvaise tournure.

– Hé, protesta-t-il, je ne me suis jamais occupé de Rigoberta Menchu. Et j'ignorais l'histoire du procureur. Ce n'était pas la première fois que je leur donnais un coup de main dans leur lutte antisubversive.

– Quand leur avez-vous donné ce tuyau ?

– Euh, il y a quatre ou cinq jours.

– A qui l'avez-vous communiqué ?

– A Jorge Sanchez, c'est lui que je connais le mieux. Il devait repasser l'information aux gens du G-Dos.

Malcolm Brown sentit son estomac se tordre. Certes, la date à laquelle l'Israélien avait donné le truc de l'hameçon aux services guatémaltèques était *antérieure* à la décision du président de la République d'interdire l'opération contre Rigoberta Menchu. Mais le fait que l'attentat contre Juan-Carlos Verdes ait eu lieu le jour même prouvait que les ordres du Président Serrano n'avaient pas été obéis.

Donc, le général Guzman et ses affidés continuaient à préparer l'attentat. Evidemment pour le réaliser.

L'Américain fixa Ariel Halpern avec la froideur d'un iceberg.

– Je peux vous faire sauter et vous le savez, Ariel. J'attends deux choses de vous pour fermer ma gueule. Un : vous oubliez que vous m'avez vu aujourd'hui. Deux : je veux des détails *opérationnnels* sur l'attentat en préparation contre Rigoberta Menchu.

L'Israélien lui jeta un regard misérable :

– Comment voulez-vous que j'apprenne un truc pareil ?

Malcolm Brown le toisa sévèrement.

– Après tous les services que vous leur avez rendus, vous avez de bonnes sources dans les services guatémaltèques, non ?

– OK, je vais essayer, promit Ariel Halpern.

– Je veux des informations ce soir ou demain matin au plus tard, martela Malcolm Brown.

*
**

– Ceux qui nous surveillaient à partir du garage en face sont partis, annonça Maria Chacar. Il n'y a plus personne dans la rue...

Une animation inhabituelle régnait dans les couloirs de la Conavigua. Des Indiennes s'affairaient partout à préparer des banderoles, à empiler des tracts ronéotypés, à légender des photos de Rigoberta Menchu. Un petit groupe était en train de s'initier au maniement d'une caméra.

– Rien d'autre ?

– Si ! Nous avons reçu une lettre de la présidence de la République. Pour des raisons de sécurité, on nous demande de ne pas accueillir Rigoberta ici. La Présidence va mettre une voiture à sa disposition ainsi qu'une escorte qui la conduira directement dans le Quiché. Il y aura seulement un discours à l'aéroport et, de là, le convoi partira directement vers le Quiché.

– Et vous ?

– J'accompagne Rigoberta, annonça-t-elle fièrement.

– Et votre amie doña Petrona ?

Le visage de Maria Chacar se rembrunit :

– J'espère qu'elle pourra venir à l'aéroport. Mais elle a encore beaucoup de fièvre et est très choquée. Si elle est trop faible pour se mêler à la foule, elle retrouvera Rigoberta dans le Quiché. Vous avez des nouvelles de votre côté ?

Malko voulut se montrer rassurant :

– Le Président Serrano a promis à l'ambassadeur des Etats-Unis que rien ne se passerait. Il a mis à la retraite le général Guzman et puni le responsable de « Service des Archives ».

– Oh, c'est merveilleux ! s'exclama Maria Chacar. Mais il paraît qu'il y a eu un attentat contre Juan-Carlos Verdes, ce matin. Ils ont détruit sa voiture. Mais, maintenant, cela ne fait rien puisque Rigoberta disposera d'un véhicule officiel.

Sa fierté transparaissait dans son sourire radieux. Malko ne voulut pas gâcher sa joie. La levée de la surveillance de la Conavigua était sûrement la conséquence des ordres du Président, de même que l'offre d'une protection pour Rigoberta Menchu.

Mais l'attentat contre le procureur général montrait que le travail souterrain des comploteurs se poursuivait.

— Continuez vos préparatifs, dit-il. Il n'y a plus longtemps à attendre. *Hasta luego*.

En partant, il passa devant un énorme portrait de Rigoberta Menchu, souriante, qu'un groupe d'Indiennes entouraient de guirlandes.

La boule au creux de son estomac était toujours là. Son instinct lui disait que l'information de la mystérieuse Domenica était bonne et l'attentat contre Verdes n'en était que la confirmation. Donc, il ne devait pas relâcher ses efforts. Il repensa au camion-citerne emmené par les hommes du colonel Sanchez et décida de creuser un peu cette piste. Il repartit avec les gorilles vers le sud et s'arrêta au parc Miramar, puis attendit qu'une cabine téléphonique soit libre. Le standard de la police lui passa l'adjoint du commissaire assassiné, l'inspecteur Hugo Gordillo.

— Je voudrais vous voir cinq minutes, demanda Malko, c'est possible ?

— *Como no*. Où êtes-vous ?

— Au *parque*, là où nous avions rendez-vous la dernière fois.

— Je viens.

Le policier le rejoignit quelques instants plus tard et entraîna Malko un peu plus haut, dans un café bruyant et encombré.

— Pouvez-vous vous renseigner sur ce camion ? demanda Malko. Savoir à qui il appartient.

Il lui communiqua le type et le numéro du camion-ci-terne.

— C'est facile, dit le policier. Je vous appelle en fin de journée au *Camino Real*, mais je ne donnerai pas mon nom.

— A propos, demanda Malko, vous connaissez la caserne *Justo Ruffino Barrios* ?

— Bien sûr, pourquoi ?

— Elle a quelque chose de spécial ?

Le policier hésita un peu.

— Oui et non. Elle a servi de prison pour les subversifs et c'est une des bases des commandos du G-Dos. Il paraît qu'il y a beaucoup de *sequestrados* enterrés à l'intérieur. Mais personne n'a jamais été y voir. C'est interdit aux civils. Des *paneles de la muerte* sont basés là-bas.

Ainsi, le camion-citerne était aux mains du G-Dos. Or, cet organisme n'était pas directement impliqué dans le projet d'attentat, puisque celui-ci était traité uniquement par les hommes du colonel Sanchez, du « Service des Archives ». Donc, il s'agissait peut-être d'une autre affaire. Seulement, c'étaient les gens du « Service des Archives » qui avaient convoyé le camion jusqu'à la caserne...

— On annonce une nouvelle grève des transports en commun et des transporteurs d'essence pour demain, dit Hugo Gordillo. Les militaires ont peut-être pris leurs précautions.

*
**

Malcolm Brown attendait Malko dans le hall du *Camino Real*, visiblement préoccupé. Il l'entraîna vers la piscine déserte.

— Je viens de voir Halpern pour la seconde fois, dit-il. Je l'avais envoyé à la pêche. Il a ramené un gros poisson. Ses copains du G-Dos lui ont dit que leurs amis du « Service des Archives » leur avaient emprunté un fusil de précision russe saisi à des subversifs, il y a quelques jours. Il s'est démerdé pour faire téléphoner un de ses copains du G-Dos au « Service des Archives » et le type qui avait emprunté le fusil lui a dit qu'il en avait encore besoin.

Cette fois, tout concordait. En dépit de l'interdiction du Président de la République, le général Guzman et ses fidèles étaient bien décidés à assassiner la leader indienne dès son arrivée.

CHAPITRE XX

Malko et l'Américain échangèrent un long regard entendu : cette fois, ils étaient au pied du mur. La diplomatie avait montré ses limites. Ils se trouvaient devant un cas de figure fréquent dans les Etats faibles : un service n'obéissant plus aux ordres des politiques. Même une nouvelle visite au président du Guatemala ne changerait probablement rien. Les coupables continueraient à nier, tout en menant à bien leur projet.

– Si j'étais vous, conseilla Malko, j'avertirais Langley de ce qui se passe. Le plus vite sera le mieux. Et je demanderais des instructions précises... Sinon, nous risquons d'aller tous à l'enterrement de Rigoberta Menchu.

– Que voulez-vous que je leur demande ?

– L'autorisation d'agir au niveau *opérationnel* du complot. Donc, clandestinement.

– Je retourne à l'ambassade, annonça l'Américain. Dînez ici avec Chris et Milton. Je reviens dès que j'ai du nouveau.

Malko venait à peine de le quitter qu'il se heurta presque à l'inspecteur Hugo Gordillo.

– J'ai découvert quelque chose, annonça le policier. Le camion-citerne a été déclaré volé depuis quatre jours...

– Vous êtes certain qu'il s'agit du même ?

– Absolument, tous les éléments correspondent.

– C'est fréquent que l'on vole ce genre d'engin ?

– Cela peut arriver. Pour l'essence. Parce que le camion, c'est trop voyant.

– Merci, fit Malko. Je vais voir comment interpréter cela.

Il revoyait Noël de Jesus avec son étui à fusil en bandoulière. Cela ne collait pas avec le camion. Peut-être que les deux affaires n'étaient pas liées, après tout. Mais c'était quand même fichtrement bizarre...

Il alla rejoindre les deux gorilles, au milieu des touristes de tout poil. Le soir, le *Camino Real*, centre de la vie sociale de Guatemala City, connaissait une animation extraordinaire. Des femmes parées comme des arbres de Noël n'arrêtaient pas de défiler devant eux, avalées par la grande salle de bal derrière la seconde piscine. Déjà la musique envahissait tout l'hôtel.

Malcolm Brown réapparut deux heures plus tard. Fébrile.

– Ces enfoirés du State Department refusent que je prête la Cadillac à Rigoberta Menchu ! annonça-t-il. Pour ne pas prendre position dans un conflit interne au Guatemala ! Il paraît que cela ferait de la peine aux Guatémaltèques qu'on les soupçonne de vouloir assassiner un prix Nobel... Ça c'est la mauvaise nouvelle. La bonne, la voilà.

Il tendit à Malko un télégramme tout juste déchiffré, signé du directeur général de la Central Intelligence Agency. En termes précis, il donnait l'ordre à Malcolm Brown de s'opposer par *tous* les moyens à un attentat contre Rigoberta Menchu. Les instructions venaient de la Maison-Blanche, en liaison avec George Bush et le nouveau président des Etats-Unis, Bill Clinton.

– En clair, cela signifie quoi ? demanda Malko qui se méfiait des administrations.

– Après l'avoir reçu, j'ai téléphoné, sur une ligne satellite protégée, expliqua Malcolm Brown. Parce que je me suis posé la même question. Ils m'ont répondu que toute forme de *covert action* serait appropriée. Qu'il s'agissait de « terminer avec un extrême préjudice » ceux qui projetaient une action négative contre le prix Nobel de la Paix.

Malko passa le message à Chris et à Milton qui le déchiffrèrent en se pourléchant les babines.

– Il y a un moment que la *Company* voulait se payer les Guatémaltèques, commenta Malcolm Brown. Ces fumiers nous ont quand même « tapé » deux de nos gens... Alors, à part assassiner le Président de la République, vous pouvez tout faire. Vous êtes couvert.

– Sauf me faire prendre, souligna Malko. En cas de malheur, vous n'enverrez pas les Marines me récupérer au fond d'une geôle guatémaltèque.

Malcolm Brown pencha la tête de côté, l'œil plus rond que jamais.

– Vu leurs méthodes, si cela foire, c'est au fond d'un cimetière qu'il faudrait aller vous chercher. Maintenant qu'administrativement, vous avez les coudées franches, qu'allez-vous faire ?

– Nous avons une seule piste exploitable, dit Malko. Noël de Jesus Zacara. C'est lui qui a tenté de m'assassiner, qui s'est livré à une agression contre une des Veuves pour obtenir des informations sur moi et qui semble être en possession de l'arme destinée à abattre Rigoberta Menchu. En plus, nous connaissons son adresse.

– Comment exploiter ces éléments ? demanda l'Américain. Cela serait étonnant qu'il coopère. Vous voulez l'acheter ?

– Trop risqué, répliqua Malko. Je vais plutôt essayer de l'enlever... Il faut savoir ce qu'il a fait de ce fusil.

Malcolm Brown pencha la tête de l'autre côté, comme s'il faisait aller son cerveau de droite à gauche et dit sans enthousiasme :

– OK. Vous avez mon feu vert. Mais, *for Christ' sake*,

faites attention... Si vous le... kidnappez, où allez-vous l'emmener ?

Malko le regarda avec un demi-sourire.

— Vous tenez vraiment à le savoir ?

L'Américain battit en retraite. Il n'avait jamais été un « opérationnel », mais un administratif. L'activité clandestine lui faisait une peur bleue...

— OK. *Good luck*, fit-il. Je vous laisse.

— Jamais je n'oserai faire une chose pareille ! C'est impossible.

Maria Chacar était littéralement morte de peur. Malko et elle se trouvaient dans le grand salon vide de la Conavigua depuis une vingtaine de minutes. Dans le reste des locaux, l'activité était toujours aussi intense, cela grouillait de petites Indiennes s'affairant dans tous les coins. Une chorale répétait un chant de bienvenue dans un dialecte inconnu. Des portraits de Rigoberta Menchu étaient empilés partout. Malko reprit son argumentation patiemment, par le début.

— Maria, nous savons maintenant qu'on va tenter de tuer Rigoberta avec un fusil à lunette. Je suis certain à 95 % que Noël de Jesus sait où ce fusil est planqué. Vous m'avez dit qu'il traînait tous les soirs en face de la cathédrale, à draguer les filles. J'ai absolument besoin de vous pour lui tendre un piège.

— Mais vous m'avez dit que le Président de la République protégeait Rigoberta, gémit l'Indienne.

— Depuis, nous avons eu des informations complémentaires. Ceux qui veulent la tuer vont passer outre à ses ordres. Elle arrive demain. Sa vie repose entre vos mains.

Les épaules de Maria Chacar se voûtèrent, comme si elle ne pouvait pas supporter cette responsabilité écrasante. Malko avait un peu pitié d'elle, mais sa démarche était indispensable. Deux ou trois *gringos* ne pouvaient pas prendre le risque d'enlever en pleine ville un agent du « Service des Archives ».

Maria Chacar leva la tête.

— Et s'il me reconnaît ?

Noël de Jesus avait sûrement aperçu Maria Chacar à plusieurs reprises. Mais toujours en Indienne. Le fossé était si grand entre indigènes et *ladinos* que son cerveau ne pouvait pas imaginer qu'une Indienne traditionaliste comme Maria Chacar se déguise en *ladina*. C'était sa meilleure protection.

— Il y a peu de risques, habillée comme vous le serez. Et, en cas de problème, nous ne serons pas loin.

— Mais ensuite ?

— Il ne saura jamais que vous êtes mêlée à cela. Et, de toute façon, le Président n'appréciera pas qu'on se soit moqué de lui. Il doit peut-être prendre des gants avec le général Guzman, il est plus libre avec un simple sergent de la garde présidentielle.

Il regarda sa montre. L'heure tournait. Noël de Jesus n'allait pas passer toute la soirée en face de la cathédrale. S'il le ratait maintenant, c'était fichu.

— Bien, je vais me changer, dit Maria Chacar d'un ton résigné.

Lorsqu'elle réapparut, même Malko eut du mal à réaliser qu'il s'agissait de la même femme. Les yeux maquillés comme toutes les *ladinas*, la bouche faite outrageusement, ses cheveux habituellement répandus sur ses épaules attachés en natte. Elle avait troqué ses longs vêtements de lainage multicolores pour un pull moulant et une jupe droite très courte, avec d'épais collants noirs.

— J'ai l'air d'une putain, murmura-t-elle. J'ai honte.

— Laissez-nous dix minutes d'avance, demanda Malko, ignorant sa remarque. Et n'ayez pas peur.

*
**

Noël de Jesus Zacara était en train d'examiner d'un
œil critique sa première botte impeccablement cirée lorsque son regard accrocha une fille qui longeait le square,
venant de la 3ᵉ Rue. Seins lourds, croupe haute, visage
plein de douceur sensuelle.

– Tu finiras plus tard, lança-t-il à son *lustrador*.

Une botte pas cirée, il se lança à la poursuite de l'inconnue. Il la rattrapa à la hauteur des grilles de la cathédrale. Elle s'était arrêtée pour demander le prix de nappes
proposées par des Indiens. Il surgit et murmura à son
oreille :

– *Guapa*, tu as envie que je t'en offre une ?

Maria Chacar se retourna vivement, rougit, et ne lui
répondit pas. Noël de Jesus se colla à elle, s'incrustant
contre ses fesses rondes. Cette fille était superbandante.
Ces petites métisses avaient le feu au cul quand on savait
les prendre... C'était mieux que les affreuses putains de la
zone 1. La fille repartit et il la suivit, contournant la
place, l'assaillant de propositions de plus en plus précises.
Il devenait fou, il lui fallait cette inconnue.

Elle remonta, tourna dans la 6ᵉ Avenue, se faufilant
entre les éventaires étalés sur le trottoir. Finalement, il la
dépassa et lui barra la route, lançant avec son sourire le
plus charmeur :

– *Guapa*, viens prendre une *Gallo* (1) avec moi. Ou ce
que tu veux.

– Je ne veux rien, répliqua la fille, je n'ai pas le temps.
Une autre fois.

Elle repartit, traversa en biais et remonta la 10ᵉ Rue.

Noël de Jesus eut une illumination. Il courut après la
fille et lui prit le bras.

– Mais, *guapa*, tu vas chez moi !

(1) Marque de bière.

Elle se dégagea.

– Je ne vais pas chez vous ! lança-t-elle. Je vais à mon cours de danse ! Laissez-moi.

Son cours de danse ! Noël de Jesus bondit intérieurement. L'entrée était dans son immeuble. Une fois qu'elle serait à l'intérieur, il l'entraînerait chez lui, au besoin par la force... Il décida de ne plus rien tenter dans la rue, la suivant à bonne distance. Quand elle longea le grillage du parking, il accéléra pour la rattraper.

Lorsqu'elle poussa la porte de l'immeuble, il était à un mètre derrière elle. Il s'engouffra à sa suite dans le hall sombre et distingua la silhouette devant la porte du cours de danse. Il fit un pas en avant et la saisit par le bras.

– *Guapa !* Attends un...

Il ne termina pas sa phrase. Il eut l'impression qu'un boa constrictor venait de s'enrouler autour de son cou. Il se sentit soulevé du sol, son larynx écrasé par une pression formidable ; il essaya de saisir son pistolet mais un voile noir passa devant ses yeux et le cerveau à peine irrigué, il perdit connaissance.

Lorsque Malko et Milton Brabeck se ruèrent dans le hall, Chris Jones avait déjà fouillé Noël de Jesus, lui ôtant son pistolet, ses papiers et son trousseau de clés. Il tendit ces dernières à Malko.

– Allons-y.

Sans effort, il chargea le Guatémaltèque mince comme un lacet sur son épaule et commença à monter l'escalier. Malko le précéda, ouvrant la porte de l'appartement. Trois minutes plus tard, Noël de Jesus était ligoté à un lourd fauteuil, les yeux bandés. Pour qu'il « dorme » encore un peu, Chris lui appuya légèrement sur les deux carotides...

Maria Chacar s'était immobilisée sur le seuil de l'appartement, tremblant comme une feuille.

— Qu'est-ce que je fais ? demanda-t-elle à Malko.

— Vous pouvez rentrer à la Conavigua.

Il parlait assez espagnol pour mener l'interrogatoire.

— Je ne veux pas, j'ai peur.

— Alors, restez.

— Je ne veux pas qu'il me voie.

— Il y a deux pièces. Allez dans sa chambre et attendez.

Elle obéit et il referma la porte à clé. La première partie de l'opération avait réussi. Ils avaient enlevé Noël de Jesus et pouvaient l'interroger tranquillement. Il restait le plus difficile : le faire parler.

*
**

Noël de Jesus reprit connaissance avec une douleur horrible au cou. L'impression d'avoir été pendu. Une longue quinte de toux lui éclaircit la gorge. Ses yeux bandés ne lui permettaient pas de savoir où il se trouvait, ni qui l'avait enlevé. Il essaya de tirer sur ses liens mais comprit tout de suite qu'il ne se libérerait pas.

— *Señor* Zacara, dit une voix d'homme, nous avons des questions à vous poser. Si vous répondez correctement, il ne vous sera fait aucun mal. Dans le cas contraire, vous risquez de passer des moments très désagréables. *Entiendès ?*

La voix parlait espagnol avec un fort accent étranger. Un *gringo* ! Cela déchaîna Noël de Jesus et il cracha :

— *Porco ! Hijo de puta !* Détachez-moi immédiatement. J'appartiens à la garde présidentielle du Guatemala. Je suis un militaire.

Une manchette, assenée à toute volée, le fit taire et il mit cinq minutes à reprendre son souffle. Dans un brouillard, il entendit la voix demander :

– Qui vous a donné l'ordre de tuer Mercedes Pinetta ?

Incrédule, il enregistra la question. D'après l'accent, ce n'était pas un Guatémaltèque. Un vent de panique le traversa. Comment les *gringos* étaient-ils au courant pour Mercedes Pinetta ? De toute façon, il fallait se taire.

– Et Petrona Chona ? Qui vous a donné l'ordre de l'agresser et de la violer ?

« Cette salope m'a reconnu et a parlé, pensa-t-il. J'aurais dû la tuer. »

– *Muy bien*, fit la voix, tu ne veux pas parler de tes crimes passés. Alors, tu vas me dire où tu as porté le fusil quand tu es parti en moto. Et à quoi il est destiné...

Noël de Jesus eut l'impression qu'on le plongeait dans une cuve glacée. S'il répondait à cette question, le colonel Sanchez le découperait vivant. Il demeura obstinément muet. Les questions s'arrêtèrent et il entendit des pas s'éloigner, faisant grincer le vieux parquet.

Puis le canon d'une arme se posa sur son front.

– Tu as jusqu'à cinq...

Il secoua la tête, pas trop effrayé. Ils ne le tueraient pas. La voix compta jusqu'à cinq, il se raidit mais le canon s'éloigna de son front.

*
**

Malko et Chris Jones avaient laissé la garde du prisonnier à Milton Brabeck et conféraient à voix basse dans la chambre de Noël de Jesus sur la façon de le faire parler. Aucun des deux n'était chaud pour des méthodes brutales. Malko n'avait jamais eu une âme de bourreau et Chris non plus. On n'apprenait pas à faire parler les gens, au *Secret Service*, mais à les protéger. Malko se rendait compte qu'il était dans une impasse. Noël de Jesus avait encore plus peur de ses employeurs que de ceux qui l'interrogeaient.

Assise sur le lit, au-dessous d'une affiche de pin-up,

Maria Chacar les observait avec une expression bizarre.
Elle avait déniché sur une étagère une bouteille de *concha*
et en avait vidé un bon tiers, pour arrêter les tremble-
ments convulsifs qui l'agitaient. Peu habituée à l'alcool,
elle était dans un état second.

— Il y a un moyen pour le faire parler, fit-elle soudain.
Celui que les *judiciales* utilisaient avec les subversifs.

— Quoi donc ? demanda Malko, s'attendant à entendre
une horreur particulièrement gratinée.

— Il suffit de lui mettre des petits cailloux sous les
paupières, expliqua Maria Chacar. Très vite, cela rend
fou. Ils ont fait ça à mon mari. Il s'est jeté contre un mur
pour se fracasser la tête et il est mort comme cela.

— Mais qui va lui faire cela ? demanda Malko.

Chris Jones baissa la tête, regardant ses énormes pattes. Pas doué pour ce genre d'exercice...

— Moi, annonça d'une voix tranquille Maria Chacar.

— Vous. Mais... Il va vous reconnaître.

— Cela ne fait rien, répliqua la jeune Indienne d'une
voix parfaitement calme, après je le tuerai. *Con permesso*,
ajouta-t-elle poliment.

Son regard défiait Malko. L'alcool et l'action l'avaient
métamorphosée. Pour une fois, il avait commis une erreur de calcul. Le mouton était devenu enragé. La jeune
femme continua :

— Il ne mérite pas de vivre. Je ne voulais pas venir
avec vous, mais maintenant, je suis contente. Je n'ai plus
peur. Un jour, il faudra bien nous dresser pour vaincre la
tyrannie des *ladinos*. Ce jour est arrivé pour moi.

Malko ne répondit pas, plongé dans un cruel dilemme.
S'il refusait l'offre de Maria Chacar, il ne voyait pas le
moyen de faire parler Noël de Jesus. Maintenant, il avait
été trop loin. Mais s'il acceptait, c'était se mettre au niveau de ses ennemis. Et il y avait le problème de Maria
Chacar.

— Si vous faites cela, dit-il, je ne peux pas vous laisser

le tuer. Nous vous assurerons une protection le temps qu'il faudra.

– Je retournerai dans le Quiché, pour lutter comme a fait Rigoberta Menchu, dit-elle simplement. Je vous l'ai dit, je n'ai plus peur. Alors ?

– Mais où trouver des petits cailloux ? fit Malko, s'accrochant à cette impossibilité matérielle.

La jeune femme fouilla dans son sac, en tira un porte-monnaie où elle prit un morceau de soie qu'elle déplia. Malko aperçut alors deux petits éclats de silex.

– Je les avais gardés en souvenir, fit-elle simplement. Quand ils m'ont rendu le corps de Rafaelo, ils les avaient laissés dans ses yeux.

Malko en avait froid dans le dos. Comment, après tant de haine, le Guatemala pourrait-il un jour trouver la paix ?

– *Vamos !* dit Maria Chacar.

Ils revinrent dans la pièce. Sans un mot, Malko passa derrière le prisonnier et défit son bandeau. Noël de Jesus s'ébroua et son regard tomba sur Maria Chacar débarrassée de son maquillage, le visage grave, le regard impénétrable. Quand il retrouva ses esprits, ce fut pour éructer une bordée d'injures ordurières à l'intention de la jeune femme. Il était tellement en fureur qu'il parvint à déplacer le lourd fauteuil sur lequel il était attaché. Milton dut l'immobiliser. Il cracha et hurla :

– Je t'arracherai la peau des seins, salope, je te crèverai les yeux, je te crèverai !

De la bave coulait de ses lèvres. Maria Chacar le laissa se calmer puis demanda d'une voix presque douce :

– *Te quieres marimba, Noël de Jesus ?* (1)

Il ne répondit pas, les mâchoires crispées par la haine. Maria Chacar enfonça une cassette dans un lecteur et mit le volume à fond. Le rythme endiablé d'une marimba

(1) Tu aimes la marimba, Noël de Jesus ?

s'éleva dans la pièce. Maria Chacar se mit longuement à onduler sur place, à la façon des danseuses indigènes, les bras levés au-dessus de la tête. En d'autres circonstances, Noël de Jesus aurait trouvé cette danse extraordinairement érotique. Médusés, Chris et Milton contemplaient ce spectacle inattendu, la gorge serrée, sachant ce qui allait suivre.

Malko essayait de toutes ses forces de penser à autre chose. Lui qui avait horreur de la violence était obligé d'oublier provisoirement ses convictions. C'était toujours l'histoire des « Mains sales ».

Maria Chacar, tout en dansant, se mit à avancer vers l'homme attaché. Un sourire mécanique sur les lèvres, mais une haine brûlante au fond des yeux. Elle semblait dédoublée. Noël de Jesus la contemplait, médusé, ne voyant pas où elle voulait en venir. Puis son regard accrocha les deux petits bouts de silex brillant au bout des doigts de la jeune femme et il se mit à hurler comme un porc qu'on égorge.

CHAPITRE XXI

L'ampli à fond n'arrivait pas à couvrir les cris horribles de Noël de Jesus Zacara. Avec une habileté diabolique, Maria Chacar avait glissé les deux petits silex entre ses paupières et ses globes oculaires. En commençant par l'œil gauche. Depuis, le bourreau de Mercedes Pinetta essayait de s'arracher de son fauteuil, hurlait, secouait la tête comme une vache folle, en suppliant qu'on le délivre.

Malko avait envie de se boucher les oreilles et les deux gorilles étaient blancs comme des linges. Seule Maria Chacar, plantée en face de lui, demeurait impassible. De minuscules filets de sang provoqués par les coupures du globe oculaire suintaient de sous la paupière, souillant le blanc de l'œil. Jamais Malko n'aurait imaginé un tel supplice. Il en avait l'estomac retourné... Les cris changèrent de tonalité, et il s'y mêla quelques mots décousus.

– Il est prêt à parler, annonça Maria Chacar. Que voulez-vous savoir ?

– Ce qu'il a fait du fusil qu'il a emporté.

Elle se rapprocha et lui posa la question. Noël de Jesus continuait à secouer la tête comme un dément. Les informations se mirent à couler de ses lèvres comme de l'eau, dans un bredouillis à peine compréhensible pour Malko.

– Il a porté un fusil, dit-elle. Dans une école d'agriculture... Près de l'aéroport.

– Où exactement ?

– 7ᵉ Avenue, au 12-90. C'est au dernier étage. L'immeuble est inhabité.

– C'est lui qui doit s'en servir ?

– Non. Un autre qu'il ne connaît pas. Il n'est pas assez bon tireur.

– Que sait-il d'autre ?

Nouvel échange de questions et de réponses gémissantes.

– Il dit que c'est tout, affirma Maria Chacar. Qu'il n'est qu'un exécutant...

– Nous allons l'emmener là-bas, qu'il nous montre l'emplacement où se trouve le fusil. Enlevez-lui les cailloux.

Maria Chacar obtempéra sans enthousiasme, soulevant les paupières de Noël de Jesus avec une brutalité voulue, pour récupérer précieusement ses deux éclats de silex maculés de sang. Le temps de les remettre dans son sac, elle revint près du prisonnier attaché. Malko pensa d'abord qu'elle voulait lui essuyer les yeux. Mais elle se pencha et arracha de sa botte un long poignard.

– Hé !

Chris Jones bondit au moment où Maria Chacar allait plonger la lame dans la poitrine de Noël de Jesus. Il lui ôta le poignard sans difficulté et le jeta à terre. Maria Chacar se retourna vers Malko, le regard brillant d'une haine concentrée.

– Comment ! Je ne peux pas le tuer ?

– Non, dit fermement Malko. Je comprends que vous en ayez envie, mais nous verrons plus tard le sort que nous lui réserverons. Le tuer ici serait une folie. Ses amis démonteraient aussitôt leur dispositif.

– Mais il mérite cent fois la mort ! objecta l'Indienne.

– Emmenons-le trouver cette arme, dit Malko, pour couper court à la discussion.

Noël de Jesus gardait les yeux fermés, la tête sur sa poitrine. Chris Jones défit les liens de ses chevilles et le mit debout. Puis, ils sortirent tous les cinq de l'appartement. Milton Brabeck descendit le premier, pour voir si la voie était libre. Noël de Jesus oscillait sur le palier comme un ivrogne, les yeux toujours fermés.

– Je vais l'aider à descendre, proposa Maria Chacar.

Passant devant Malko, elle prit le bras du prisonnier, et de toutes ses forces, le poussa dans l'escalier.

*
**

Le cri de terreur de Noël de Jesus se confondit presque avec le bruit mat de son corps s'écrasant sur les marches. Il tomba sur le côté, roula un peu et demeura recroquevillé, trois mètres plus bas. Sa tête faisait un angle bizarre avec son corps et Malko n'eut pas besoin d'aller prendre son pouls pour réaliser qu'il était mort. Sa nuque avait frappé de plein fouet l'arête d'une marche, et ses vertèbres cervicales avaient été brisées net.

– Il est mort ! jeta-t-il à Maria Chacar.

Elle le regarda avec un sourire soudain plein de cruauté.

– Dieu m'a aidée, fit-elle avec simplicité. Il ne méritait pas de vivre.

Elle n'aurait pas montré plus d'émotion si elle avait écrasé un cafard... Où était passée l'Indienne timide, osant à peine dire que son âme était à elle, folle de terreur ? Comme si elle avait deviné les pensées de Malko, elle ajouta :

– Vous m'avez libérée ! Vous m'avez fait comprendre que nous pouvions être autre chose que des victimes. Je me sens bien. Je vous suis tellement reconnaissante.

Son regard brillait d'un éclat inhabituel. Malko crut

qu'elle allait se jeter dans ses bras. Milton Brabeck troubla ses réflexions.

– Qu'est-ce qu'on va en faire ?

Malko s'ébroua. En quelques instants, il eut échafaudé un plan.

– Milton, vous allez prendre la moto. Chris et moi, nous mettons le corps dans le coffre de la Nissan. Vous nous suivrez. Je voudrais d'abord essayer de retrouver cette arme.

– Je vais vous aider, proposa Maria Chacar.

Chris Jones courut chercher la voiture au parking. Malko, aidé de Milton, descendit le cadavre de Noël de Jesus jusqu'au rez-de-chaussée. Un léger coup de klaxon leur apprit que le gorille était là. Il surgit et ils virent le coffre de la voiture ouvert. Trente secondes plus tard, Noël de Jesus commençait son dernier voyage. Milton Brabeck avait enfourché la grosse Honda noire et suivait.

– Prenez comme pour aller à l'aéroport, dit Maria Chacar.

*
**

La 7ᵉ Avenue courait parallèlement aux bâtiments de l'aérogare La Aurora, en surplomb du grand parking se trouvant devant l'aéroport. Malko avait ralenti et Maria Chacar examinait soigneusement les numéros.

– C'est là, annonça-t-elle en montrant un bâtiment en brique rouge de trois étages qui semblait abandonné.

Malko s'arrêta devant. Une plaque, à côté du portail rouillé, indiquait : ESCOLA DE AGRICULTURA. Quelques machines agricoles achevaient de pourrir dans la cour et une grosse chaîne condamnait la grille.

– Continuez, fit la jeune femme, et puis tournez à droite.

Un chemin boueux partait de la 7ᵉ Avenue, suivant un mur aveugle. Il se terminait au bord d'un ravin où s'entassaient quelques constructions, le lit du Rio Guadron. Malko tourna encore à droite, suivant le ravin pour retrouver l'arrière de l'école d'agriculture, qui n'avait guère meilleure mine que le devant. Malko stoppa devant une petite porte en bois coupant la grille et ils descendirent.

Chris eut à peine à secouer la porte pour qu'elle s'ouvre. Malko regarda le jardin en friche, les volets qui pendaient, le crépi en grande partie arraché. L'école était en piteux état.

— Il n'y a personne, fit Maria Chacar, en ce moment, ce sont les vacances.

Ils traversèrent rapidement le jardin. La porte de derrière du bâtiment principal n'était même pas fermée. Ils débouchèrent au pied d'un escalier de ciment et s'y engagèrent. Cela sentait l'humidité et le moisi. Au passage, ils inspectèrent des pièces vides ou meublées sommairement. Arrivé au troisième, Malko aperçut un escalier étroit montant encore et l'emprunta. Il débouchait dans une pièce de trois mètres sur quatre, bâtie sur le toit plat comme une verrue, encombrée de cartons et d'un bric-à-brac invraisemblable. Elle ne comportait qu'une seule ouverture : une fenêtre dont il s'approcha.

Elle donnait droit sur l'aéroport, sur les arrivées, le terre-plein en face et le grand parking en contrebas.

La distance était d'environ trois cents mètres.

— Regardez ! lança triomphalement Chris Jones.

Malko se retourna et vit le gorille brandir une housse de toile fermée par un zip condamné par un cadenas. Malko prit la housse et la soupesa. D'après son poids, c'était sûrement une arme de guerre. Il sentit à travers la toile le contour d'une lunette de visée montée sur l'arme.

— Où l'avez-vous trouvée ? demanda-t-il.

— Derrière les caisses, là, dans le coin. On l'ouvre ?

— Attendez, fit Malko.

S'il ouvrait la housse en forçant le cadenas, ses adversaires s'en apercevraient et modifieraient leurs plans.

– Chris, dit-il, avec un fusil à lunette, vous pourriez neutraliser un tireur posté à cette fenêtre, vous-même vous trouvant dans un des bâtiments de l'aéroport ?

– Les yeux fermés, répondit Chris Jones, sûr de son entraînement.

– Dans ce cas, remettez cette arme là où vous l'avez trouvée, nous repartons.

Maria Chacar le contempla, stupéfaite et horrifiée.

– Vous ne prenez pas le fusil ? Mais ils vont tuer Rigoberta.

– Non, affirma Malko. Nous allons prendre des contre-mesures. Et si c'était impossible, nous savons où ce fusil se trouve, c'est facile de le récupérer. Grâce à vous, nous avons un avantage décisif.

Ils redescendirent, traversèrent le jardin, retrouvant la voiture et la moto.

– Que va-t-on faire du type dans le coffre ? interrogea Milton.

– J'ai une idée, fit Malko. Suivez-nous en moto, nous allons prendre l'avenida Roosevelt et sortir de la ville.

*
**

Après une longue montée droite, la route Panaméricaine, bien au-delà des motels et de la dernière station-service, commençait à tourner, louvoyant entre des collines désertes et de profonds ravins. Malko parcourut encore plusieurs kilomètres, cherchant l'endroit propice. Il le trouva enfin : une courte ligne droite se terminant par un virage brutal vers la gauche. A droite, la route était bordée par un ravin d'une trentaine de mètres de profondeur. Malko se gara au bord du ravin, et Milton vint arrêter sa moto à côté de la Nissan.

– Vous allez lancer la moto dans le ravin, juste avant le virage, après avoir donné un violent coup de frein, expliqua Malko.

Pas une voiture en vue. Milton Brabeck se lança, freina si fort qu'il se mit en travers, vingt mètres plus loin, et réussit tout juste à demeurer en selle.

Sautant à terre, il mit les gaz à fond, passa la première et embraya, lâchant aussitôt la moto. L'engin se cabra comme un cheval et partit comme une flèche vers le ravin, s'envolant littéralement pour retomber dans la pente, parcourir quelques mètres et s'écraser contre un arbre à mi-pente.

– Vite, ordonna Malko, le corps maintenant.

Chris et Milton arrachèrent le cadavre du coffre, le portèrent sur quelques mètres, pour le jeter là où la moto avait décollé. Il dévala quelques mètres et demeura face contre terre. Un accident parfait. Le motard imprudent avait freiné trop fort avant le virage et perdu le contrôle de sa machine. Une mauvaise chute. Seulement, on risquait de ne pas découvrir le corps avant un certain temps... Il ne fallait pas affoler inutilement les employeurs de Noël de Jesus.

– Allez mettre le feu à la moto, dit Malko à Chris. Ensuite, nous filons.

Tandis que le gorille descendait dans le ravin, il fit demi-tour, prêt à repartir. Une voiture arrivait, venant de Guatemala City.

– Milton, couchez-vous derrière ! fit Malko. Maria, venez contre moi.

Maria Chacar se coula contre lui, comme si elle n'avait attendu que cela. Sa bouche s'écrasa contre celle de Malko et elle l'embrassa avec autant de maladresse que de fougue. Le conducteur de la voiture qui les croisa ne vit qu'un couple d'amoureux, arrêté sur le bas-côté... C'est Malko qui repoussa l'Indienne, tandis que Milton Brabeck se redressait, à temps pour voir le visage extasié de la jeune femme.

Une lueur s'éleva du ravin et, quelques secondes plus

tard, Chris Jones émergea sur la route et rejoignit la voiture en courant.

— Filons, dit-il, ça va péter. J'ai siphonné de l'essence dans le réservoir avec mon mouchoir et j'ai foutu le feu au pneu.

Ils n'avaient pas parcouru un kilomètre qu'une explosion sourde troubla le silence derrière eux : la Honda venait d'exploser. Fatalement, quelqu'un allait s'arrêter et découvrir le drame.

Un quart d'heure plus tard, ils étaient au *Camino Real*. Comme un seul homme, Chris et Milton descendirent de la voiture, laissant Malko et Maria Chacar en tête à tête. L'Indienne se tourna vers Malko, le visage rayonnant et de nouveau, l'embrassa avec passion, essayant de se coller à lui, le serrant à l'étouffer. Sans souci des petits *lustradores* qui traînaient sur le trottoir.

Elle se détacha, essoufflée, pour dire :

— Vous m'avez rendu ma dignité, j'ai pu me venger. J'ai vu pleurer ce monstre, il m'a suppliée. Je ne serai plus jamais une esclave craintive. Depuis si longtemps, j'étais comme morte, je n'avais plus envie de rien. Maintenant mon sang bouillonne, je veux être à vous, je veux faire l'amour avec vous...

Ses seins lourds semblaient tendus vers lui, ses yeux flambaient d'une lueur folle, elle ne trouvait plus ses mots.

— Venez, proposa-t-il.

— Oh non, dit-elle, pas au *Camino Real*, j'aurais honte devant les gens. Je préfère un auto-hôtel de l'avenida Roosevelt.

Malko repartit d'où ils venaient, Maria Chacar enroulée autour de lui, ronronnante, offerte, caressante comme une chatte amoureuse. Métamorphosée.

Dès qu'il l'effleurait, elle se mettait à gémir, comme si chaque centimètre carré de sa peau était à vif. Quand Malko aperçut l'enseigne de six mètres de haut d'*El Prin-*

cipe, il tourna à droite. Un bonhomme dans une guérite lui demanda 40 quetzales et lui proposa le numéro 29. Malko parcourut encore trente mètres et gara sa voiture dans le box au-dessous de la chambre.

Les murs et les plafonds très bas étaient tapissés de glaces et une télé Samsung suspendue au mur diffusait en boucle un film porno. Il n'y avait que deux meubles : une chaise et un grand lit recouvert de fourrure synthétique.

Ce n'était pas vraiment romantique mais Maria Chacar sembla ne rien voir. Collée contre Malko, elle l'embrassait, son bassin dansant une gigue endiablée contre lui. Il souleva son pull, atteignit ses seins lourds et elle gémit. La jupe tomba à terre, Maria se laissa tomber sur le lit, attirant Malko sur elle, fiévreuse, maladroite, brûlante. En un rien de temps, il fut nu. Maria le saisit et le guida en elle, l'accueillant avec un soupir de contentement. Son excitation était telle qu'il la pénétra d'un coup, sans mal. Dès qu'il se mit à bouger en elle, le corps cuivré et plein commença à s'agiter sous lui, comme pris de folie.

Elle arriva très vite au plaisir, l'étreignant de toutes ses forces, murmurant des mots indiens incompréhensibles. Pourtant, quelques minutes plus tard, il sentit monter chez elle une nouvelle vague de plaisir, tandis qu'il continuait à la labourer profondément. Son ventre se creusait, ses jambes étreignaient les hanches de Malko, ses bras noués sur sa nuque le serraient presque trop fort. Doucement, Malko se retira, fit rouler Maria sur le ventre, et aussitôt, elle se cambra, lui permettant de la prendre par-derrière. Soudain, il croisa son regard dans un des grands miroirs. Elle apprenait vite. De nouveau, elle jouit, les traits crispés, le regard fou. Après ce deuxième orgasme, elle resta un long moment immobile et muette. Malko, allongé sur le dos, respectait son repos. Jusqu'à ce qu'elle rampe jusqu'à lui et se mette à califourchon sur son ventre, se balançant lentement d'avant en arrière, leurs sexes en contact.

Le frottement doux et régulier finit par redonner une vigueur nouvelle à Malko. Maria Chacar faisait l'amour avec une grande simplicité, sans fioritures ni caresses savantes. Avec seulement une immense soif de plaisir. Quand elle sentit qu'elle l'avait ranimé, elle se souleva légèrement et le fit glisser en elle avec un soupir ravi.

Commença une lente cavalcade, aux mouvements d'abord presque imperceptibles, que Maria Chacar termina échevelée, hurlante, s'agitant furieusemnent sur Malko jusqu'à ce qu'elle s'effondre après un spasme violent. Foudroyée et enfin assouvie.

Tellement qu'elle dormit un long moment. Lorsqu'elle s'ébroua, ce fut pour venir tendrement dans les bras de Malko.

— Tu vois, dit-elle, depuis que je suis veuve, je n'avais jamais fait l'amour parce que j'avais l'impression de tromper mon mari. Maintenant que je l'ai vengé, ce n'est plus la même chose. J'ai hâte d'être à demain. Maintenant, je n'ai plus d'angoisse. Grâce à toi. Je sais que tout se passera bien. Si Rigoberta Menchu avait été tuée le jour de son arrivée, cela aurait été terrible pour nous les Indiens. Comme si un rideau de velours noir tombait à nouveau sur nous pour cinq cents ans...

Malko lui caressa les cheveux sans répondre, ne voulant pas troubler son bonheur par son anxiété. Il restait encore bien des problèmes en suspens pour que l'arrivée de Rigoberta Menchu se passe sans drame. Et seulement quelques heures pour les résoudre.

CHAPITRE XXII

Malko, debout sur le tarmac, au pied du bâtiment principal de l'aéroport, au milieu des diplomates et des sympathisants de Rigoberta Menchu, regarda le point argenté qui grandissait dans le ciel. Un appareil en approche, venant du Nord. Le Boeing 727 personnel du président du Mexique. Il était trois heures de l'après-midi et un soleil radieux brillait sur l'aéroport de Guatemala City. Dans quelques minutes, Rigoberta Menchu Tum, prix Nobel de la paix 1992, foulerait le sol de son pays. Malko avait l'impression qu'une grosse boule de plomb lui tirait l'estomac vers le bas. Le retard providentiel de l'avion, prévu pour midi, lui avait permis d'affiner ses dispositions pour la protection de Rigoberta Menchu.

Le petit convoi mis à la disposition de celle-ci par le Président guatémaltèque, attendait devant l'aérogare, noyé dans la foule de supporters accourus pour applaudir leur idole. Les femmes en *corte* et *huilpil*, les hommes en chemise et pantalon bariolés, *morrales* (1) en bandoulière, coiffés d'un chapeau de paille blanc à larges bords. Cela formait une énorme tache colorée où le rouge, couleur favorite des Indiens, dominait. Un peu à l'écart, une vieille Indienne impassible, assise en tailleur à même le

(1) Musettes.

sol, continuait à offrir ses couvertures de laine aux touristes.

Sur l'esplanade surplombant le parking, des banderoles du CUC, de la *Unida nacional por la paz y los derechos indigenas*, du *Comite unidad campesina* voisinaient avec d'énormes calicots proclamant « *Bienvenuda, companera* » ou « *Que viva Rigoberta Menchu* ».

Le parking lui-même avait été envahi par une foule énorme d'indigènes où se mêlaient quelques *ladinos* qui attendaient, assis à même le sol, que Rigoberta Menchu vienne prononcer un discours devant les micros placés sur une estrade improvisée. D'autres continuaient à arriver à pied de la ville, du pas lent et régulier des Indiens, portant souvent une lourde charge sur le dos, retenue par le traditionnel *mecapal*.

Malko fit quelques pas pour rejoindre Maria Chacar qui avait revêtu sa tenue traditionnelle et tenait un énorme bouquet de *cartuchos* (1) à la main.

– Tu es contente ? demanda Malko.

Les yeux de la jeune Indienne brillaient. Elle leva un regard éperdu de joie vers Malko, et murmura :

– *Si, mi mozzo. Pero son muchos « orejas »*. (2)

Le 727 était en train de se poser. Malko la quitta pour aller retrouver Milton Brabeck qui bavardait avec Malcolm Brown.

– Surveillez les gens autour de nous, lui dit-il, il paraît que c'est plein de flics en civil.

– Le premier qui met la main dans sa poche au moment où il ne faut pas, je lui éclate la tête, répliqua sobrement le gorille.

D'ailleurs, il y avait peu de gens à surveiller : à peine une trentaine, dont les diplomates, ambassadeur du Mexique en tête. Malko prit un peu de recul et balaya du

(1) Fleurs blanches.
(2) Oui, mon homme. Mais il a beaucoup de mouchards.

regard la galerie vitrée, au-dessus d'eux. D'autres supporters s'y pressaient, qui avaient une vue directe sur la piste. Son pouls s'accéléra en repérant un tailleur rose qui tranchait sur les lainages multicolores des Indiens.

Il lui fallut quelques secondes pour être certain qu'il s'agissait bien de Maria-Beatriz Orlando, les yeux dissimulés par des lunettes noires, collée à la baie vitrée chauffée par le soleil brûlant. Il se retourna vers Milton Brabeck, lui désignant la jeune femme.

– Vous l'avez vue ? Surveillez-la particulièrement.

La jeune *fincera* était parfaitement capable de commettre l'attentat elle-même, sachant que dans son pays elle s'en tirerait toujours. Un grondement puissant lui fit tourner la tête : Un DC 10 d'AeroMexico était en train de se poser. Il disposait encore de quelques minutes, l'appareil de Rigoberta Menchu étant toujours en attente de se poser. Il décida d'aller se rendre compte par lui-même.

– Chris est en place ? demanda-t-il.

– Tout est OK, affirma Milton Brabeck.

Chris Jones s'était installé sur le toit plat d'un bâtiment administratif, juste à côté de la tour de contrôle. Endroit repéré le matin même. L'aéroport ne bénéficiant d'aucune protection particulière, cela avait été facile... Malko se rua dans l'escalier métallique menant à la galerie vitrée. Trois minutes plus tard, après avoir copieusement joué des coudes, il se retrouva derrière Maria-Beatriz Orlando. Celle-ci, les yeux rivés sur le 727 en train de se poser, ne l'avait pas remarqué. Il dit à voix basse :

– C'est une surprise de vous voir là.

La jeune femme se retourna à la vitesse d'un serpent et ses traits se figèrent. Derrière ses verres foncés, ses superbes prunelles bleues luirent comme deux têtes d'épingle au fond d'un trou noir. Il crut qu'elle allait lui cracher au visage, mais elle se reprit et lança d'une voix sifflante :

– Votre protégée arrive. Vous êtes content ?

– Je ne pensais pas que vous viendriez l'accueillir...

Elle le toisa avec un rictus haineux.

– Vous avez peur que je la tue ?

Spontanément, elle ouvrit son sac, une petite pochette où ne se trouvaient que quelques objets féminins, puis le referma, tournant ostensiblement le dos à Malko. Son tailleur était trop ajusté pour qu'elle puisse y dissimuler une arme. Il replongea dans la foule et regagna le tarmac. Intrigué.

Un *ladino*, tout de blanc vêtu, sautait sur place comme un cabri, agitant un drapeau blanc et bleu guatémaltèque, hurlant pour couvrir le grondement des réacteurs. Le 727 n'était plus qu'à quelques mètres.

– *Que viva Rigoberta Menchu Tum ! Que viva la compañera Rigoberta !*

L'appareil s'immobilisa, la passerelle arrière s'abaissa et les supporters se précipitèrent, applaudissant tous ceux qui émergeaient de la queue du Boeing. Une incroyable bande de vieux baba-cools, vaguement déguisés en Indiens, d'ecclésiastiques de diverses églises, reconnaissables à leur tenue stricte et à la croix pendant sur leur poitrine, puis des Indiens à l'air timide et doux chargés de paquets comme s'ils déménageaient.

Enfin, Rigoberta Menchu parut, agitant le bras, l'air fatigué. L'homme en blanc fit des bonds encore plus hauts et les photographes se mirent à shooter comme des fous.

Le prix Nobel de la paix paraissait plus que ses trente-trois ans. On aurait dit deux boules posées l'une sur l'autre. Une petite, la tête, un visage tout rond aux yeux vifs, sous des cheveux très noirs tirés, semblant directement vissée sur un corps épanoui, enveloppé d'une longue robe bleue. Elle portait des boucles d'oreilles et un grand collier de corail rouge sur son chemisier bleu à manches courtes. Derrière elle surgit une autre Indienne, plus âgée, dont les traits évoquaient vaguement une dorade ; affublée d'un énorme sac à dos bleu de randonneur, elle se colla immédiatement à Rigoberta Menchu.

Maria Chacar surgit au premier rang de la foule et se jeta dans les bras de Rigoberta Menchu ; les deux femmes s'étreignirent, échangèrent quelques mots, puis Maria Chacar se mit à marcher à côté d'elle, rayonnante de fierté.

La haute silhouette de Milton Brabeck émergeait du groupe, il se déplaçait avec lui, son regard gris sans cesse en mouvement. Grâce à sa petite taille, Rigoberta Menchu disparaissait au milieu de ses compagnons, ce qui lui assurait une bonne protection contre un tireur éloigné. Malko leva les yeux vers la galerie vitrée où d'autres supporters agitaient les bras, criant des encouragements inaudibles.

Maria-Beatriz Orlando avait disparu.

Rigoberta Menchu et son groupe s'engouffrèrent dans l'aéroport, gagnant un salon d'honneur où elle se laissa tomber sur un canapé. Aussitôt, les journalistes se ruèrent sur elle, commençant à l'interroger.

– Pensez-vous qu'il y ait un accord possible entre l'armée guatémaltèque et vous ? demanda un reporter de la *Prensa Libre*.

Rigoberta Menchu secoua la tête. La puissance du bas de son visage contrastait avec son air épanoui et plutôt pacifique. Elle répondit dans un espagnol très correct, parlant d'une voix lente et forte, soulignant ses paroles de gestes amples.

– J'espère, dit-elle, mais je suis inquiète. Il y a encore une semaine, l'armée a prétendu que des membres de ma famille demeurés à Uspantan menaient des actions de *guerrilleros*. On les a arrêtés illégalement et interrogés pendant des heures. Le 10 décembre, déclaré jour international des Droits de l'Homme. Cela augure mal de l'avenir.

– Avez-vous peur de mourir ? demanda un autre journaliste de la télé.

Le brouhaha se tut. Rigoberta répondit :

– Moi, je n'ai pas peur de la mort, mais je ne souhaite pas mourir. D'autant plus que je n'ai pas eu une vie très heureuse jusqu'ici. Je voudrais un peu profiter de la vie..

Une vingtaine de journalistes voulaient encore poser des questions. Voyant qu'il avait le temps, Malko décida d'aller vérifier son dispositif, à l'extérieur.

*
**

Manuel Mitran entra sans bruit dans le réduit bâti sur le toit de l'école d'agriculture. Il était venu en moto qu'il avait garée un kilomètre plus loin. Vêtu d'une chemise à carreaux, d'un jean et d'un blouson, chaussé de baskets, il passait totalement inaperçu.

Il commença par ôter son blouson, et alla chercher la housse contenant le fusil. Une des clés de son trousseau ouvrait le cadenas. Il sortit l'arme et la soupesa quelques instants. Il avait l'habitude des Dragonov, étant depuis longtemps tireur d'élite de la garde présidentielle. C'est même cette qualité qui lui avait valu d'être transféré au « Service des Archives » au sein duquel il avait déjà procédé à quelques liquidations. Personne ne soupçonnait sa qualification secrète. Avec son visage un peu joufflu, son nez épaté et sa tête ronde, il avait l'air d'un brave garçon. Même la moustache, chez lui, n'était pas agressive...

Avec un chiffon, il essuya soigneusement les parties du fusil qu'il avait touchées et passa de fins gants de cuir. Alors seulement, il manœuvra la culasse, la faisant reculer puis la ramenant d'un coup sec en avant, faisant monter une cartouche dans le canon.

Il était parfaitement calme, bien que fier d'avoir été

choisi pour une mission aussi prestigieuse. Dans un petit holster de ceinture, il avait un Colt « deux pouces » permettant de neutraliser d'éventuels poursuivants lors de son repli. Le Dragonov chargé, il commença à examiner le meilleur angle de tir, tout en essayant d'éviter de se montrer à la fenêtre. Il se cala contre une caisse dans le coin gauche, en biais par rapport à la fenêtre.

L'angle de tir était parfait, mais ne couvrait que la moitié environ de l'espace où pouvait se trouver Rigoberta Menchu. Si elle se plaçait en face des micros de droite, il était obligé de tirer en s'exposant légèrement.

Ses repérages effectués, il posa le fusil et alluma une cigarette, guettant du coin de l'œil le terre-plein en face de l'aérogare. Avec un peu de chance, même un observateur attentif ne verrait rien.

*
**

Chris Jones essuya pour la vingtième fois la sueur qui coulait dans ses yeux. En deux heures, il avait l'impression d'avoir fondu sous le soleil brûlant. En dépit de l'altitude, on se serait cru à Miami en plein été.

Son regard ne quittait pas la petite verrue jaunâtre qui se dressait sur le toit de l'école d'agriculture, exactement deux cent quatre-vingts mètres devant lui. Jusqu'ici, il n'y avait aperçu aucun signe de vie. La fenêtre était ouverte comme lors de leur visite. Le canon de son Armalite M.18 équipé d'une lunette était posé sur le rebord de pierre dominant le vide.

Cette attente lui rappelait un souvenir poignant. Le jour où à Oman, il avait abattu, afin de lui éviter d'abominables tortures, William Buckley, ancien patron de la CIA à Beyrouth kidnappé par les Hezbollahs (1).

(1) Voir *L'Otage d'Oman*, SAS n° 87.

Chaque fois qu'il tiendrait un fusil à lunette entre ses mains il se souviendrait de cette abominable mission.

Malko revint dans le salon où se tenait la conférence de presse au moment où un journaliste demandait à Rigoberta Menchu :

– Comment se fait-il que vous parliez si bien espagnol ?

– Je l'ai appris à vingt ans, répliqua-t-elle. Nous les Indiens nous refusons normalement de le parler, parce que c'est la langue de nos oppresseurs, les *ladinos*. Seulement j'ai compris que c'était un instrument de lutte pour les vingt-deux communautés indiennes du Guatemala, qui parlent chacune une langue différente et ne se comprennent pas entre elles.

– Jusqu'où irez-vous ? demanda un autre.

– Jusqu'à la reconnaissance de notre peuple et de tous les peuples indiens d'Amérique latine. Il faut que la démocratie s'installe pour de bon au Guatemala. Que les *ladinos* et les Indiens soient sur un pied d'égalité.

Autour d'elle, les visages étaient graves. Les journalistes, tous *ladinos*, buvaient ses paroles. L'un d'eux se pencha vers un confrère et murmura :

– Ce qu'elle dit, c'est de la dynamite...

– Vous êtes prête à reprendre la lutte armée ? demanda encore un autre.

– Je ne cherche pas la vengeance, répondit Rigoberta Menchu, mais parfois la « violence juste » est nécessaire. C'est dans la Bible. Je souhaite pourtant que les pourparlers de paix entre le gouvernement et l'URNG (1) aboutissent.

(1) *Unidad Revolutionaria Nacional Guatemalteca*, coordination des mouvements « subversifs ».

« Je suis prête à servir de médiatrice.

Fatiguée, elle se tut. Malko l'observait, surpris par son charisme et son énergie. Visiblement, c'était une dure, difficile à entamer. Calme comme un lac. Il comprit pourquoi la petite ramasseuse de coton analphabète était devenue le symbole des Indiens. L'ambassadeur du Mexique l'embrassa chaleureusement et le groupe prit le chemin de la sortie. Rigoberta était flanquée à gauche de l'Indienne au sac bleu et, à droite de Maria Chacar. Ils débouchèrent sur l'esplanade en face de l'aérogare, gagnèrent l'estrade dominant la foule rassemblée en contrebas sur le parking.

Malko sentait son cœur cogner dans sa poitrine. C'était le moment le plus dangereux. Il échangea un regard éloquent avec Milton Brabeck. Le gorille se plaça juste derrière l'Indienne, surveillant les porteurs, tandis que Malko, lui, s'intéressait à ce qui se passait dans le dos de Rigoberta Menchu.

Tout à coup, au moment où elle arrivait en face des micros, une fusillade nourrie éclata.

*
**

Manuel Mitran, installé derrière la caisse qui servait de point d'appui au Dragonov, respirait calmement. Rigoberta Menchu venait de gagner l'emplacement des micros. S'il avait voulu la placer lui-même, il n'aurait pas mieux fait ! Tout en restant totalement invisible, il l'avait dans sa ligne de mire sans effort.

Il épaula le lourd fusil et cadra la poitrine de Rigoberta Menchu dans son réticule de visée. A cette distance, c'était plus sûr que de viser la tête. De toute façon, le projectile du Dragonov avait une telle énergie cinétique qu'il tuait à coup sûr, même sans atteindre un organe vital. Manuel Mitran s'immobilisa, la joue contre le bois de la crosse, et commença à vider l'air de ses poumons.

*
**

La salve des détonations prit Chris Jones par surprise, envoyant une massive giclée d'adrénaline dans ses artères. Il risqua un œil par-dessus la rambarde de pierre et vit qu'il s'agissait de centaines de pétards disposés en chaîne sur le sol du parking qui explosaient en chapelets, donnant l'illusion d'un feu nourri. On ne s'entendait plus et Rigoberta Menchu, arrivée devant un micro, attendait que le silence revienne, un sourire figé sur ses traits fatigués. Pour la centième fois, Chris Jones cadra la fenêtre dans le viseur de son arme.

Sans rien voir.

Cela devenait angoissant.

Et si leurs adversaires avaient changé leurs plans ?

*
**

Une fraction de seconde avant que Manuel Mitran appuie sur la détente du Dragonov, un cameraman s'interposa entre Rigoberta Menchu et lui. Il se relâcha quelques instants, attendant qu'il s'en aille. Mais, après l'avoir filmée, le cameraman prit l'Indienne par le bras, la déplaçant vers la droite, afin de la filmer avec le nom de l'aéroport derrière elle !

Elle disparut du champ visuel de Manuel Mitran ! Ce dernier attendit quelques secondes, puis voyant qu'elle ne regagnait pas sa place initiale, se décida à bouger lui aussi. Il était obligé de se découvrir.

*
**

Le cœur de Chris Jones fit un bond dans sa poitrine. Une ombre était passée devant la fenêtre. Il posa son index sur la détente de l'Armalite M.18. Il y avait déjà une cartouche dans le canon, la hausse était réglée et le vent nul. Tous les muscles de son estomac étaient tétanisés. Dans ce job, il n'y avait jamais de seconde chance.

L'attention de tous les spectateurs se concentrait sur Rigoberta Menchu et les chapelets de pétards.

Les pétards continuaient à claquer. Une silhouette apparut dans un coin de la fenêtre, tenant un fusil. L'homme s'agenouilla, prenant son temps. Chris Jones le prit aussi. Son cœur s'était presque arrêté de battre. Il n'entendait plus la pétarade, il ne sentait plus la brûlure du soleil. La poitrine de l'inconnu était en plein milieu de son réticule. Le tueur commençait à épauler.

Le projectile jaillit de l'Armalite à huit cents mètres par seconde, l'explosion sèche fit à peine plus de bruit que les pétards et le choc dans l'épaule de Chris Jones le rejeta en arrière. Claquement sec, une seconde cartouche était déjà dans la chambre.

Une fraction de seconde plus tard, la silhouette disparut de la fenêtre, comme dans un stand de foire.

Chris Jones attendit, visant toujours la fenêtre. Les explosions de pétards s'espacèrent, puis s'arrêtèrent peu à peu. Il se détendit légèrement. La voix de Rigoberta Menchu éclata dans les haut-parleurs, coupée de cris et de vivats.

Chris Jones restait d'une immobilité de marbre, l'œil rivé à la fenêtre. Il y était encore quand le prix Nobel de la Paix, son discours terminé, se dirigea vers le petit convoi qui l'attendait. Elle monta dans la Range Rover en compagnie de l'Indienne au sac bleu et de Maria Chacar. Un policier conduisait. Malko avait ordonné à Chris Jones de ne pas bouger tant qu'elle n'aurait pas quitté l'aéroport.

Les deux motards démarrèrent, ouvrant la route. La Range Rover était suivie d'une voiture de police, puis de celle où Malko et Milton Brabeck avaient pris place.

D'autres véhicules se joignirent au cortège dont une Buick blanche. Celle de Maria-Beatriz Orlando.

Chris Jones démonta à toute vitesse son Armalite M.18, le remit dans son étui et se rua vers l'escalier. Il connaissait le parcours du convoi et pouvait le rattraper rapidement. La présence de Maria-Beatriz ne lui disait rien qui vaille.

*
**

Assise à l'arrière, à côté de Rigoberta Menchu, Maria Chacar parlait sans arrêt, racontant par le menu les événements qui avaient précédé son arrivée. La voiture était pleine de *cartuchos* dont l'odeur fade finissait par être écœurante. Rigoberta Menchu, heureuse et fatiguée, écoutait en souriant machinalement, regardant les rues de la capitale. Cela lui faisait un drôle d'effet de revenir dans son pays avec une escorte officielle. Avant son départ de Mexico, le président Salinas du Mexique lui avait personnellement souhaité un heureux retour.

Elle, la petite indigène qui s'était enfuie dix ans plus tôt, déguisée en religieuse, après que l'armée guatémaltèque eut tué son jeune frère, sa mère et son père...

Maintenant, c'était un retour triomphal, avec des motards et une voiture de police. La foule sur la *calzada* Roosevelt était si dense que le convoi dut ralentir.

Ensuite, il reprit un peu de vitesse dans la grande montée rectiligne en pente douce qui allait vers les collines. La circulation était beaucoup plus fluide, les motards roulaient à une vingtaine de mètres devant la Range Rover. A peu près à mi-chemin, vers le kilomètre treize, il y avait un feu de signalisation, là où l'avenida Miraflores coupait la *calzada* Roosevelt.

Les motards le franchirent à l'orange, mais le conducteur de la Range Rover pila brutalement comme il passait au rouge devant lui. La voiture de police, trente mètres derrière la Range Rover, stoppa à son tour et un des policiers fit signe aux véhicules qui suivaient le convoi d'en faire autant.

Un énorme camion-citerne rouge et blanc venant de l'avenida Miraflores, et profitant du feu vert pour couper la *calzada* Roosevelt, s'interposa entre les motards et la Range Rover de Rigoberta Menchu.

*
**

– Mais qu'est-ce qu'elle fait là ?

Milton Brabeck se retournait tout le temps, surveillant la Buick blanche de Maria-Beatriz Orlando qui se trouvait juste derrière eux. La jeune femme se trouvait seule à bord, le regard toujours dissimulé derrière ses lunettes noires.

Malko avait tous ses sens en éveil. Aux aguets, il avait perçu la détonation de l'Armalite et savait que Chris Jones avait rempli sa mission. Donc, l'attentat avait été déjoué. Mais il ignorait si ses adversaires n'avaient pas prévu un plan de secours. Il surveillait le feu, prêt à redémarrer.

Soudain, le gros semi-remorque blanc et rouge s'immobilisa en travers de la chaussée. Le feu repassa au vert, mais le passage était bloqué par sa masse impressionnante. L'attention de Malko se focalisa sur l'énorme engin. Il vit le chauffeur ouvrir sa portière, sauter à terre, soulever le capot du moteur et plonger la tête dedans. A son tour, le policier qui conduisait la Range Rover sauta à terre et le rejoignit. Les deux hommes échangèrent quelques mots puis s'éloignèrent vers un garage, de l'autre côté de la *calzada* Roosevelt, vraisemblablement pour chercher de l'aide.

Sur la voie descendante, une file de camions-bennes roulait vers le centre, transportant des gens debout, serrés comme des sardines. C'était la grève des bus et il fallait bien se débrouiller.

Tout cela n'avait rien d'inquiétant.

Sauf pour Malko : le camion était celui, prétendument volé, qu'il avait vu entrer dans la caserne Justo Ruffino Barrios. Il sauta de sa voiture au moment où Chris Jones, qui avait immobilisé la sienne un peu plus loin, arrivait en courant.

– Qu'est-ce qui se passe ? demanda-t-il.

– Je ne sais pas, dit Malko, mais je n'aime pas ça. Allons voir.

Les trois hommes partirent en courant vers la Range Rover où les trois Indiennes bavardaient sans souci, attendant que l'on dégage le chemin.

Brutalement, la vérité apparut à Malko.

– C'est un piège, dit-il, le camion va sauter.

Ils arrivaient à la hauteur de la Range. Il ouvrit brutalement la portière arrière et voulut arracher Rigoberta Menchu de son siège. Impossible ! Elle avait bizarrement mis sa ceinture de sécurité. Il la déboucla et lança à Maria Chacar :

– Descendez ! Sauvez-vous, le camion va sauter !

Il tira Rigoberta Menchu à l'extérieur et la jeta dans les bras de Chris Jones. Celui-ci, soulevant l'Indienne du sol, l'emporta comme un paquet. Il fit le tour, ouvrit l'autre portière arrière et arracha Maria Chacar de son siège.

– Vite, courez, cria-t-il.

Il ne voyait plus que l'énorme camion-citerne immobilisé au milieu du carrefour. Il se rua vers l'avant de la Range, ouvrit la portière, et fit descendre à terre l'Indienne au sac bleu, la tirant par la main.

Chris Jones et Rigoberta Menchu étaient déjà presque à la hauteur de la voiture de police. Malko arriva près de Maria Chacar, totalement affolée.

– Vite ! Vite ! lança-t-il.

S'il avait raison, c'était une question de secondes. Tout

à coup Maria Chacar poussa un cri : l'Indienne au sac bleu avait fait demi-tour et revenait vers la Range !

— Elle veut son sac ! cira Maria Chacar.

Malko la prit par le poignet, l'entraînant.

— Venez ! Venez !

C'était tenter la mort que de retourner en arrière. Chris, Milton et Rigoberta Menchu venaient d'atteindre un muret de ciment séparant un terrain vague d'une église.

Maria Chacar échappa soudain à Malko, courant après l'Indienne au sac bleu. Malko hurla de toute la force de ses poumons :

— Maria ! Revenez !

Elle ne se retourna pas. Revenir en arrière était du suicide. Il plongea à son tour vers le muret de ciment. Il l'avait tout juste atteint qu'une explosion effroyable l'assourdit.

Une vague d'air brûlante comme du napalm déferla sur la *calzada* Roosevelt, noyant tous ceux qui s'y trouvaient. Malko vit des gens s'enflammer comme des torches. Au bout de quelques minutes, la chaleur diminua et il risqua un œil. Le camion-citerne brûlait, une énorme colonne de fumée noire s'élevait du carrefour. Des voitures et des immeubles flambaient tout autour. Les passagers d'un transport de remplacement sautaient comme des fous de leur camion immobilisé, leurs vêtements en feu.

Des gens couraient dans tous les sens, affolés, brûlés, fuyant l'horreur. Un prêtre sortit en courant de l'église, un seau et un goupillon à la main, et se mit à bénir les corps qui gisaient sur la chaussée.

De la Range Rover de Rigoberta Menchu, il ne restait qu'une carcasse noircie et fumante. Maria Chacar et l'autre Indienne semblaient s'être volatilisées. A côté de lui, Rigoberta Menchu, défaite, tomba à genoux et se mit à prier.

*
**

Les premières ambulances venaient d'arriver, dans un sinistre concert de sirènes. Des pompiers, accourus avec une célérité remarquable, arrosaient le camion-citerne de mousse carbonique. Celui-ci continuait à brûler, dégageant une fumée qui retombait partout, couvrant les gens et les voitures d'une pellicule grasse et noirâtre. Rigoberta Menchu, encadrée de Chris et Milton, regardait fixement ce qui restait de la Range, tout en marmonnant des prières. Elle se tourna vers Malko.

– Où sont-elles ? Maria et Simona ?

La gorge serrée, Malko n'osa pas lui répondre. La chaleur était trop forte pour s'approcher de la Range Rover. Le goudron se consumait encore aux alentours. Une foule de plus en plus importante s'amassait à distance respectueuse, mais pas un policier n'était en vue.

– Qui vous a dit de mettre vos ceintures de sécurité ? demanda-t-il.

– C'est le chauffeur, dit Rigoberta Menchu.

L'attentat était bien prémédité.

Soudain, Chris Jones donna un coup de coude à Malko.

– Hé ! *Look !*

Il se retourna. Maria-Beatriz Orlando fonçait vers eux, le mufle mauvais, un petit pistolet à la main. Son tailleur rose brûlé par les flammèches, elle zigzaguait entre les voitures arrêtées. Elle dut se rendre compte qu'elle n'était pas de force contre les gorilles et Malko, car elle se retourna brusquement et cria de toute la force de ses poumons :

– Jorge ! *Matalos ! Matalos !* (1)

Malko aperçut alors un homme appuyé à une camionnette blanche aux vitres teintées, sur l'autre voie de la

_____
(1) Tue-les ! Tue-les !

calzada Roosevelt. C'était le colonel Jorge Sanchez et il avait un pistolet-mitrailleur Uzi à la main. En dépit des appels de Maria-Beatriz, il ne bougeait pas. Alors, celle-ci, faisant demi-tour, marcha sur lui comme une furie et lui arracha son arme.

Ensuite, elle fonça sur le groupe composé de Rigoberta Menchu, Malko et les deux Américains ; l'arme à la hanche, le doigt sur la détente, le visage déformé par la haine.

– Maria-Beatriz ! *Regresso !* (1)

C'était le colonel Jorge Sanchez qui avait crié, avant de se précipiter à la poursuite de la jeune femme. Celle-ci n'était plus qu'à vingt mètres de ses cibles. Elle s'arrêta, se préparant à les rafaler et hurla :

– *Peros immundos !* (2)

Le Sig, le 357 Magnum et le Beretta 92 crachèrent leurs projectiles presque en même temps. Si vite que l'ensemble ne parut constituer qu'une détonation.

Maria-Beatriz Orlando sembla tout à coup prise de la danse de Saint-Guy. Son corps tressautait dans tous les sens ; elle eut quelques mouvements désordonnés, laissa tomber son arme et se tassa sur place, comme une poupée de son. Son beau tailleur rose, marbré de taches rouges, n'était plus qu'une loque. Du sang s'écoulait à gros bouillons de sa poitrine déchirée. Seul son visage avait été épargné par les projectiles. Elle essaya de tourner la tête, puis retomba.

Le colonel Jorge Sanchez gisait sur le terre-plein central, atteint en pleine tête par une balle « perdue ». Il avait eu le tort de se trouver dans la ligne de mire de Malko.

Celui-ci remonta vers le camion en train d'achever de brûler. La chaleur était encore intense. Il se sentait vidé,

(1) Reviens !
(2) Chiens immondes !

sonné, les sirènes, les cris, les klaxons résonnaient douloureusement dans sa tête. Il trouva l'Indienne au sac
bleu et Maria Chacar, à quelques mètres de la carcasse
fumante de la Range Rover. De Maria Chacar, il ne restait qu'une forme carbonisée, dont la chair s'était mélan-
gée à l'asphalte de l'avenue, pas plus grande qu'un enfant. Il s'arrêta à côté d'elle, revoyant son visage radieux
lorsqu'elle lui avait annoncé qu'elle retournait avec Rigoberta Menchu dans le Quiché.

Pour elle, le rideau de velours noir était définitivement
retombé. Il faudrait encore bien des années, avant que
l'utopie de Rigoberta Menchu se transforme en autre
chose qu'un rêve un peu fou.

GÉRARD DE VILLIERS
PRÉSENTE

3615 SAS

LE MINITEL
DES RENCONTRES AVENTUREUSES

Les souvenirs brûlants
de Malko

Une messagerie top-secret

Des jeux et des cadeaux
de rêve

Les confessions de
la comtesse Alexandra

DONNEZ DES FRISSONS
À VOTRE MINITEL

Commission paritaire N° 56196

SERIAL THRILLER

PAR

SERGE BRUSSOLO

VIENT DE PARAÎTRE

"DERELICT"

et

"SÉCURITÉ ABSOLUE"

*Des thrillers hallucinants qu'aucun lecteur n
pourra lâcher avant la dernière page !*

*CHEZ VOTRE LIBRAIRE OU PAR CORRESPONDANCE
EN ÉCRIVANT À :*

GDV-VPC BP260 75264 PARIS CEDEX 0

À PARAÎTRE PROCHAINEMENT
AUX ÉDITIONS FILIPACCHI

Enfin le livre de Gérard de Villiers regroupant ses plus grands reportages autour du monde

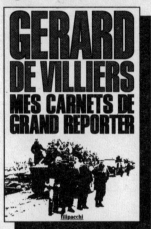

GUATEMALA :
Le pays des onze mille veuves.

BIRMANIE :
L'horreur souriante.

MEDELLÍN ET BOGOTÁ :
Les deux mamelles de la cocaïne.

KABOUL :
Le bain de sang annoncé.

**EN VENTE CHEZ TOUS LES LIBRAIRES
À PARTIR DU 11 MAI 1993 AU PRIX DE 99 F.
Catalogue sur simple demande écrite à :
Éditions Filipacchi – 63, av. des Champs-Élysées – 75008 Paris.**

IMPRIMÉ EN FRANCE PAR BRODARD ET TAUPIN
Usine de La Flèche (Sarthe), le 02-04-1993.
1200H-5 - Dépôt légal Éditeur : 3431 - 04/1993.
ISBN : 2-7386-0366-1

◈ 42/5601/2